алла боссарт

серия «самое время»

алла боссарт

Google.
отражения

роман-глюк

ВРЕМЯ

москва 2007

ББК 84Р7-4
Б85

Дизайн, макет — **валерий калныньш**

Боссарт А.

Б85   Google. Отражения: Роман-глюк. — М.: Время, 2007. — 352 с. — (Самое время)

ISBN 5-9691-0177-X

Новый роман Аллы Боссарт «Google. Отражения», обозначенный автором как «роман-глюк», представляет собой как бы анфиладу зеркал, в которых судьба четырех «героев нашего времени», традиционно «лишних людей» отражается в виде переосмысленных вариаций истории и знаменитых литературных сюжетов. В этих авторских вариантах на одном поле играют и взаимодействуют мифологические персонажи и реальные фигуры, такие как Антоний и Клепатра, Блок и Менделеева, Грибоедов, Гоголь, декабристы, Сталин и другие. Многофигурная композиция объединяет эпохи и людей в виртуозно выстроенный контекст общей судьбы. При всей сложности замысла и его воплощения роман, как и вся проза Аллы Боссарт, читается на едином дыхании, обеспеченный блестящим юмором, фантазией и головокружительным сюжетом.

ББК 84Р7-4

ISBN 5-9691-0177-X

Часть первая

Глава первая

Он родился в год Красного Дракона или Голубого Зайца, в эпоху опиумных войн и правления династии Цин, или Минг, или какой-нибудь совсем иной династии; не поручусь. Но об этом позже.

Сейчас расстановка такая: техник-смотритель, физик-математик и художник-график, оформляющий учебники для слаборазвитых детей. Этот график — женщина, у нее есть дочь, девятилетняя троечница Агата. Имя, конечно, претенциозное, да и у самой женщины не лучше. Агата близорука. У матери подслеповатой Агаты тоже болят глаза. Ибо работу она выполняет скучную, мелкую, с кучей подробных деталей, как это делали китайцы на своем знаменитом фарфоре. Секрет давно к черту утрачен, да и речь у нас пойдет не о китайцах, а скорее о японцах. Слаборазвитым же детям гораздо важнее и полезнее рассматривать не пестики и тычинки, а ветку сакуры в натуральную величину, нанесенную легкой тушью на вертикальный кусок шелка или рисовой бумаги.

Теперь японцы. Самураю совершить харакири ничего не стоило, это был его профессиональный долг при решении альтернативных вопросов в рабочем порядке. Наивысшее удовлетворение они (самураи) получали, исполняя этот долг коллективно, в своем тесном кругу. Конечно, если черт знает в какой заплеванной квартире вы дуете в одиночку алкогольные

7

растворы различной концентрации, вам, представителю европейской культуры, трудно оценить небывалый подъем духа и прилив эйфории, охватывающий молчаливое кольцо самураев в тот момент, когда их души объединяются в одну, и эта мощная душа взмывает в перистое японское небо на алых крыльях кайфа. Но стоит вам покинуть свою засранную площадь и подняться этажом выше к товарищам по цивилизации, — как вы конкретно услышите конкретный зов прозрачного наслаждения, пульсирующего в расширенных зрачках обреченных самураев, и увидите, как миллионы конкретных ангелов танцуют на кончике иглы. И вместе со всеми вы засучите левый рукав и алчно нашарите вену.

И все вместе, созерцая цветок вишни, они задирают кимоно (а вы засучиваете рукав) и обнажают мускулистые желтокожие животы.

И ты, властелин наслаждения, как бабочка, распят на игле, и твои мозги прочищаются. Мир обретает каллиграфический фокус деталей. Соски подруги веселят тебя, как крепкие бутоны в росе, с тонко прорисованными жилочками, по одной из которых, мелко перебирая невидимыми ножками, ползет гранатовая божья коровка. И альтернативные вопросы больше не мучают тебя, мой друг, и одышка временно проходит.

И он, желтопузик. Два... нет, лучше — три неуловимых движения, молния «зет», иероглиф «утоление жажды на южном склоне Фудзи» распарывает небо. Ливень, майская — или нет, скорее июльская гроза, вползающая гнойным желто-зеленым брюхом на склон Машука, — и в озарении запрокидывается его круглая голова, и широкая вежливая улыбка адресуется небу. В счастливой задумчивости он сидит на коленях еще несколько каменных, пропитанных кровью и цветущих мгновений, после чего, полностью свободный, теряет равновесие и прижимает плоское лицо к плоским и мокрым камням обсаженной ирисами террасы перед дворцом господина.

Самурай принадлежит господину, как одна стареющая женщина принадлежит одному из моих друзей. Но есть различия. Во-первых, женщину тяготит ее зависимость, и она страдает, когда ее рука тянется к телефону. А вассал купается в благоуханной кровавой власти господина, как в вечернем бассейне с золотыми рыбками и золотистыми ласковыми девушками среди яблоневых лепестков. И во-вторых, женщина та недосыпающая будет в ярости кружить по своей клетке и закуривать сигарету не тем концом, но не пойдет с тобой, мой друг, засучивать левый рукав, конкретно узрев танец ангелов на кончике иглы. А вассал ждет знака.

Так однажды на заре молодой титулованный военачальник спускается в сад. Его бритая голова с острой косицей пламенеет под восходящим солнцем. Офицер одет в белое погребальное кимоно, расшитое золотыми драконами. Вчера он проиграл битву за провинцию Садомазо-сё, и ночью от разлития желчи скончался его статрехлетний отец. Перед смертью же, напрягшись и вонзая острые бамбуковые локти в татами, старик выразил пожелание, чтобы сын искупил поражение и принес свою печень в дар Восходящему Солнцу.

Вынув кривой меч, молодой князь пробует лезвие, по желтой ладони расплывается яркий иероглиф. Он задирает голову и издает резкий журавлиный крик. Без единого шороха из-под земли вырастают семь самураев, образованные юноши из хороших семей. На каждом — черное погребальное кимоно с небольшими серебряными драконами. Все кланяются друг другу и рассаживаются полукольцом, поджав ноги. Князь впитывает их взгляды, и терпкая, как гранат, боль взмывает в розовое японское небо, по спирали раковины — в ее воспаленное нутро.

Все ближе, ближе сокровенный оргазм кайфа, все теснее и неразрывнее наше братство, все острее наша любовь. Мы мчимся круто вверх по розовой спирали, и наши японские — широкие, загадочные и бессмысленные улыбки обращены к небу.

Он был верным и безгрешным солдатом и насиловал девочек только в захваченных провинциях, враждующих с его князем.

...засучены рукава. Точным движением пальцы ложатся на рукоятку меча, ангелы танцуют на плоских камнях, и кровь под их босыми пальцами солона, как... Как что? Да просто слегка солоноватая кровь. Некоторые делают принципиальную ошибку, пытаясь прозу оплодотворить поэзией. Прозу следует оплодотворять опытом. А поэзия оплодотворяет себя сама — это называется партеногенез.

И когда обнажился желтый живот и восторженный вопль слился с молнией «зет» (снизу вверх), и горячие потроха, бывшие отлаженной системой жизнедеятельности отборных воинов и философов, а также поэтов, шмякнулись, как валится на цементный пол новых боен отборная, не отравленная предсмертным ужасом вырезка убитой электрошоком скотины, — его душа отлетела. С легкостью. Чистая, не отравленная страхом или там упреком. Потому что путь самурая — это путь к смерти. Самурай встречает смерть с радостью, но не всякий из них знает, что делает после смерти его душа. А она ищет себе достойное тело. Это весьма долгое и кропотливое занятие. Если бы можно было просто взять и родиться, как это описано в учебниках с привлечением примеров из области пестиков и тычинок — тут и говорить не о чем. Но все куда сложнее, и сюжеты как внутри утробы, так и вне ее полны непредсказуемых метаморфоз. А не то что какой-то живучий живчик сунулся наугад и слился в рыхлой клетке с каким-то там яйцом (ovo). Тоже, кстати, приключение. В моем случае это было примерно так.

Уродовали маму пятна,
и страх ее с ума сводил,
и было неблагоприятно
расположение светил.
Шел год быка. И месяц рыбы
был на исходе. И меня,
мамаша, вы бы не могли бы
терпеть в себе еще два дня,
чтоб родилась я крутолобой,
в огне — простейшей из стихий;
чтоб ум разумным был, и слово
не изводилось на стихи.
Литературовед, оратор,
корректен в жизни половой...
Как я хотела быть бараном
С холодной, крепкой головой!
Две лживых игрек-хромосомы
в углу зажали честный икс —
и, чешуей играя сонно,
под улюлюканье и свист
я выплыла из тесной зоны,
шпана, уродка и артист,
дешевый гастролер сезона.
В ту половодную весну
ловилась рыба на блесну.

Знаете, что такое блесна? Это искусственная приманка. Женщина-график с насекомой точностью рисует различные предметы: тех же насекомых или, допустим, стебли травы, — что, в сущности, является искусственной приманкой для слабо развитых детей, не способных, по мнению слабо развитых педагогов, воспринимать живые колебания природы. Но женщине (графику) надо зарабатывать деньги, даже если у нее отслаивается сетчатка.

> Маячил киль. Меня лилово
> сквозь ливни к берегу вело.
> Но вдруг в струю встревало слово —
> и сеть теряла свой улов.
> Стоял апрель, насквозь больной.
> Приливы правили луной.

Тут в окно автора (мое) ворвался многоголосый рев. Дело было летом, окна настежь, и отовсюду вдруг одинаково закричали: АААааа... С угасанием в конце фразы. Над городом уже висела ночь. Но спустя короткое время из сотен окрестных окон вновь хлынуло в мягкую, влажную, свежую, теплую тьму: ОООооо! Автор выскочил на балкон и стал ждать, поскольку, думал он (я), на жителей микрорайона кем-то совершается массированное нападение, возможно, космического характера, и с минуты на минуту доберутся до него. Тревожная пауза. А потом: А! О! ОоО!!!

Отовсюду, как ливень. И что же? Автору ничего не оставалось, как перевеситься через перила и тоже заорать. И стало легче. Энтузиазм требует соучастия, как и наслаждение. Необходимо в иные минуты ощущать себя элементом некой эмоциональной системы. Скажем, десять баб вокруг тебя охают и стонут, и тебе уже намного легче выпихивать из себя маленькое страшилище, результат слияния клеток.

В ту ночь транслировался чемпионат мира по футболу. Самураи закрылись в своих квартирах, но экстаз, энтузиазм, восторг и, не побоюсь этого слова, улет (он же кайф), рожденные психостимулирующим зрелищем, поломали стены, и вся улица, весь город, вся страна, вся планета орали сквозь окна: ГОООЛ!!! Вся планета! Что, кроме футбола, обладает такой магнетической властью над людьми? Только война.

Кстати, слово «овация» имеет прямое отношение именно к яйцу (ovo). Была в истории католичества одна папесса (не назовешь же ее мамой, а тем более папой), которая, оказавшись на поверку женщиной, нанесла чудовищное оскорбление всему католическому миру. И от следующего папы при его восшествии на престол, народ потребовал предъявить его ovo. За что он и был награжден *овацией*.

Да, так вот. Люди планеты, все до единого, кроме грудничков, чье зрение пока что (по невнятным законам взаимодействия углов падения и отражения) трактует мир вверх ногами, — засучивали рукава. И алчно нашаривали кнопки звука, яркости и контрастности. И ангелы танцевали на мяче, летящем (храня как бы контур удара) по траектории, холодно рассчитанной шоколадной ногой бразильского чувака, которого неизбалованные современники условились считать гением, как какого-нибудь Леонардо из Винчи.

Между прочим, ангелы (я знаю это точно) вылупляются из детишек, на которых при родах не хватило души. Их не анимировали, ясно? Я сама двоих таких родила. Поэтому если ты спросишь знакомую женщину, ну не очень знакомую, а просто вы часто встречаетесь, например, в овощном, а она все беременная, месяц, другой, пятый, девятый — и вот она уже идет с пучком редиски, стройная, как тополь на Плющихе, а ты такая радушная, веселая: ах, здрасьте, дорогая, кто ж у нас родился? А она вежливо: ангел... Ты тогда с расспросами не лезь и иди своей дорогой.

Вообще это не очень хорошо, что я все время отвлекаюсь. Но вы все-таки старайтесь следить за мыслью, потому что она точно есть. И кто уследит, тому будет счастье.

Христиане умирали, внешне как самураи, не отравленные распадом страха или упрека, в едином порыве общего энтузиазма, свободные от греха. Но понимание греха менялось, вот штука!

Древо познания ветвилось, ветви выбрасывали новые почки, шкала греха грузно гнулась, полная, как сочинил один снедаемый грехами автор, цветов и листьев. Человечество наращивало броню страха и искупления; мольба завершалась превентивной благодарностью. Казни удобряли почву закона Божьего. Иов, размозженный безумной своей верой, писал эту безумную книгу. Всевидящее око в виде равностороннего треугольника доставало всюду. Амнистия была ересью.

Ах, гороскоп! Какая прелесть:
Расчерчен год на сектора.
Вплывает рыба в свет апреля
И умирает. И баран —
ягненок, овен Зодиака
(позднее агнцем нарекут) —
к волхву навстречу, забияка, —
и, тычась в ноги старику,
вечернего «кукареку»
не понимает смысл двоякий.
Барашек честен, прям и строг,
он не читает между строк.
Звезды языческое имя
никто не слышал в тех краях.
Шершавое набухло вымя,
и звонко в сумерках струя,
освобожденная из плена,

ударила, и Вифлеема
был вечер начат как всегда.
Над крышей плавала звезда.
Стоял апрель благословенный.
Цвела долина. Помолясь
и отворив ягненку вены,
пастух промолвил: «Рыбий глаз...»
Чудной! Что он имел в виду?
Мария думала — звезду.
Так на границе двух созвездий
младенец странный родился.
Иосиф зыбочку подвесил
и уложил в нее дитя.
Был плотник старым и простым,
и он не ведал суеты.
У очага родился сын —
котел покамест не остыл —
обмыть дитя. Огонь, вода,
сыр, хлеб, корова и звезда.

Энтузиазм — религиозный, трудовой, гастрономический, сексуальный и любой другой, как и поэзия, размножается при помощи партеногенеза. Зародившись, ширится, заряжаясь сам от себя. Хотя и он ловится, главным образом, на блесну.

Стареющая женщина спросила своего физика-математика:

— Что бы ты сделал, если бы я родила от бога?

17

— Да рожай от кого хочешь, — пожал он плечами. — Ты же знаешь мои принципы: полная свобода выбора, мысли, действий и вероисповедания.

— Ты не понял, — сказала тогда женщина средних лет. Как ее звали? Ну, скажем, Магда. — Ты меня не понял, — сказала Магда. — Что бы ты *сделал*? Ведь что-нибудь ты бы *сделал*?

Физик усмехнулся.

— Ну это смотря какой бог... Если бы он не стоил тебя, я бы взгрустнул и пошел бы к своему отребью, и крошки бы там меня утешили.

Магда отвернулась. Но физик (да что, в конце концов, физик да физик! Тем более, что и физиком-то он был в прошлом, правда, недалеком, а в описываемый период торговал книгами по спекулятивной цене на черном рынке в проезде Художественного театра, поскольку в те годы книгоиздание в стране переживало временный упадок, хотя внутренняя духовность была, как всегда, на высоте. Сложные были годы стагнации и братской помощи Афганистану. Автор отлично помнит эти странные и противоречивые годы, поскольку провел их на кухне у своего героя, книжного фарцовщика, а в прошлом физика. Назовем-ка его Гарик Ольшанский) Гарик Ольшанский взял увядающую Магду за ухо и потянул к себе. И продолжал:

— А вполне возможно, что этот бог был бы отличным парнем и был бы тебя достоин... Может, он был бы даже, что маловероятно, лучше меня...

— Исключено, — шепнула Магда Гарику в усы. — Лучше тебя — не может...

Вот примерно такой неконструктивный разговор.

Кстати, скоро она познакомилась с одним богом. Я потом расскажу.

Смотрите, нигде не отмечено, что Иосиф ревновал Марию. Да и смешно: к кому ревновать? К голубю? К золотому дождю? К лебедю, что уж совсем за всякими рамками приличий и вкуса?

Вообразите себе картину. Пышногрудая девушка купается в предвечернем водоеме. Ее широкие белые бедра дрожат и преломляются в толще зеленой воды. Волосы веером колышутся вокруг широковатых античных плеч, словно водоросли. На заднике — портик храма о шести колоннах. Ива склонила к воде серебристые ветви. Черные кипарисы торчат по периметру озера, словно негритянские фаллосы в сновидении американской школьницы. Вдруг, откуда ни возьмись, из тростников выплывает лебедь, изогнувшись, как падла. Он бесшумно разрезает темнеющую водную гладь, слегка виляя острым задком, который используется пока как руль. Подплывает к девушке и слегка щиплет ее красным клювом за грудь. Темно-коричневые соски набухают и становятся похожи на раковинки виноградных улиток, которых так аппетитно подают в различных ресторанчиках Франции под шпинатным соусом. Лебедь раскидывает крупноперистые крылья, большие и сильные, как у ангелов, и опрокидывает девушку на спину. Девушка мечтательно улыбается, поглаживая лебединую шею пальцами так, как обычно девушки поглаживают напряженную плоть того, кто оказывается в надлежащий момент в их объятиях. Лебедь вяло шевелит красными перепончатыми лапками и кладет маленькую головку на грудь безмятежной девушки. Так они некоторое время колышутся на зеркале вод без видимых усилий. После чего лебедь снимается с якоря и отваливает от девушки — от временного своего причала. И вскоре уже мы видим, как его черный силуэт перекрывает геометрический силуэт храма с золотым соотношением пропорций капители каждой колонны как 1:1,6, и уходит ввысь, в розовое небо, скрываясь за кудрявыми сиреневыми облачками Эллады. А девушка еще некоторое время плавает, прислушиваясь к нежным шорохам и звуку ночной свирели.

Клеенка, масло.

Эти боги, скажу я вам, вообще не больно-то церемонились с людским народишком. Мужья сидели и хлопали ушами, строгали доски и мяли венозными ногами виноград, пока их неразборчивые, одуревшие от похоти жены наставляли им рога с птицами и осадками. И нам еще говорят о падении нравов! Господи, ребята, а что творилось в той же Японии в феодальную пору! Симпатичный юноша, покрытый, как абрикос, первым пушком, приводил такой же абрикос со сложной свадебной прической (в простом розовом кимоно) в свой дом, где их ждал крепкий жилистый старик лет сорока (то есть примерно нашего с Гариком Ольшанским возраста), в черной крестьянской рубахе, пропахший потом и огородным навозом — его отец. Абрикос-невеста низко кланялась свекру и улыбалась крошечным алым ртом: «Аримасен, милый бо-пэр». И отец, покряхтывая, учил сына быть мужем.

А того почище, в Риме?

...неужели правда, мой дорогой, ты валяешься среди этого отребья на полу, разводишь эфедрин марганцем и прыгаешь следом за Калигулой, красивым чеканным парнем в бассейн, где вода густа от крови и тел, и думаешь, что тот рябой недоносок с низким лбом, плоским носом и мокрыми губами был хоть немного похож на нашего славного агрессивного сексапила Мака с прозрачными глазами пантеры-убийцы? Ангелы, вырубите свой паршивый видео, и так уж дымитесь. Жирные ублюдки, они и богов себе придумали сексуальными маньяками — подхлестнуть угасающую от жратвы и дикой пьянки потенцию.

О, Магда помнит этот царский выезд, этот рейд вдоль берегов Колхиды... Всю ночь лежала она на отсыревшем ложе, огороженном с трех сторон простынями, а четвертой примыкавшем к дощатой стенке душа, и пялилась в низкую черную крышу из звездчатой толи. Живот ее горел и бухало в висках, и море рокотало где-то близко внизу. Собака глухо ворочалась на цепи, и старуха следила из окна, не жжет ли зря курортница сорокасвечовую лампочку. Он не пришел в эту ночь, фарцовщик Язон, пропасся до утра на иных холмах, на юном златорунном холмике... Магда увидела спустя пару дней эту рабыню на базаре, девочку в тесном сарафане с небритыми подмышками — сразу признала по тому сонному взгляду, каким эта сучка обменялась с аргонавтом. Надо бы ее убить, подумала Магда. Но что это даст? Была тут одна, в ревнивом затмении ума собственных котяток перерезала — а толку? Осталась одна, полупомешанная старуха в тридцать лет, а он уплыл по кудрявым сиреневым волнам, вор, герой и фарцовщик. Похитил ее силу, власть и любовь, солнечный ебарь, каперанг без страха и упрека, бабы так и мрут.

Почему деспоты, боги и герои не могут любить одну женщину, даже богиню? Почему ты не можешь любить одну меня, как я есть, и тебе нужно, чтобы я поминутно перевоплощалась в амазонок и вдовиц убогих, в японок и мексиканок, в дур и звездочетов, в куриц и красавиц? Я устала от метаморфоз. Я устала бегать к тебе по ночам, забывая в метро японские зонты. Женись на мне, и ты увидишь, как ангелы затанцуют у меня на кастрюлях, и дети заорут с неукротимым энтузиазмом болельщиков.

Все-таки какой цинизм — это так называемое *непорочное* зачатье. Как будто зачатье может быть порочным.

Глава вторая

Короче, он был рожден в год Красного Дракона под знаком Стрельца в эпоху правления династии Цин и умер гораздо раньше, чем был рожден, и умирал еще многократно. Он был стрельцом, кентавром, и в своей неразборчивой мудрости любил и учениц своих, и учеников, хотя они не отличались прилежанием. Он учил их теоремам и воздержанию (хотя ученицы смеялись так заливисто, откидывая шелковые волосы от абрикосовых щек, а он все-таки был конем, но его спасал бег, резвый атлетический аллюр по пружинистым лугам, не отравленным стронцием). Но его любимец Аполлон стал деспотом и взял многих женщин, а потом содрал кожу с фавна из ненависти к культуре, как какой-нибудь хунвейбин. А когда учитель пришел сказать ему резкие слова, этот Калигула со свирелью собрал таких же хунвейбинов и выхолостил Стрельца. И бессмертие сразу обрушилось на него всей своей безнадежной тяжестью. Он прыгал со скал, но только страдал от травм, а смерти не находил. Потом, как известно, над ним сжалились, и он умер вместо другого просветителя. И поэтому в своих следующих воплощениях он так спокойно и радостно встречал смерть.

Потом он работал на кафедре, и в сочетании с собственно кафедрой был похож на изуродованного кентавра. Его человеческий мозг, руки и сердце тянулись ко мне, но конь уносил его прочь. Он разлюбил своих учеников и пошел торговать книгами, оставаясь просветителем, но ступив при этом на скользкую стезю спекуляции. Он сильно изменился.

Тоска корову прохватила
промозглым сквозняком в хлеву.
Земля вечерняя остыла,
и было невдомек волхву
бычка пригнать: любовной силы
корову мучавший избыток
излить. Решение избито,
но верно, сколько не меняй.
А между тем сгущался май.

Женщина-график по имени, как мы условились, Магда в ту весну выполнила очень много мелкой работы. На очередной разметке, когда издательство подбивает бабки и пытается расплатиться с авторами, ей неожиданно отвалили сразу довольно много денег. По тем временам. Четыреста рублей. Не так уж мало, учитывая все противоречия стагнации и застоя. Слабо развитые дети получили целые охапки тычинок и пестиков, а Магда рванула на такси в кассы Метрополя брать билеты до Гагр: один взрослый и один детский. Перекусив в Гаграх чебуреками, они с Агатой прыгнули в автобус и умчались первого июня по направлению к насыпной косе, где на жемчужном песке растут реликтовые сосны с длинными раздвоенными иглами. По боевым местам.

Двадцать девятого мая (Близнецы) Агате исполнилось десять лет, тридцатого она с тройками и пятеркой по рисованию закончила четвертый класс, а тридцать первого поезд уже стучал по насыпи над свежевыглаженным морем, упакованным в фольгу утреннего штиля.

Золотое руно Пицунды сияло впереди, а Гарик уперся и ни в какую. У него страда, книжная ярмарка, товар-деньги-товар... Ах, ангелы, ангелы. Магда ли не знала. Магдалине ли не знать...

— Ну давай, поехали на море! — хохотала от щекотки Агата. — Я научу тебя, безумца, плавать!

Короче, сбил весь сюжет. Медея летит под парусами — Язон сидит дома, ловит кайф. Пенелопа суетится, рыщет по женихам — Одиссей заперся со свиньями и на звонки не отвечает.

В автобусе их укачало, обе сосали лимон, но Агата все равно заблевала, бедняжка, весь салон. А мыс был уже рядом, за углом. Помолодевшая стареющая женщина вытащила бледную и опечаленную девочку из автобусного пекла, и, оживая, они зашагали в тени акаций и грецкого ореха по жаркому, но вместе с тем прохладному югу — куда глаза глядят.

И вот он вышел из калитки. В майке, шортах, кудрявый и нашпигованный мышцами.

— Не сдается? — встревоженно улыбнулась Магда.

Улыбнулся и бог. Он был голубоглаз и светлокудр. Златорун. Весь так и горел золотистым пламенем. Как все истинные абхазцы. Впрочем, он-то как раз был грузин, князь, а как же. Народы Кавказа обладают ревнивым национальным сознанием, и, чтоб не было лишней крови, надо уметь различать. Этот гордый Гудза не стал ждать, пока гордые народы разберутся между собой, и уехал в Москву, не дожидаясь дня, когда его прекрасный увитый виноградом дом с галереей, выкрашенный голубой краской, взлетит и развалится в воздухе на кучу щепок, вначале слившихся с небом, но тут же охваченных огнем; голубая краска вздувалась пузырями и быстро обугливалась; к вечеру уже все подернулось пеплом. Его мать продала дом абхазцам. Кто же знал, что этот участок дороги будет частью гагринской операции. У абхазцев было семнадцать стволов с полным боекомплектом, гранат штук восемь и священник Ашба в чине капитана. Полегли все одиннадцать, включая мальчика Лаврентия семи лет. С грузинской стороны тоже потери были немалые. Командовал десантом известный режиссер Аблуани. Он собственноручно взорвал дом, когда у него буквально на руках скончался от раны в живот молодой скульптор Миша Гиоргадзе, которого Аблуани любил, как сына.

— Дэда! — крикнул рыжий князь Гудза, пропуская Магду и Агату в маленький буйнозеленый двор. И еще что-то закричал на своем пернатом шумном языке.

Женщина лет шестидесяти, царского калибра, откинув голову в короне пышных кос цвета горячего пепла, спустилась по винтовой лестнице с галереи. «Прошу, кушайте, дети!» — говорила она потом каждый день, озаряя стол своей ангельской улыбкой. (Бедная тетя Медея, с пепелищем ее сердце не справилось. «Проклинаю тебя, Отарик», — сказала она старшему племяннику, Отару Аблуани, приехав к нему в Тбилиси. Ах! — прижала руку к горлу ее сестра, Елена. «Будь ты проклят!» — повторила Медея, покачнулась, упала и умерла.)

Магде с дочкой дали прохладную белую комнату на втором этаже, с балконом. Муж тети Медеи, дядя Нодар, служил в Сухуми заместителем директора гостиницы по хозяйственной части. Приезжал только на выходные, обычно с гостями. «О-ра-ора-ооо-рао!» — пели мужчины до утра в честь Магды и тети Медеи, и Агата засыпала за столом, наевшись как клоп.

А Гудза провидел и утешал.

— Сынок, — говорила ему черная старушка с гор и глядела с мольбой, и слеза извилисто сочилась в ее морщинах, как родник в скале. — Правнук у меня танкистом...

Рыжий князь Гудза, типа бога, брал старушку за руки и заглядывал сквозь глаза внутрь, в потрескавшееся сердце.

Он утешал простыми словами и голосом, утоляющим, как свежий лаваш. Шептал, словно морской ветерок, осушая слезы на печеном лице: что правнук не ведает больше зноя и раскаленного песка, его нежную мальчишескую кожу не ест злой пот, а солнце и ядовитые ветры не выжигают глаза. Он скоро вернется вслед за всеми, кого ждет дом и родная земля. Он вернется, объятый любовью, и прорастет пылающим вьюнком и розовой гроздью.

И люди уходили от него, окрыленные и излившие, наконец, загустевшие от невыносимого терпения слезы.

Гудза никогда не лгал, он утешал правдой, диалектически ее развивая. Он много чего знал и видел в своих неистовых снах. Видел он и дождь стекла, и столб огня, выжегший в снегу черную каверну; видел фонтан голубых щепок и черные обугленные лозы; видел маму, лежащую навзничь на темном паркете в большой полукруглой комнате с роялем и желтыми розами на нем... Догадывался и о том, что мать никогда не покинет его, наполняя остаток его жизни свежим ароматом цитрусов. Много чего видел и о чем догадывался князь Гудза, но по легкомыслию, присущему его веселой нации, не придавал этому значения.

Гудза возил Магду с Агатой в Новый Афон. Они брели в толпе паломников неведомо зачем, словно бы в теплой утробе исполина. Нависающий подсвеченный сумрак всасывал их, растворял в своем тягучем кошмаре. Фаллические намеки сталагмитов конвоировали их, и целомудренная Магда крепко прижимала к себе голову Агаты, прикрывая ей близорукие глаза.

Магда не любила плановых экскурсий. Правильно будет сказать, что она их ненавидела. Но ужас пещер, в отличие от жизни в ее сугубо биологическом смысле, в том, что их нельзя покинуть своей волей, не пройдя предначертанный путь до конца, по мотивам античного рока. Двое отважных ребят рисковали тут, ползая и срываясь, давясь сероводородом, совершая труд открытий, после чего другие люди, уже не такие рисковые, качали сюда (а потом отсюда) миллионы, оборудуя этот Тартар для любознательных туристов. И вот нескончаемые стада временно живых туристов, полумертвых от скуки, бредут отныне шаткими мостками, и всех слегка мутит от этих клубящихся кишок, орошаемых почвенными водами, а также от бессмысленности этого всеобщего шарканья, которая (бессмысленность) в других обстоятельствах не так очевидна.

Голос одного из раздраженных пещерных демонов по имени Рауф, или Рафик, — лишен интонаций; все они, бледные и изголодавшиеся по солнечному вину Апсны, обречены нести тут бессрочную службу в на-

29

казание за ненасытность пляжных шалостей. Заклятье Сулеймана ибн Дауда, всемогущего Соломона Давидовича Аджинджала из бюро путешествий и экскурсий, состоит в том, что ни один из жмущих в сумраке курортной толпы свою даму, — ни один никогда во веки веков не запомнит и не поймет ни одного слова из того, о чем при помощи радиофикации гомонит отбывающий свой вечный наряд демон под сводами над бездной. Никто не запомнит трудных абхазских имен и перечня солей и щелочей. Никто не вслушается, а все будут лишь тосковать, вздыхать до боли глубоко, ловя кислород, и пожимать подмышки своих дам. За свои же деньги.

Правильнее было бы употреблять тут повсюду прошедшее время, потому что многое с тех пор стерто войной, и целое подразделение пещерных демонов, переодетых в камуфляж, полегло возле тайных входов в свои пещеры, захлебнувшись сероводородом, несмотря на бессмертие. Священную гору окутали дымы взрывов, и тухлый запах подземного газа достигал самых стен монастыря. Монахи служили обедни и чистыми голосами пели заупокойные молитвы. Однажды один молодой послушник отправился повидаться с братом — кстати, тем самым Рауфом, или Рафиком, последним из живых демонов Аджинджала. Он пошел, конечно, подземным коридором с выходом в барбарисовую рощу на южном склоне холма. Молоденький послушник нес старшему брату кое-что с монастырской кухни и из огорода: помидоров, сыра, зелени, орехов, черной бастурмы и бутылку молодого монастырского вина. День его ждали назад, ночь, и еще день. А потом мегвинет, хитрый виночерпий, самый старый из всей братии, вышел в рощу ему одному известным ходом — древним и полуразрушенным — и бесшумно подобрался к поляне, месту встречи братьев, о котором знал кое-кто из монахов. И с ужасом, прибившим присущую ему веселость, словно грозой — бархатную пыль на Сухумской дороге, — мегвинет увидел обнаженное тело маленького послушника, черное от запекшейся крови, с отрезанными гениталиями: братец висел на коротком суку дикой груши, весь облепленный зелеными мухами. А рядом, обняв его мертвыми руками, коченел приколоченный сквозь грудину к корявому грушевому стволу пещерный демон Рауф. Следы битвы не остыли на поляне — но грузины унесли своих убитых. Старый мегвинет, отмахиваясь от мух, вынул из петли послушника, но из груди Рауфа так и не смог вырвать ржавый костыль. Мальчика похоронили на монастырском кладбище, а Рауф остался догнивать на груше, обняв пустоту.

Соломон Давидович Аджинджал успел уехать к сестре в Иерусалим, где по-прежнему руководит маленьким экскурсионным бюро. Раз в год, на Пасху, он сам водит экскурсии в Храм Гроба Господня, где на уровне наших колен, забранная стеклянным кубом, возвышается вершина горы Голгофы.

Пещеры Афона вызывали жажду простых радостей. Перефразируя поэта Блока, можно было бы намекнуть: познай, где тьма, поймешь, где свет. Но это звучало бы жестокой насмешкой по отношению к приговоренным потрепанным демонам. Ах, как шаловливо выбивали их резвые копытца искры из остывшей ночной гальки... Молчу, молчу.

Так и влачились. Смотреть вниз было страшно. Вверх — еще страшнее. Озирать стены — тошно. Страшно и тошно. И ведь, как подумаешь, — так и вся жизнь. Тошно, хочется прыгнуть, кануть, но, однако, страшно.

...Далеко напротив моего окна на крыше двенадцатиэтажного дома топтался человек. Он расхаживал, махал руками, приседал, думая, что его никто не видит. Однажды он даже помочился — прямо с крыши; хорошо, что с подветренной стороны, — струю отнесло от окон.

Но я-то все видела и знала, что он тоже хочет прыгнуть. А как же? Зря, что ли, подходил он к самому краю, как к рампе, и топал ногами. Вряд ли он топал и махал молча. Кричал, должно быть, и, должно быть, матом. Мата я, правда, не слышала, как и голоса в целом, несомненно, хриплого и полнокровного, сдобренного матерной злобой строителя. Если бы я слышала голос, то могла бы с большей точностью определить, чего же он хочет, мятежный жилец. Кабы донеслась до меня структура и фонетическая окраска матерных блоков, я бы могла с большей степенью достоверности опознать, не мой ли это друг, техник-смотритель Марк Антонов реет на крыше. Марк Антонов получил на днях вызов от Илюши Койфмана (дальнего родственника по отцу), который планировал продать свою долю в иерусалимском экскурсионном бюро и перебраться за океан к брату Саше, в его успешный футбольный бизнес. Илюша утверждал, что они оба — и он, и Марк Антонов (не говоря уже о Саше), буквально созданы для торговли футболистами. И пока Марк будет вживаться в статус беженца, кантуясь на пересылке в Вене, Илюша уже освоится в Нью-Йорке, купит машину, а возможно и квартиру, выучит язык и без проблем встретит Марка в аэропорту имени трагически погибшего президента Кеннеди, или Джи Эф Кей, как звали (и продолжают называть) его соотечественники. Что интересно, так же, по мнению Илюши, будут звать и его самого: Jill Felics Kofman. «Марик, верь мне, — кричал Джи Эф Кей по телефону из божественно прекрасного города Иерусалима, заваленного снегом по самую Голгофу, — в этих гребаных Штатах можно делать охуительные бабки, но я пока не знаю как!»

Теперь душа Марка Антонова рвалась напополам, как старый кумач — между Илюшей, окосевшим от равных возможностей большого бизнеса, — и дочерью

Агатой от первого и последнего брака. Хотя роль Марка в качестве консультанта по вопросам бизнеса можно оспаривать. Сказать, что он с бизнесом на ты, было бы натяжкой. Если честно, ему вообще нечего было ловить в Америке-то. Поскольку под влиянием токсических веществ, так ловко (на беду и радость русского народа) скомпонованных тестем поэта Блока ученым химиком Менделеевым, автором одноименной таблицы, приснившейся ему в одном из его сокрушительных снов, — Марк Антонов практически деградировал как личность и, как говорится, гражданин и равными возможностями просто не смог бы воспользоваться. Не смог бы, и все. Не прочухал бы, где настоящая возможность, а где так, пинта виски на халяву. Он не уловил бы разницы, понимаете?

А с другой стороны, у Марка Антонова именно здесь, в отчизне, в рамках родного ДЭЗа, возможностей было навалом, причем именно равных. Он мог сидеть у себя в кабинете, увешанном наглядной агитацией: на иврите — как пользоваться противогазом (прислал Илюша из Израиля) и на русском — как разумно и без паники вести себя при пожаре (выдали в райисполкоме). А мог гулять по крыше с полным на то правом и даже обязанностью. Изгнанный женою Магдой, он мог спать с белогрудой Ритой Кац, а после ее отбытия по следам и вызову того же гостеприимного Илюши на историческую родину — с кем угодно, вплоть до социолога Люси (ударение на последнем слоге: Люси из ИСИ), что он и делал всякий раз после того, как Люси ужас до чего настырно опрашивала его в числе других потребителей о переживаниях абстиненции. «Не вылазишь из сортира», — сообщил Марк и предложил Люси самокруточку. Теперь вечерами они покуривали вместе на его служебной площади, однако под влиянием жгучей плоскогрудой Люси колоться Марк Антонов прекратил, что тоже, разумеется, говорит о равных возможностях.

Насколько мне известно, Люси стала колоться одна и совсем пропала. Я видела ее в метро: она безумно устремилась к воющему свету в тоннеле и вся напряглась, трепеща локтями, как куриными крылышками. Я намотала на руку ее длинный шарф, и Люси замахнулась на меня, крикнув: «Не лезь, пассскуда!». Но поезд успел остановиться, и я втолкнула Люси в вагон. «Хули ты лезешь? — спросила она, отдышавшись и отчасти узнав меня. — Не теперь, так после». После, Люси, после, попросила я. Не сейчас и, главное, не здесь. Не следует загромождать своим телом московский метрополитен, главную коммуникационную артерию города. И нечего так афишировать. Прыгай, например, с крыши, и желательно ночью. Два ангела струились вокруг Люси, прозрачно поддерживая ее под локотки.

А Маркушка даже ангелов разогнал. Так что у него были все основания зябко ежиться у карниза, опасливо трогая ногой воздух, словно прибой, и кричать напоследок матом все, что он думает об этой жизни, над которой, по его словам, произведен некий грубый и бездумный акт.

Но об этом после.

...У выхода из пещер Агату стошнило, и Гудза, расстроенный и растревоженный бесцельной близостью Магды, гладко домчал до придорожного духана, где в огромных котлах пузырилась лава мамалыги и вялилось на едком дыму мясо, а под столами бегали грязно-белые собаки. За столом Агата заснула, и Гудза положил утешную руку Магде на колено.

— Не думай о нем, — сказал строго. — Я пришел, и я исцелю.

Каково?

Глава третья

Марик, Гарик и Юлик, мальчики за сорок. Водочка под Солженицына, Автарханов под водочку, водочка независимо. Покладистые девки, треп о визах. Факультативно — работа.

— А что, Гар, — сказал Марк Антонов, — нравится тебе с моей женой?

— Мне с тобой нравится, — сказал Гарик Ольшанский. — И вот с ним, — указал бородой на Юлика.

— Ты это в каком смысле? — встревожился Юлик.

— В переносном.

— Ты мне смотри! — Юлик погрозил кулаком. — А то на днях я одного официанта за эти дела так изметелил, любо-дорого.

Марк оживился, предвидя вскрытие социальных предпосылок непостижимого порока. У него-то самого тоже раз случай был. Стоял знойный февраль. Сквозь колоннаду в тень террасы протискивались ветви глицинии, свешивая сиреневые, будто покрытые изморозью, кисти над самым столом. Праздновали победу молодого Августа над шакальим выблядком Антонием и его египетской потаскухой. Ах, до чего сладка была царица! В сорок лет ее груди цвели, как бутоны чайной розы, обвитые каждая золотой спиралью в три кольца. Да, признаться, и Марк не избежал этого благоуханного ложа. Вернее, Клеопатра сама пришла тайком к нему в лагерь, проникла под плащом простолюдинки в его полковничий шатер. Марк был красавцем в те годы и славился в армии Октавиана как самый отчаянный рубака, пьяница и любовник. С Октавианом были они однокашники и вместе брали в гимнасии уроки фехтования на коротких мечах и стрельбы из лука. Вместе с тринадцати лет ходили к гетерам, роскошная Филлида и учила их заодно своему веселому искусству. Сын императорского повара и племянник Цезаря не расстались и после того, как Октавиана провозгласили монархом. Марк стал его военным советником.

Да, я был единственным, кому доверял скрытный и подозрительный Фуриец. По молчаливому уговору мы не вспоминали третьего своего друга — старшего годами и близкого к Цезарю (но в свирепых противоречиях своего сердца способного как воспарить орлом, так и источать яд змеи). Над гробом нашего кумира Гая Юлия, после речи консула Антония, мы втроем поклялись отомстить подлому деревенщине, вонючему отродью, втершемуся во дворец со своими кровавыми идеями республики. Отомстить и хранить верность памяти великого Цезаря и друг другу. Конечно, Октавиан был мне другом, но меня притягивал и Антоний, как притягивал он всех своим редким даром воспламенять и облагораживать сердца. Мне горько было видеть, как эти двое ненавидят друг друга. После смерти дяди, словно помрачившись рассудком, вместо того чтобы обрушиться на Брутов и Кассия, Октавий подослал к Антонию наемных убийц. Заговор раскрылся. И мне пришлось быть свидетелем нескольких кровавых битв, когда Октавиан не погнушался даже примкнуть к оптиматам, чтобы истребить консула. Я много слышал от Фурийца о вероломстве Антония. Но в этот раз я сказал ему: ты обезумел, Гай. Тебя преследует страх предательства, и ты первый готов совершить его. В империи это не новость, но не Цезареву смерть оплачивать этой монетой. Заклинаю тебя нашей дружбой; деревянными мечами, которые мы с тобой разбивали в щепки на песке; ночами у божественной Филлиды: остановись. Или в этой войне я встану рядом с Антонием. Лишь тогда Октавиан опомнился и перешел на сторону Антония. Как я надеялся — окончательно. И каким же дураком, доверчивым мальчишкой был я рядом с наследником. Боги вложили в его рыжую голову мудрость Цезаря, и солнечный блеск глаз освещал ему мрак грядущего.

Сенаторы на руках вынесли нас, всех троих, на площадь, крича: виват, слава триумвирату! Двенадцать лет продержалась власть Антония, Октавиана и Марка над Римом. Они разбили заговорщиков, бросив труп Брута на растерзание в императорский зверинец, а Кассия скормив рыбам. Тибр катил свои воды, красные от крови, и трупная вонь, которую нес над лугами ветер, заглушала медовый дух цветущих трав. Но не истекли декабрьские иды второго года правления триумвирата, как Антоний под видом инспекции восточных провинций уже целовал ноги и живот Клеопатры. А через десять лет, опутанный ее ласками, наш Антоний забыл свои братские клятвы и взял ее в жены. На это не решился даже Цезарь, хотя знал, что народ и Сенат не посмеют осудить его, богоравного.

И вот теперь Клеопатра, жена Антония, чья кровь смешалась с моей и кровью Октавиана в чаше, подставленной под наши запястья, — сладчайшая из жен тенью скользит в мой шатер, едва откинув леопардовую шкуру, закрывающую вход. О, Клеопатра, твои кошачьи изумруды светятся во тьме, могу ли я не узнать тебя, Клеопатра... И могу ли не догадываться, зачем ты пришла: ты, мать юного фараона, зачатого с моим кумиром; ты, жена моего врага и брата; ты, царица египтян, которые завтра должны быть перебиты моим императором, как перепелки? Зачем ты пришла ко мне — лучшему полководцу, другу и советнику Августа? Ты опять хочешь перехитрить великую империю и заключить сделку так, как ты это умеешь? Я лежал на шкурах, покрытых мягким ковром, и слова рвались с моего языка, но царица, словно облитая розовым маслом, впитавшая солнечный свет и жар пустыни, положила мне на губы свою детскую ладонь. И я, теряя рассудок, погружаюсь в эти цветущие травы, сладкие и пряные на вкус, забираю губами бутоны твоих роз, осторожно, как лошадь берет с ладони хлеб. Я целую твои шелковистые подмышки и касаюсь языком пупка... Ах, Клеопатра... Ты седлаешь меня и бьешь круглыми коленями меня под ребра, и мы несемся над ночными песками, и перламутровое, серебряное море лежит внизу, опрокинувшись навзничь, как я, Клеопатра, во власти твоих шенкелей. И я отпускаю тебя, Клеопатра. И я обещаю тебе поговорить с Августом.

Марк сам вывел царицу под утро из лагеря. И он разбудил Октавиана и все ему рассказал, потому что закон дружбы был святым законом. И Август простил его. «Сохрани им жизнь, кесарь, — сказал Марк, потому что до сих пор горел живот его. — Им обоим, кесарь, будь великодушен». Но Август отослал Марка, как раба, лениво махнув рукой: «От тебя разит, как от дешевой шлюхи, Лепид, оставь меня, сделай милость».

А в полдень Антоний принял бой, и мы перебили слуг фараоновых, как куропаток. И когда зазвенели наши щиты о стены дворца, Клеопатра принялась играть со своей маленькой ручной змейкой. И, расшалившись, та, словно иглой, вспорола жемчужным зубом голубую жилку у основания детской ладони царицы. И Антоний, учивший нас с Октавианом разным фокусам с кинжалами, упал на ее труп — горлом на маленький дамасский клинок, с которым никогда, даже на супружеском ложе, не расставалась царица.

Теперь мы праздновали победу. Десятилетний Тиберий не сводил с отчима сияющих глаз. Он был здесь

41

любимцем; Ливия, пленившая пьяного от крови тигра широким гладким лбом и тонкими руками, беременной похищенная им в сражении (она безмятежно улыбалась и обнимала его шею своими тоненькими, грязными от его крови и пота руками, и прижималась большим животом) — так и не родила Августу сына. Теперь он запускал руку в золотые волосы пасынка, хохотал и лил в глотку кубок за кубком. А потом Тиберий исчез, и Марк решил, что его увели женщины. Но с наступлением темноты на террасу заглянула нянька царевича и стала звать его. И Марк вспомнил, как непристойно жадно глядел на Тиберия молодой синеглазый сенатор Мемнон, избранный совсем недавно. (Марк был против. Ему не нравились ни женская повадка Мемнона, ни его высокий голос, ни капризный яркий рот.) Оглядев стол, Марк увидел, что исчез и Мемнон.

Марк нашел их в самой глубине сада. Мемнон стоял на коленях перед маленьким удивленным Тиберием, гладил его стройные ножки под короткой туникой и прижимался лицом к животу.

— Тиберий, — негромко сказал Марк, выходя из-за куста шиповника. — Тебя ищут. Иди-ка домой.

Тиберий вдруг расхохотался и грубо отпихнул Мемнона ногой. Высунул язык, отбежал и крикнул неожиданно:

— Козел вонючий! Все маме скажу!

Мемнон лежал, скрючившись, под кустом и плакал навзрыд, как ребенок.

— Не бойся, Мемнон, — слегка потрепал его Марк по спине, — он не скажет. А скажет, я объясню, что мальчик ошибся. Да он и побоится, слышь, Мемнон!

Тут юноша бросился Марку на грудь и затрясся в рыданиях, цепляясь за него и осыпая поцелуями руки Марка, его шею и плечи. «Ну-ну, — Марк грубовато поглаживал Мемнона по голове, — будь мужчиной...» И сам понял, как нелепо это звучит. Его рука случайно коснулась шеи Мемнона — совершенно девичьей, мягкой и нежной, и мягкие нежные девичьи губы уже целовали шрам на могучей волосатой груди, и посасывали мочку уха... И Марк сам не понял, что произошло, как их с Мемноном будто сотряс грозовой разряд. Юноша повалился в траву, шепча: «Спасибо, спасибо тебе, славный Марк!» Марк же озадаченно ощупывал мокрый край туники и ощущал слабость в коленях. Он брезгливо вытер живот и бедра пучком травы, плюнул и вернулся на террасу дворца. В ту ночь он напился как свинья. Вместе с Октавианом Августом. Нализались как последние скоты.

Глава четвертая

— Ну что, — сплюнул тут Юлик в сумерки. — Везу группу. Обычная шушера, тридцатипроцентники. И один такой, понял, с ушами — все ко мне липнет. Видать, думаю себе, стукачок. Меня ж «зайчики» не продохнуть как пасут. Внештатничать меня кадрили, помнишь, небось?

Юлик опасно оседлал любимую и древнюю былину о своем кровавом противостоянии Конторе. Марк Антонов не больно-то верил таким мемуарам вообще, а в случае Юлика — в частности, и строго одернул товарища:

— Слыхали. Обозначили тему, вот и держитесь, товарищ, тема хорошая. И лапидарней, мужчина, лапидарней.

— Да! — спохватился Юлик. — И этот-то, гнида, еще и интересуется: один ли я, мол, в номере или как. Ну, думаю, притырится теперь меня колоть, гад. И приходит. С шампанеллой и, сволочь, с шоколадкой «Люкс», падла. Как к целке. Впаривает, какая у официантов тяжкая доля. И вдруг — хрясь, как меня в ухо лизнет, прикинь! Ну, тут я ему фасад так отреставрировал, аж сам испугался.

Юлик раскинулся на лавочке во все стороны, и на его белесую ряшку всползла надменность, как всегда, когда он говорил о своей загадочной работе.

Они сумерничали, обкуривая кусты сирени «на Гоголях», неподалеку от памятника. Стоит там посе-

44

редь бульварного тракта, непомерный, с выражением ответственного за русскую литературу секретаря союза писателей на лице, и в любом задрипанном хиппаре, что толкутся у его подножия с уздечками на лбу, — сердца, ума и смысла больше, чем в его чугунных глазах. А того полупомешанного морфиниста, искрящего разрядами бронзовых прозеленей, охваченного шизофреническим поприщинским лукавством, с локтями, трепещущими под шинелью наподобие крыл, — того задвинули во двор, шоб никто! Как в психушку.

Какая удача, в сущности, что все они родились в позапрошлом веке, а один даже в позапозапрошлом, хотя и в последний его год. Где бы вы, например, догнивали лет через сто, гусарский поручик Мишель, наглый, изболевшийся прыщавый аутсайдер?

— Господа, господа, ну хватит же, наконец, о политике! — Катенька Рстаки хлопнула веером ротмистра Ольшанского по мускулистой ляжке, обтянутой белой лосиной. — Давайте шарады!

Шарады, шарады! — загалдели все. А ротмистр довольно крепко ухватил ручку Катеньки в высокой перчатке за запястье и притянул к себе. «А призы?» — шепнул, щекоча медовыми усами и едва ли не губами розовое ушко. Публика в Пятигорске скучала, особенно девицы, что позволяло гусарам и драгунам легко добиваться благосклонности. Ловко Мишель обставил свою отвальную в полк как вечеринку в гроте Дианы у Николаевских ванн. Барышни в романтической полутьме — не более двух десятков свечей — вовсе расшалились, хохотали, запрокинувшись, пили брудершафты, после которых охотно целовались с кавалерами. Непьющий драгунский полковник Мирзоев за своими орлами еще поглядывал, страшно выкатывая бараньи глаза из-под мохнатой гусеницы бровей. А немногочисленные гусары благословляли свои ранения и лихорадки, задержавшие их в скучном и милом Пятигорске по пути в чеченское пекло безо всякого присмотра.

Катенька Рстаки покраснела и окатила ротмистра исподлобья, да так, что грубое сердце урус-мартанского героя упало, словно при штурме завалов на гремучем Валерике, когда пулей из-за прибрежных кустов с него сбило фуражку. «И приз будет, да только не вам, ротмистр!» — Катенька вырвала ручку и сморщила губы, отчего стала ужасно похожа на свою графиню-матушку, строжайших правил львицу, о похождениях которой в пору ее спелого и веселого первого вдовства слагали легенды. «Преловко амазонка Р. оседлывает дикий хер». Эпиграмму помнили в свете до сих пор, хотя автора так и не узнали. Мишель, наш маленький ревматический Байрон, правда, кривит смазливую рожу: «Vulgar, жеребятина!» Ясно, досадует, что не он сочинил — небось, и на свете тогда еще сопляка не было.

Ольшанский недолюбливал храбреца-поручика: во-первых, слишком уж откровенно сквозь длинные ресницы блестели в его сторону глазенки Катеньки, и не ее одной. (Поговаривали, что княжну-то свою Мишель с нее писал; и, видать, не была мятной тайной для его длинного языка бархатная родинка над припухлой, словно бы зацелованной, губкой). А во-вторых, костью в горле ротмистра стояла бретерская и военная слава мальчишки, десятью годами моложе. Потому как и сам ротмистр был стрелком отменным, а в рукопашной лично зарубил знаменитого и неуловимого Заурбека, развалил шашкой от плеча до бедра, отчего страшно закричал конь, ошпаренный кипящими потрохами седока, облепившими холку, когда встал разрубленный Заур-бек в стременах и повалился на шею ахалтекинцу, не выпуская клепанной серебром уздечки. Редкостной красоты был конь, серо-серебристой масти, с широкими трепещущими ноздрями и узкими, словно коваными бабками, похожими на канделябры. Не дался никому, прыжком взлетел на высокий берег и умчал в лес свой жуткий груз, болтавшийся двумя кровавыми бурдюками по обе стороны тисненного серебряной парчой седла. Вместо награды Ольшанский получил семь суток гауптвахты: Заур-бека приказано было брать живым. А про Мишеля тогда в «Журнале военных действий на левом фланге Кавказской линии» написали, что «офицер этот, несмотря ни на какие опасности, исполнял возложенное на него поручение с отменным мужеством и хладнокровием и с первыми рядами храбрейших ворвался в неприятельские завалы». Одно утешение, что и в «Станиславе», и во «Владимире», и в золотой полусабле «За храбрость», к которым представляли Мишеля за Валерик — было ему высочайше отказано.

Оба разжалованы за дуэли. Но таковы были связи Мишеля (его всемогущей бабки), что через несколько месяцев уж он опять скакнул в поручики. Ольшанскому же хотя и вернули вскорости чин, да так и оставили сидеть в ротмистрах. Скоро год, как без толку возит он за собой повсюду новенький подполковничий мундир, сшитый сразу, как только одна из его милых осведомительниц в верхах шепнула, что готовится представление.

Литературные успехи однополчанина мало волновали Жоржа. Был он, как сам выражался, «не в ладах с изящностью». Папаша, старая флегма, залегший после кампании 1812 года на ковре под яблоней в своей Ольшанке с едва сотней душ, подписывал «Русский инвалид», но редко разрезал больше десяти страниц. А матушка, крутой замес, терская казачка: порода, хлестанувшая густой кровью в сыновьях Егоре и меньшом Семене, сгинувшем в Урус-Мартанском ущелье (снят, видать, шальной пулей в ночь перехода к Валерику), — хлебосолка-матушка едва умела написать рецепт пирога для такой же полуграмотной соседки-помещицы. Дошло раз в часть собственноручное письмо матери, хранимое ротмистром в том же сундуке, что и подполковничий мундир. «Егорушко, дерис крепка и брата ишы. Чюю непомер жывой сиомка. Пращевай серце мое сынка».

Разной породы они с Мишелем. Ольшанский хорошо это понимал. Мишель же оскорбительно не замечал тлеющей враждебности ротмистра и был с ним ровно учтив. Отчего разжигал казачью кровь еще больше. Будь они ровней, с гневом больше на себя, чем на поручика, догадывался Ольшанский, он бы с легкостью прощал красавчику и сердечные, и бранные победы. Но был Миша другой крови. И порой казалось бравому плечистому вояке мало не трех аршин ростом, что весь маленький, болезненный, в маленьких сапожках, с маленькими узкими руками и тонкой шеей, с неистовыми глазами припадочного худосочный поручик заслоняет ему Машук, застит солнце. Другой раз аж грудь теснило, так безумно хотелось поставить малыша к барьеру. И все искал, искал, но не находил Егор повода к вызову.

Мишель же, ничуть не тревожась насчет Ольшанского, в последние свои дни перед отправкой в полк принялся вдруг беспричинно и ядовито изводить Колю Мартынова, прежнего своего приятеля еще по юнкерской школе.

Надо сказать, в семье Мартыновых он принят бывал как близкий друг, навещал их и в Москве, и в Пятигорске, обе сестры находили его «милым» и «душкой». А за Натальей Мишель открыто ухаживал и даже числился в женихах, хотя маменька и осторожничала с ним ввиду злого языка.

И вот словно бес в поручика вселился. Он проходу не давал Николаю, язвил его с тою «аглицкой» тонкостию, на которую простоватый и добрый малый Мартыш ответить никак не мог. Шутил над ним такие шутки, что в несколько дней сделал беднягу посмешищем истомившейся на водах публики. То спросит ни с того ни с сего у источника, когда столпится побольше кружевных зонтиков: «Верно говорят, Мартышка, что ранение ты получил от своей кобылы, когда седлал ее, а она не стерпела да куснула тебя за локоть?» Девицы фыркали, а Николай, вспыхнув, прижимал к боку правую руку на черной перевязи и быстро шел прочь. «Стыдитесь, Мишель, — укорял доктор Майер, — вам ли не знать, что пуля раздробила господину Мартынову сустав! Ему с трудом сохранили руку, но она никогда не обретет подвижности!»

— Почем мне знать? — пожимал Мишель узкими плечами. — Но не правда ли, этот черный шарф и некоторая кривобокость придает Мартышке интересу? Ну разве что подвижная рука заменяла ему резвость в иных членах... Извольте. Я готов извиниться.

И так без конца, под прысканье барышень и хохот офицеров.

— Николя! Ты пьешь уже четвертый стакан! Твоя маменька приказала следить, чтоб ты не обпивался. У тебя еще в юнкерах случались конфузы!

А давеча учинил каверзу, которая едва не стоила Мартынову жизни. Послал с кабардинским мальчишкой письмо, будто бы от горянки, которые все тут как одна — красавицы. Страстное объяснение в любви. Свидание в полночь при дороге на Машук, у обрыва. Вечером же с Монго и Васильчиковым завалился к Николаю, пили шампанское, Мишель просил забыть обиды, целовал дурака-Мартышку, тот нервничал и был едва не в лихорадке. Наконец допили, ушли. Мартынов нацепил белую черкеску, опоясался кинжалом и выскользнул в ночь и замелькал, отлично видимый в своем нелепом наряде под яркой луной, меж узких тополей, облитых серебром.

Мишель же короткой дорогой вприпрыжку доскакал до места, оставил Монго с князем в кустах, сам живо переоделся в женское, на голову накинул белое покрывало, закрыв лицо до глаз. Вскоре показалась белая черкеска. К Николаю метнулась грациозная тень...

— Беда, — зашептала «красавица», обжигая угольями глаз, — за мной гонятся братья, они убьют тебя!

Николай схватился за кинжал, — и тут, ломая кусты, выскочили на дорогу, как ему показалось, с десяток вооруженных черкесов и кинулись к парочке, будя эхо гортанными криками. Не помня себя от ужаса, Мартынов медленно, как во сне, махнул на орду кинжалом, на ватных ногах попятился — и вдруг ощутил пустоту... Чьи-то руки схватили его на краю пропасти в сорок саженей и выволокли на дорогу.

«Черкешенка» сбросила покрывало... Боже, Боже, как он хохотал, дьявол, разинув рот и сверкая зубами и дьявольскими своими глазами припадочного! Как хлопал себя по ляжкам Монго и повалился в дорожную пыль, изнемогая от смеха, проклятый Сашка Васильчиков, проклятые, проклятые, ненавижу...

— Ненавижу! Ты ответишь... — Николай бросился бежать вниз по дороге и только у дверей своего дома заметил, что пальцы левой руки, сжимая проклятый кинжал, склеились и посинели.

Смех преследовал теперь Мартышку повсюду. Даже добрейший Майер не смог сдержать улыбки, встретив Николая у источника. Тот заперся и неделю не показывался в городе. Наденька Верзилина и старшая Эмилия сами пришли звать в гости — через пять дней после вечеринки в гроте. Влюбленная малышка ужас как страдала, глядя на позор своего красавца. «Послушайте, Жорж! — Наденька отвела строгую руку сестры и подсела к Ольшанскому в курзале. — Зайдите за Николя, приведите вечером к нам, непременно! Он точно не захочет прийти один. Нам так жаль его, не правда ли, Эми?»

Часу в десятом ротмистр вел упирающегося Николая к Верзилиным и клялся себе: еще одна выходка, и я сам, сам...

Из ярких окон летела музыка, смех, голоса. Мартынов остановился.

— Не могу, Жорж. Это выше моих сил.

— Черт подери, — прошипел Ольшанский прямо в лицо несчастному артиллеристу, сжав его плечи. — Ну они-то мальчишки. Но ты — мужчина ты или нет? Надо покончить с этим, едрись оно конем!

Да, да! Так оно все и было! Подскочил, скалясь: а, господа, вот и горец с кинжалом! Наташкина честь спасена!

Потемнело в глазах.

— Стреляться! — завизжал Мартынов. — Немедленно! На пистолетах!

— Прелестно, — усмехнулся тот. — А я-то полагал, что стреляются на дамских зонтиках. Когда прикажешь, Мартыш?

— Ну уж нет! — взревел тут ротмистр. — Не будь же подлецом, поручик. Где ему стреляться, безрукому?

— Пожалуй, — развел руками маленький Байрон. — Изволите извиниться за «подлеца» или сами вместо Мартышки встанете?

— Оставь, Жорж... — Мартынов криво оскалился. — Левша я.

Гнойным желто-зеленым брюхом вползала июльская гроза на южный склон Машука.

Глава пятая

Дуэли как выражение дикости нравов отошли в проклятое прошлое, хотя пролетарская культура и не исключила для обреченных бретеров права ответного (контрольного) выстрела — себе в лоб. В школе, разумеется, проходят, что общество, так сказать, убило одного автора в 1837 году. И что? Какие *аллюзии* это рождает у подростков? Даже у более-менее развитых? Да никаких.

Памятник Великому Хозяину самураев (чей путь к смерти осуществлялся с помощью тысяч эшелонов, пароходов и барж) стоит в небольшом городке, окруженном горами. Смуглые конические персты храмов, как продолжение скал, вонзаются в небо. Убогое глинобитное жилище в одну комнату с глиняным кувшином на столе заключено в непомерный саркофаг розового мрамора с могучей колоннадой кутаисского Дворца культуры. Алавердоба, праздник плодородного энтузиазма алазанской земли, выродился в тягучую пьянку, и в Божьем лике проступают меченные оспой, как у Калигулы, черты Великого Хозяина, пирующего во время чумы (сам-то одержимый диким, до медвежьей болезни, страхом смерти). Всенародный энтузиазм страха и забвения, вечный кайф власти, замешанный на холопской страсти вассалов. Молнии доносов, как харакири, вспороли небо и землю, и швы гноятся, ничего из них не растет, ничего не проливается, кроме гноя. Самураев терзает ломка. Абстинентный синдром, как сказал бы доктор Ольшанский, отец фарцовщика, сраженный гноящейся молнией через сто лет после гибели одного автора, убитого пидором гнойным.

Вот как это было.

Пидор нарывался. Соберет компанию таких же падл с отклеченными жопками, голубоглазых сенаторов, и завалится на посольскую тусовку в честь принца датского Гамлета, отравленного вместе с матушкой и всеми остальными в сцене дуэли (консультант — чемпион мира и Олимпийских игр Кровопусков). Сволочь эту кавалергардскую только сюда и пускали, потому что посол и сам охоч был отсосать у мальчишек. Ну вот, слоняются стайкой, виляя задочками, шушукаются, заливисто смеются и перчатками друг друга по эполетам шлепают. А поэт угрюмо забился в угол и глядит в свой бокал столь мрачно, что «Клико» скисает и обращается в мутную бурду. «Что за дрянь подают в этом Эльсиноре, — думает поэт, отирая бакенбарды. — Сопли какие-то, а не шампанское...» И ставит едва пригубленный бокал на балюстраду. А жена поэта сияет голой спиной и затаенно усмехается, когда пидор щекочет ей усами пудреное плечо. Поэт не смотрит на них, он поворачивается спиной к зале и глядит в зеркало. Но в зеркале ему видать, как мелькает жена с пидором в мазурке и пышным подолом захлестывает его колено. И тут сам барон, высокий крашеный старик с неприятно красным ртом — посол — подходит к поэту и крепко берет его за локоть. «Ваша жена, месье, напрасно дразнить мой сын. Я не желать скандал, а ви есть муж, и думать о свой лоб». Дальше он переходил на французский и был столь любезен, что поэту ничего не оставалось, как откланяться, не дожидаясь, пока жена вернется из туалетной комнаты. Дома, изорвав в клочья груду исчерканной бумаги, он гасил свечи и включал телевизор. И тупо смотрел, как царь прогуливается вдоль Лебяжьей канавки под руку с дамой, как два башмачка похожей на его глупенькую и еще больше поглупевшую от частых родов женушку, не утратившую, впрочем, гибкости стана. У поэта темнело в глазах, когда он думал об этих лебяжьих изгибах под чужими холеными пальцами. Он бросался к столу, дрожа, вновь запаливал свечу и быстро писал, не садясь и брызжа во все стороны пером: «И падали два башмачка со стуком на пол, и воск слезами с ночника на платье капал...» Оторопело смотрел на строчки и, опомнясь, густо замарывал и мелко рвал лист. Все чаще случалось, что стихи изливались у него не ко времени, когда срок излиться им еще не вышел. Снова гаснет свеча. Поэт подходит к темному окну, слегка отводит стору и видит, как из посольского лимузина проклюнулась ножка в маленьком ботике; и пидор, приемный сын барона, целует его захмелевшей от танцев жене запястья над перчатками и заглядывает ей под капор.

Он перестал ездить на приемы и презентации. Наташка возвращалась под утро, с размазанной косметикой, источая распухшими губами запах греха. В эти одинокие вечера ему часто звонили и говорили измененными голосами гадости. А как-то раз женщина картаво крикнула: «Кто из вас вообще пидор — ты или эта баронская подстилка?!» Он запер жену дома со словами: «Ох и блядь ты, женка. Позор мой и смерть...» И оба плакали, целовали друг у друга руки и просили прощения. И уж казалось, все налаживается. И тогда позвонил царь и сказал брезгливо:

— Зря мы пожаловали тебе камер-юнкера. Ты манкируешь нашими балами, царапаешь противуправные стишки. Приказываем тебе сопровождать Натали сегодня же вечером в маскерад.

...По бальной зале носилась стайка вертлявых существ, наряженных рогатыми козлами. Они бросились к нему, подняли на руки и понесли, вспарывая толпу танцующих, с воем: дорогу магистру ордена рогоносцев!

Закрыв лицо руками, бросив шинель, поэт выбежал на заснеженную набережную и, оскальзываясь, ринулся прочь из города. Он искал своего мучителя, пидора гнойного, и он знал, где его найти.

Возле заставы, где только ветер с разбойничьим свистом заметал поземку и, согреваясь, топал валенками возле шлагбаума рябой красноармеец, — Пидор Гнойный ждал его, стоя посреди тракта в распахнутой бобровой шинели. Сошли на обочину. Воровским движением пидор вытряхнул из рукава заточку и легко, как в сено, воткнул ее поэту в худой живот. Красноармеец, отвернувшись, мочился на шлагбаум.

Вот так это и было.

По ночам ломка раскалывает СА (можно и так) мураям черепа, выворачивает суставы и раздирает кишки, как лисица подростку из жуткого города Спарты, во многом похожего на прекрасную Москву и другие прекрасные города нашей прекрасной родины. Самуравьи (а так можно тем более) выставляют дозор к памятнику, охраняя от поругания подошвы божьего сапога. С воем ожидают они воскрешения Крестного Отца, который выручит их новой дозой. Отгоняют от его облитых кровавой луной галифе грузинских горлиц — небольших розовых голубей. Не ведая, что это случайные ангелы силятся вспорхнуть с цоколя.

Глава шестая

— Может, подеремся? — сказал Марк Антонов. — Вон, кстати, грядет милиция собирать отбросы общества.

К детям цветов направлялся из пункта А наряд, в то время как из пункта Б надвигались мускулистые ребята в кожаных куртках.

— Если хочешь знать, Гарисменди, я тебе даже завидую, что ты еврей, — продолжал безо всякой видимой связи Марк. — Вот, скажем, я даже захочу расстаться с родиной и откликнуться на зов дальнего родственника по отцовской линии Илюши Койфмана. Но кто меня, глубоко русского по духу и букве человека, выпустит? Не говоря о впустит? На каком основании?

— Можно подумать, Маркел, будь ты евреем, у тебя были бы основания, — неприятно осклабился антисемит Юлик. — Сиди уж. Здесь тебе отчизна комнату дала — аж четырнадцать метров квадратных. А там и слова-то такого нет: «ДЭЗ». Уж не рыпайся. Вот конкретно только тебя в этой так называемой Америке не хватало. Да тебе и не снилось, дурилка, какая у нас замечательная страна. Поездите с мое...

Мускулистые ребята тем временем вдвинулись в мирную стаю нерях и размеренными профессиональными движениями стали бить их не лишенные света лица. Наряд милиции барражировал поблизости и, словно горлиц, отгонял случайных зевак. Курносый сержант Петлюро подошел к друзьям и приветливо сказал: «Чо расселись? Не театр».

Девчонка из хиппарей, истерически крича, повисла на кожаном, отдирая его от мальчика, которому тот японским приемом ломал руку. Мальчик, стоя на коленях, скулил, как покалеченная собака. Милиция оттаскивала павших и запихивала их в небольшой, но уж очень какой-то вместительный «ГАЗ-69». Прохожие люди, потупясь, неслись вдоль бульвара бесплотными тенями. Гарик поднялся, стряхнув руку Марка, и пошел, куда глядели его глаза: навстречу борцу с покатыми плечами, обтянутыми черной кожей. Позже таких будут называть быками. «Торо» отдыхал, дуя на кулаки.

— Какого черта вам от пацанвы надо? — с близоруким недоумением Гарик уставился на него поверх очков.

Бык поднял от своих кулаков налитые кровью глаза, сплюнул и заклокотал сырым горлом:

— Передавлю гадов... Всю мразь патлатую перебью... Обсела погань страну, закона на их нету! Слыхал про патриотов, жидяра? Забыл порядок?

Гарик предусмотрительно снял очки, — и лицо, росшее как бы из борцовских плеч и занятое, главным образом, бугристыми от гнойников щеками, — размазалось невразумительной пачкотней черт... В то же время пудовый кулак опрокинул Гарика Ольшанского на цоколь Гоголя, и там он лег, пробуя языком теплое, соленое и разбухшее в собственном незнакомом рту.

Юлик и Марк Антонов дрались дольше, и их разделяли гораздо богаче. Вместе с молодыми тунеядцами их вывалили в тусклый коридор отделения и без учета половых различий затолкали в «обезьянник», с грохотом заперев засов. Там одна девочка вдруг рассказала им, как в девять вечера возле ее подъезда, где она целовалась со своим долгогривым возлюбленным, патриоты великой страны с непонятным гневом и яростью стали их бить, и Диму в конце концов убили, он умер в больнице, не приходя в сознание, а ее изнасиловали.

— А милиция-то?.. — тревожно начал было наивный антисемит Юлик, но осекся.

— Его родители обращались... — с покорным равнодушием докладывала девочка. — А я дома ничего не рассказала. У меня мама — парторг. Знаете, гороно, все такое. Она этих дел не понимает... — девочка обмахнула себя: потекшее лицо, грязные, с выбритыми дорожками волосы, ухо, закованное в кольчужку колечек... — А вообще самим нам в менту́ру лучше не соваться. Еще и добавят. Димкиным родителям сказали — поищут, хотя шансов мало, улик нет. Не нашли...

— Это невозможно! — упрямо не расставался с иллюзиями Юлик.

— Похему хе дебобождо... — Гарик с трудом разлепил губы, хотел подвигать онемевшей челюстью и не смог. Он узнал девочку. Это была его бывшая студентка, еще в дофарцовочную эру. Даже фамилию помнил: Рстаки. Странная фамилия, типа греческой. Контрабандистская. Надя Рстаки. На факультативе «Вселенная» она довольно толково доказывала наличие в космосе высшего разума.

— А меня однажды впихнули после такой же вот облавы в обезьянник к шлюхам. Они у меня крестик гранатовый углядели, велели снять, я не сняла. Они меня ногами избили, и еще... ну, гадость, в общем... Крест сняли. А наутро всех выпустили и слушать не стали. Скажи, говорят, спасибо, метла, что жива-здорова.

Гарик подцепил пальцем шнурочек на шее студентки Рстаки. Крестик был простой, латунный.

— А мама как же? — спросил, с трудом ворочая языком.

— Да мы не разговариваем давно уже.

Елизавета Петровна Рстаки, старший инспектор и партсекретарь городского отдела народного образования, не поднимая головы от письменного стола, за которым уснула под утро:

— Ты где была?

Надя Рстаки. В милиции.

Елизавета Петровна. Не юродствуй, Надежда! Где ты ночевала? Нет, в том плане... я, конечно, тебе доверяю, целиком... но...

Н а д я. Напрасно.

Е. П. Что значит «напрасно»? Хамка такая, мать глаз не сомкнула, все больницы обзвонила!

Н а д я. А морги?

Е. П. Дрянь ты паршивая, вот что!

Н а д я. А чо ты мне так доверяешь-то? Целиком! Да на мне пробы ставить негде.

Е. П. Что ты несешь, идиотка? Тебя воспитывали... У нас в доме всегда была... были... всегда... Надежда! Это что, что это у тебя в ру...Что ты делаешь, Надя!

Н а д я. Мам, да чего ты орешь-то? Это не марихуана. Это сигареты «ВТ» из братской Болгарии.

Е. П. Постой-ка. Я не понимаю. Ты что, ты как бы... ну, это...

Н а д я. Ну мам. Ну чо ты прям заходишься? Ну курю. И что?

Е. П. Та-ак. Сигареты, потом рюмка...

Н а д я. Потом шприц, потом панель.

Е. П. Не юродствуй, сказано! Дождешься, дрянь такая. Тебя никогда не били, но ты дождешься. На себя посмотри! Ты же девушка! (*Пытается вырвать сигарету*).

Н а д я (*бьет ее по руке*). Уймись. Надоело, ей-богу. Какая я тебе на фиг девушка? Да у меня три аборта. Да, да! Или четыре, точно не помню. И ночь сегодня я провела в ментуре, среди таких же отбросов.

Е. П. В ментуре?

Надя. В ментуре, мамочка, в ментовке. Еще вопросы есть? А вообще-то я только вчера исповедалась, так что грехи мне отпущены.

Е. П. Ты хочешь меня оскорбить, да? Что я тебе сделала? Я же знаю, ты лжешь...

Надя. Слушай, ма, отстань от меня, в натуре, а? Мне бы помыться и спать, ужас как охота... А, мам?

Е. П. Нет-нет, этого не может ничего быть, Наденька, ты росла в нормальной трудовой семье, что ты, детка...

Надя. Ма, сколько тебе лет?

Е. П. При чем тут... Ну пятьдесят два, ты же знаешь...

Надя. И с тех пор, как папа сбежал...

Е. П. Я уважала папу! А он меня! Совсем забываешься, да что же это, в самом-то деле!

Надя. С тех пор у тебя ведь не было мужчины? Нет ведь? Тебе что, никогда не хотелось?

Елизавета Петровна с ужасом смотрит на дочь, губы у нее ползут на сторону, подбородок мнется и мелко дрожит. Ее крашеные волосы немодно взбиты и густо покрыты лаком. Серое лицо, воспаленные глаза, широкий нос, рот, обведенный малиновой помадой, размазанной во сне. Коричневый джерсовый костюм из разряда *добротных*. Белая водолазка закрывает шею до челюсти.

Надя. А я тебе кое-что расскажу, хочешь? Папочка брал меня погулять, когда мне было еще лет шесть, и мы гуляли. Всегда втроем. Сначала он, я и тетя Нина. Потом он, я и тетя Алла. Потом он, я и тетя Карина. Самая красивая. Они покупали мне мороженое и оставляли на сквернике. А сами шли в один дом, рядом. И не велели никуда уходить. Поручали какой-нибудь бабушке присмотреть. Спускались всегда минут через сорок, через полчаса... В сквернике было весело, я не замечала, сколько точно времени они занимались там своим делом...

Елизавета Петровна затекшими пальцами мажет Наде неумелую оплеуху и так же неумело, громко плачет, ревет, запуская ногти в развалившуюся «бабетту».

Е. П. Я старший инспе... спектор... За тридцать лет ни одного подарка... Не взяла! Тридцать... безупречно... Сотни учеников!

Н а д я. Да ты ж ни одного урока не дала, мама, опомнись! Райкомы да роно, ты чего, мам?

Е. П. Работала, работала как проклятая, всегда с людьми, всё на нервах! Дисциплина, порядок, идеалы... Идеалы! Понимаешь, ты? У нас были идеалы. Что это за булавка у тебя в ухе? Что за бред? В чем твои идеалы? Газет не читаешь, ничего святого! У нас были идеалы, и мы росли людьми. Людьми! Была цель! Мы умели работать и жить во имя цели, и мы ее добивались. А у вас? Какая у тебя цель, где она, дура ты никчемная!

Н а д я. У меня есть любимый человек. Вчера мы с ним крестились на Неждановой... Там, говорят, батюшка нормальный, а то кругом — не ниже майора... Теперь я обрела благодать. Ты знаешь, что такое благодать? Ну хотя бы примерно?

Е. П. Крестилась... Моя дочь, *моя дочь!* Надя... (*невнятно бормочет*) надо что-то делать, надо... то есть, Надя... надя что-то... Как-то надя аннулировать...

Н а д я. А ты откажись от меня, как тогда от дедушки.

Е. П. Дура! Я была комсомолка! Да! Директор школы, коммунист, фронтовик, сказал мне: твой отец — враг народа, ты должна выступить по школьному радио... И я это сделала, потому что... Потому что я не хотела быть дочерью врага народа! Это что, непонятно?

Н а д я. Ты хорошо устроилась, ма.

Е. П. Ну что за дура... Да, от этих реабилитаций в ушах шумело. Но так же можно с ума сойти. Надо верить... Надо верить в идеалы...

Н а д я. Да, мама, надя верить в идеалы.

Уходит, тихо прикрыв дверь.

— А Диму, значит, убили, — задумчиво говорит Гарик. — А тебя эти скоты истоптали хором. И бляди, значит, добавили... Ну а ты, стало быть, на всем этом приветливом фоне кайфуешь в благодати. Лихо.

Между тем, два молоденьких милиционера подхватили Рстаки и повлекли ее в конец коридора к окну. И странно так повлекли, плавно, будто не касаясь сапогами заплеванного и зашарканного линолеума.

А у окна зависли, и сизые одежды пали с них, и сапоги сошли лоскутами мертвой кожи, и хлынули из-под фуражек златые власы, и безусые губы, вернее, уста разомкнулись, и воспели они сладкой музыкой бесполых голосов: «Иннокентий к ним выходит, гениальный Иннокентий...» Ликующим лицом Рстаки озарила Гарика и прочих и в утешной компании перламутровых перьев воспарила без разбега, вертикально, пронизала потолок и оставила всех в смущении.

Как вариант можно отправить Надежду к Гарику и втроем с Марком Антоновым они бы сняли напряжение дня. Автор сам бы прокипятил им шприц, и развел бы, и процедил, так что им осталось бы только засучить рукава. И Гарик уступил бы Надежду Марку Антонову, и Марк обрел бы с ней, наконец, благодать, не доезжая до Шереметьева.

Но это было бы неправдой. Потому что таким, как Марк Антонов, благодати не обрести. Им будет плохо здесь, потому что здесь — плохо. А там им будет плохо, потому что и там вообще-то не лучше. Ведь мы же говорим о душе, о ее странствиях и страстях, а совсем не об очередях за водкой и ценах на пельмени.

Глава седьмая

Юлик рвался к начальству, ярясь как-то не по-русски: «Я требую, чтоб разобраться!» И еще: «Я служебное лицо! Поговорим как демократы!» Впрочем, под утро, лениво накостыляв тем, кто поближе, вместе со всеми их исторгли вон. И Москва приняла их в сырые и свежие, легко и сладко отдающие бензином объятия.

Светало сиренью. Просыпались дворники. Засыпали ответственные работники. Девушки взбегали по лестницам, сочась гормонами.

Побрели бульварами. В закрученном, как раковина или ухо, что одно и то же, грязном проходном дворе у Никитских прошли низкой аркой к подъезду и на волне плотных лесенных запахов, как на лифте, поднялись к жилью. Женщину звали Сталина, было ей лет тридцать-пятьдесят, она зевала, грудь раздирала халат.

— Мыть, есть, пить, спать, — скомандовал в раковинку уха Юлик, и Сталина вынесла три роскошные купальные простыни.

— Юля, — сказала женщина, находящаяся с Юликом в нечетких отношениях. — Ради бога, только вот без этих вот. Я после дежурства и устала, как бобик.

И посмотрела на Гарика прямым, открытым, хмурым взглядом приказа, словно генеральный директор.

— Администратор гостиницы, — зачем-то объяснила она, — работа собачья.

68

Гарик кивнул. И проворочавшись часа полтора, проверив уровень храпа Марика и Юлика, он, влекомый неоспоримым магнитом, встал и неверными галсами, опрокинув стул, добрался до смежной комнаты. Сталина снова хмуро взглянула трезвыми утренними глазами и подвинулась.

Однажды он родился в год Дракона, в эпоху правления Великого Хозяина, в чью честь называли как мальчиков, так и девочек, гладкими стальными именами. Ему исполнилось полгода, и его мама Ида проснулась рано утром в воскресенье с бьющимся сердцем в ожидании известия. Она надела белую трикотажную блузку в черную полоску, белую парусиновую юбку и белые прюнелевые туфли на кнопках, которые всегда с вечера чистила зубным порошком. И, вся свежая, окутанная запахом утюга, вышла на кухню. Соседки щурились от чада и пара, и локти их ходили над кастрюлями, как маховики паровоза. Кухня двигалась, словно единый механизм, белая же Ида праздно стояла, улыбаясь, как бабочка. Паровоз катился сквозь нее, отбраковывая, за праздностью отбрасывая прочь из общего созидательного варева. И не только за праздностью.

Молодого доктора Ольшанского ждали у подъезда год и два месяца назад. Два бритых самурая с крупными ноздрями спросили у него документы, когда он возвращался с ночных ездок: в ожидании, пока жена растила свой гулкий живот, он подрабатывал на «скорой». В ту ночь кололи адреналин и делали массаж сердца одному энтузиасту некой картофельной конференции, ушастому мухомору, который потерял сознание на втором часу оваций, не смея выбиться из ритма общей эмоциональной приподнятости. Ольшанский с ординатором Васей Пёкиным по прозвищу «Пекин» мухомора откачали, и, не задумавшись о незлом тихом присутствии этого самого Пекина, Ольшанский ободрил вновь задышавшего картофельного делегата: «Ликовать меньше надо, товарищ дорогой. Жизнь — она не картошка».

Горохом и уксусом, гречкой и чесноком, и салом, и колбасой, и картошкой на сале надвигался состав с локомотивом из жареной рыбы и спальными вагонами из свежего хлеба с ветчиной, в который вонзались зубы Любаши Романчиной, молодой жены военного инженера-конструктора, старого, как один желчный камер-юнкер супротив своей невообразимо юной красавицы-жены. Любаша смотрела на Иду без выражения, неодушевленно, ярким длинным язычком снимая крошки с губ.

— Я так волнуюсь... — жуя свою розовую улыбку, капризно протянула Любаша. Драконы на ее шелковом капоте-кимоно скалились, как тот молодой офицер в фуражке с голубым верхом, в черный ЗИС к которому она, всякий раз превентивно покрутившись за своим хвостом, все прыгала и прыгала болонкой на

Кузнецком. — Ужасно волнуюсь. Илью Константиновича вызвали вчера утром, и до сих пор нет.

Локомотив повернул в ее сторону. Ида погладила холодный шелк рукава.

— Это ничего! — воскликнула она. — Я сегодня почему-то с раннего утра жду хороших вестей!

Люба отряхнулась от ее руки, как от гусеницы, и зашуршала прочь. В дверях обернулась. Выщипанные в ниточку бровки прищемили пухлую детскую морщинку.

— Думайте, что говорите-то, Ида Герцевна! Вообще уж, докатились...

Год и два месяца Ида ходила, писала, выстаивала очереди, умоляла друзей, валялась в разных вонючих ногах, теряла друзей, теряла работу, перебивалась дешевым шитьем и всякими унизительными крохами... И вот в воскресенье, в полугодие сына проснулась с чувством обновления.

Это был очень красивый, необычайно солнечный двор — с цветами, фонтаном и павлинами, вскрикивающими, как мучимые газами младенцы. Двор усыпан был грецкими орехами и окружен кипарисами, полузадушенными диким виноградом — как у них дома, в Якорной Щели. И в этот двор с деревянной галерейки спускается молодой и ослепительно красивый военачальник, усатый офицер, и рябоватость совсем не портит его, а придает мужественности. И покой слетает на ее грудь, как ангел, покой от мягкой, табачного цвета гимнастерки, расшитой золотыми драконами, и медового запаха трубочного табака. Он одинок, но ощущение его огромной силы вливается в ее сон, и она — ликующая часть этой силы. Бесшумно окружают его измученные и бессонные, истерзанные страхом и разлукой, блаженные нищие духом. И он говорит благодатные слова, невыразимо прекрасные и солнечные, невыразимо. И не гонит ее. Слова, произносимые им, неслыханны и давят на сердце изнутри, как на плотину, где многотонный напор воды превращается в неукротимую электрическую энергию. И больше всего в тающий миг утреннего сна ей хотелось умереть за это божество, забыв о сыне и о муже. Потому что сердце разрывалось от любовного исступления его слов. Братья, говорил он, и сестры! Именно так он говорил.

Она не пойдет сегодня искать работу, сегодня воскресенье. К тому же вчера Иду познакомили с одной женщиной, библиотекарем ГПНТБ, у которой была миссия на этой беспощадной земле, в эпоху беспощадного правления Дракона. Нинель, прямая и древесно белая, подтянутая, как свежеоструганная доска, затянутые виски, блузка, затянутая под камею, прямые плечи и квадратные глаза древесного цвета, и длинная лошадиная челюсть. И редкое восковое солнце улыбки. Нинель устраивала на работу ЧСИР — членов семей изменников родины, хотя правильнее было бы сказать «родине». Она записала Иду и пожала ей руку. Зайти надо двадцать пятого вот по этому адресу. Вытащила одну нитку из клубка перепутанных, самых центральных деловых улиц — Маросейку. Ида с сыночком поедут сегодня кататься на лодке в Парк культуры и отдыха. А в среду двадцать пятого она пойдет на Маросейку в маленькое машбюро.

Вся в ожидании чуда Ида включила черный блин репродуктора — и услышала то, что услышали в это утро все. Все братья и сестры.

Глава восьмая

Сталина молча держала его за плечи, все сильнее сжимая пальцы. И потом тихо ойкнула. И все. И вся ласка. В ее грубом красивом лице он видел синюшные от малокровия лица эвакуированных девчонок. Голубая занавеска, как капля купороса в воде из школьного опыта, все окрашивала голодным малокровным цветом.

— У меня сегодня день рождения, — соврал Гарик.

— Неприятное чувство, — не открывая глаз, Сталина пожевала голубыми губами. — Как будто это все уже было. И ты, и день рождения. И точно так ты водил мне пальцем по бровям.

— А так и было. Мне шестнадцать, тебе семнадцать.

Мы с матерью как эвакуировались, так там и застряли, под Ашхабадом, село Ыхыз. Гиблое местечко. Степь, пустыня, солончаки. Летом земля, как терка. Ящерицы одни да перекати-поле, колючие такие, знаешь, шары, катаются под ветром. Голова вся в песке, воды в колодце на донышке... Меня наголо брили, от вшей. И мама остриглась почти под ноль, очень от грязи мучилась. Жили при больнице, барак на двенадцать коек и дощатая пристройка с фанерной перегородкой. В одной половине мы с акушеркой, в другой — врач, мать фельдшером работала. Доктор хороший был мужик, кореец, из ссыльных. Сортир сам построил в больничном дворе, а то просто яма была, мухи стояли тучей, вонь глаза выедала... Лекарств не было, ни пенициллина, ничего. Он женьшенем лечил, но не всех. Запас у него был, на спирту. Мало совсем. Село нищее, леса нет, дома клали из глины с навозом, саман называется. В редком самане сифилиса не было. Даже у малышей: так и рождались — сифилис, рахит. Мать сперва боялась, а потом привыкла. Кореец матери велел женьшень пить по ложке каждый день и мне давать. Я думаю, он ее любил, маму-то. Акушерка, что с нами жила, тоже русская, вернее, еврейка, — очень культурная старуха, страшно к нам привязалась, — раз ночью слышу, она маме говорит: «Идочка, ты еще молодая, о мальчике хотя бы подумай, ему отец нужен. Пак хороший, интеллигентный человек. А смотрит как на тебя: как на икону... Шла бы за него, сколько ждать-то будешь...» А мать все почту ждала. Раз в месяц нам привозили: почту, хлеб, концентраты. И вот однажды прибегает она с площади — ну это так называлось: площадь, просто утоптанная поляна перед МТС, с репродуктором на столбе. Прибегает и протягивает мне конверт. Мятый, весь заштемпелеванный... Читай, говорит, ничего не вижу. И руки трясутся, и лицо все какое-то смазанное, расплывается, как в плохом стекле. Ну, вынимаю письмо, долго, видать, шло, на сгибах совсем стерлось. «Ида, килечка моя, не знаю, жива ли ты. Письма к нам не доходят. Срок мне скостили за примерное

поведение, заменили бессрочной ссылкой. Живу в деревне, в пяти километрах от зоны. Каждую неделю надо являться в милицию. Не знаю, отпустят ли когда-нибудь. Да я и привык. Устал я очень, Идочка. Если ты жива, прошу тебя: прости меня и забудь. Я мертвый человек. Все мы тут мертвые. Живет со мной одна женщина. Это не то, что ты думаешь, просто одиночество, какого и не вообразить. Любил тебя, сколько хватало сил, а теперь выгорел дотла. Помнишь, мы еще студентами, в 31-м, ездили к твоим в Якорную? Здесь, на зоне, я часто видел один сон. Мы рыбачим с тобой с лодки, как тогда, вечером. Море гладкое и белесое, как снятое молоко. И лодка вдруг вспыхивает и горит, как бумага. Ты прыгаешь в воду, но это не вода, а песок, и бежишь по песчаным волнам, а я кричу тебе вслед: "Килька! А улов-то!" И сгораю. Знаешь, Килечка, я любил тебя, только тебя все это время. Но меня больше нет. Твои маленькие босые ножки оставляли ямки в песке. Ты любила, когда я целовал твои пальчики, такие ровные, чуть сморщенные от воды. Это было, но наверное не со мной...»
Тут раздалось какое-то странное рычание, и я уронил письмо. Мама стояла на четвереньках и стукалась головой о притолоку. Носом у нее шла кровь, и она рычала, как пастушья собака.

Доктор Пак ходил за ней, как за малым ребенком, с месяц, не меньше. Вливал ей в рот по ложке верблюжье молоко и свою настойку, поил корейскими травами. Но мама как будто отключила связь. Дни и ночи она сидела на топчане, уставясь в стенку, не ела, не разговаривала и не слышала, когда к ней обращались. Исхудала и одичала, как бездомная кошка, обросла седыми волосами и отбивалась, когда ее хотели постричь или хотя бы причесать. Даже в сортир не ходила. Мы носили за ней горшки, Фаина подмывала кое-как... Если изредка мама засыпала, то сразу начинала бормотать и кричать, всегда одно и то же, только два слова: песок, кричала она, песок, давит песок! Тогда Пак стал толочь в чашке какую-то мелкую черную крупу и подмешивать ей в питье. Это были маковые зерна. И мама перестала кричать во сне и однажды узнала меня и сказала: «Игорек, как ты вырос!»

Скоро она ушла жить за перегородку. В сельсовете их сперва не хотели расписывать, потому что мама считалась замужем. Но доктор Пак отнес председателю большую бутылку своего женьшеня на спирту. Председатель, толстый туркмен, целыми днями пил чай у себя в конторе, одетый в ватный халат, рожа вся лоснилась. Сам он имел четырех жен, младшей — двенадцать.

Было недели три в году, весной, когда наш солончаковый ад превращался в рай. Степь зацветала. Поселок брали в кольцо тюльпаны. На километры вокруг — какой-то дикий сон, глюк, дурдом: все горело, переливалось, белое, желтое, лиловое, розовое... А дальше, совсем далеко, часах в трех ходьбы, начинались с одной стороны — маковые плантации, с другой — конопля. Детей к маку не подпускали, да и взрослые боялись этой поры — цветения. Мне Пак тоже не велел подходить близко. Это ядовитый мак, объяснил он, опиумный. Рассказывали, один русский ехал мимо на машине, засмотрелся на этот пожар до горизонта и потянуло его туда, как в омут. Пошел, и сморило его. Лег в мак и уснул. Так и не проснулся. Только осенью, когда собирали урожай этих чертовых коробочек, увидели на дороге брошенный грузовик. А потом двое парней наткнулись на обглоданный труп в истлевших лохмотьях. Ястребы, лисы и дикие коты уже хорошо поработали, оставалось кости зарыть.

Мак собирали все. Большую часть сдавали председателю в обмен на зерно — килограмм плохой пшеницы за килограмм мака. На этот мешок с курдючным салом пахали человек четыреста — полсела. Батрачили на его поле, пасли его скот. Хороших батраков он освобождал от работы в колхозе. Колхозы возделывали хлопок, государство платило копейки, а туберкулез и рак легких выкашивали целые аулы. Ясно, эти от рождения гниющие, редко доживающие до сорока вьючные люди рабству у советской власти предпочитали рабство у своего бая. Опиумное сырье он продавал иранским контрабандистам, было у него на границе окно.

Мак перемалывали с пшеницей, из этой муки пекли пресные лепешки. Хлеб с опиумом убивал чувство голода. А заодно и все остальное, включая самих едоков.

Ну и, конечно, анаша. Во всем Ыхызе не курили «план», похоже, только мы трое — мама, Пак и поначалу я. Лет до семи. Акушерка Фаина помирала без курева — табаку не было совсем. В первые же месяцы эвакуации стала она покупать у ребят коноплю — самой до плантаций ей, понятно, было не доковылять. И вот, как подрос я малость, увидел однажды: сидит она вечером на крыльце, смолит самокрутку, глаза полузакрыты, и морщинистые губы разъезжаются в тихом блаженстве... И непривычное, небывалое здесь зрелище счастливого покоя заворожило меня. Стал я выходить по вечерам вместе со старухой и глазеть на нее. И однажды весной, на закате, когда краски неба смешались с заревом тюльпанного пожара, Фаина с блаженной вечерней улыбкой потянула мне свою мокрую на конце самокрутку. «Курни, детка, — говорит, — полегчает».

Ну и втянулся. А потом уж меня для бизнеса наняли. Запускали нас, пацанов, на конопляное поле, мы носились там голышом, потели, и пыльца оседала, липла по всему телу. Ее соскребали, делали «мастику», немного давали нам, остальное — на продажу...

Сталина поднялась, в ее теле отражался свет фонаря за окном, и женщина голубовато светилась, как рыба под луной. От луны и фонаря в комнате было светло; не зажигая света, Сталина вытащила из-под стопки чистого белья в шкафу блестящую металлическую коробочку — стерилизатор. Достала два полных шприца. «НЗ, — объяснила сухо, без улыбки. — У тебя же день рождения, если не врешь».

Объятие было похоже на долгий, подробный обмен молекулами, переход одного тела в другое, слияние в длинный язык хамелеона, который стремительно раскручивался по всей длине улицы и слизывал время, пока их общий маленький организм менял окраску и парил высоко под потолком, уходящим в черную теплую сладкую высь.

Гарик не чуял ног, вернее ощущал только их тяжесть, они ненужно растекались, как намокшая вата, и человеческий вал, катившийся по Трубной, грозил расплющить мальчишку и размесить в фарш с мартовским черным снегом.

Он вжался в маленькую нишу в стене, и стенка вдруг подалась, оказавшись низкой дверью, выкрашенной заподлицо с притолокой. Гарик ввалился в темное помещение, где вкусно пахло пиленым деревом, скипидаром и лаком. В полуподвальном окошке мелькали ноги, ноги, ноги, сотни тысяч нескончаемых ног. В полутьме Гарик увидел гробы и крышки для них, прислоненные к стенам. Иные были совсем готовы, покрашены и отлакированы, кое-какие стояли еще неструганные, в углу навалены были доски, посреди же мастерской возвышался верстак с инструментами. Под верстаком что-то зашуршало, зашевелилось — видать, кошка. Гарик нагнулся, из пахучей древесной мглы блеснули глаза. Точно, кошка. Гарик протянул руку. Кошка отпрянула и прошипела: «Тебе чего, сука?»

Лица девчонки он не видел, только два голодных и перепуганных глаза.

— Дверь запри, придурок, — снова по-кошачьи прошипела девка. — Пожрать нету?

— Откуда? — Гарик пожал плечами.

— А выпить?

— Дура, что ль? Там хрен знает что творится, — он кивнул в сторону улицы. — Давят друг друга, ты вообще чего здесь?

Девка выползла из-под верстака, худющая, лохматая, грязная.

— Тебе-то что? Живу тута. Пока. Столяр тут добрый, сказал, не донесет, если дам. А у самого не стоит, — девка ухмыльнулась. — Старый мудак. Ты, говорит, помоги мне, а я тебе. Мы, говорит, православные, должны друг дружке помогать. Ну вот, я, значит... это... ну ты понял? Помогала, помогала — аж два раза, вонючка старый... — Девка сплюнула. — А тут он вдруг вчера ушел и не вернулся. А сегодня народ как попер с ночи — я перетрухала...

— Очумела что ль? Не слыхала ничего?

— А чо? — девка округлила огромные глаза, отчего стала вылитая драная кошка.

81

— Чо-чо... — передразнил Гарик. — Сталина хоронят.

— Ай! — девка, вскрикнув, закусила кулак. — Врешь, падла! Стукач, а?

— Идиотка, — Гарик сел на верстак. — Ты откуда взялась-то, дура немытая?

Девка испытующе посмотрела искоса. Почистить да причесать, красивая была бы.

— Правда помер?

— Да чо с тобой говорить, — Гарик махнул рукой.

— Слышь, придурок, там столяр, гнида дырявая, где-то пузырь прячет с самогоном. Поищи, будь другом. Только с лаком не спутай. А то я этих гробов боюся, да и ворочать с голодухи тяжело.

Пока Гарик шарил за гробами, девка рассказала, что приехала на товарняках с поселения, где неделю назад померла у нее мать. Жить ей там, в деревне на Урале, смерть как надоело, решила Москву посмотреть, а у них с матерью нету разрешения, минус десять называется. Ну вот и прячется. А теперь, раз усатый помер, — девка хихикнула, — может, ее и не тронут, может, разрешат, документ какой выправят, в домработницы пойдет или еще куда...

За досками что-то стеклянно звякнуло, Гарик просунул руку, потрогал холодный гладкий бок бутылки. Даже, пожалуй, бутыли. Осторожно вытащил. За бутылкой лежал еще какой-то сверток, жирный на ощупь. Понюхал — пахло чесноком. Лизнул — соленое, нежное.

Сало откусывали прямо от куска, по очереди, самогон разлили по жестяным баночкам, вывалив из них гвозди и шурупы.

— Помянем? — засмеялся сразу захмелевший Гарик.

— Еще чего, — с серьезной злостью ответила девка. — Кол бы ему в жопу, дерьмом облить и заморозить. Вот и памятник.

Гарик с уважением посмотрел на ссыльную.

— Ну мать твою давай помянем.

— Мамашу можно, — согласилась девка. — Знаешь, ведь с ментом, сука, жила. Ну, правда, не злой был ментяра, и ко мне не приставал. Но это только первое время. А потом его убили. Блатные в лесу застрелили. Тогда она с доктором сошлась, тоже ссыльный. Этот вообще доходяга. Каждый день ждали, что дуба даст. Все молчал и плакал. А вот мамка-то померла, рак, что ль, сам доктор сказал. А сам все живой. Я говорю — уеду, дядь Лёв, скучно мне с вами. А он говорит — ну, езжай, Талочка. И вся любовь. Как мертвый все равно.

Что-то кольнуло Гарика слева под ребром.

— Талочка? — он спрыгнул с верстака, где сидели они бок о бок, и прижался животом к девкиным коленям. — Наташа, что ль?

— Тала, сказано тебе. — Девчонка чуть пригнулась и обдала его запахом самогона и чеснока. Грязные детские пальцы с обломанными ногтями расстегнули

83

ремень, брюки и оттянули резинку трусов. — Тебе сколько лет?

— Шестнадцать, — шепнул Гарик, чувствуя, как забилось и набухло в паху.

— Господи, — кряхтела Тала, сидя на Гарике верхом и держа в кулаке его маленькую пацанскую плоть. — Что ж ты, придурок чокнутый, первый раз, что ли?

Гарик, зажмурившись, глотал слезы. Тала легла рядом, уткнувшись ему в шею, и все гладила, гладила по животу и по груди под свитером, а он лежал, словно деревянный, и отводил ее ладонь...

— Слышь, как тебя, поцелуй меня, а? — Тала убрала руку и вытянулась в струнку. И тогда Гарик коснулся соска маленькой груди, потом прочертил пальцем до пупка, потом до жестких волос под животом, потом окунул палец во что-то тесное, горячее, и там стало вдруг широко и мокро, и он еще шире раздвинул эти створки всеми пальцами, и Тала сказала: «А-ах, ой, вот это да...», и ее язык оказался у него во рту, а сам он, весь, в этом мокром и горячем, темном и невыразимом, как тающий шоколад, и электрический разряд сотряс его с такой силой, что он не услышал собственного крика и немедленно заснул — на пару минут, но так крепко и сладко, будто проспал целую ночь.

Глава девятая

...Длинная серая рыба плыла по белой ледяной реке. Вдоль рыбы бегали большие собаки и лаяли, если рыба сбивалась с шага. Конвой в овчинных полушубках скрипел валенками и беззлобно покрикивал: «Не останавливаться, шагу, шагу!»

Вдруг рыба споткнулась и развалилась. Из середины ее серого молчаливого тела раздался натужный крик.

Собаки, захлебываясь, рвались с поводков. «А ну вперед, чего стали!» — забегали вдоль строя конвоиры.

Но рыба уже распалась на сотню-другую женщин в серых ватниках и платках, и одна из них, охая и давясь криком, упала на колени. «Рожает, рожает, рожает!» — визжали зечки.

— Нашла время, сука, — сказал старшина Мешков, мелкий курносый человек с белыми ресницами, и направился в гущу этапа, где зародился беспорядок.

Баба с одутловатым лицом, возраста невнятного, как у них у всех после многих недель этапа, лежала, развалив колени, на твердом насте колымской трассы и выла на одной ноте. Потом замолчала и как будто задремала. Мешков смотрел на нее, озадаченный. Тут тетка взвыла вдруг сиреной, так, что ближняя из овчарок прижала уши, и дальше уже не смолкала, а только все громче причитала: «Ой мама ой мама ой мамамамамамочка-ааа!» Лицо ее из серого сделалось багровым, две бабы опустились рядом на корточки, роженица вцепилась в их рукава. Из толпы выступила старуха в черном платке до бровей, бросила Мешкову через плечо: «Спирту!». Старшина вынул флягу, протянул. «Лей!» — приказала старуха, подставляя грязные ладони. Мешков, тихо матерясь, тоненькой струйкой нацедил в горсть спирту, старуха сполоснула руки и вновь распорядилась: «Тряпок нарвите». С рожающей бабы стянули штаны, подсунули под нее несколько ватников, и женщины окружили ее, закрыв от конвойных и солдат. Мешков слышал лишь оханье, стоны и строгий голос старухи: «Давай, давай, давай, молодец!» И снова — оханье и — «Давай, давай, умничка...» И потом — слабенький писк, шлепок и женский смех, такой тихий, такой женский, какого Мешков не слыхал, почитай, ни разу в своей небольшой и грубой жизни.

Завернутую в тряпки тугую личинку укутали в платок, матери напихали в штаны остатки тряпок и взяли под руки — вести дальше. Несчастное существо, в котором, с точки зрения Мешкова, не было совсем ничего человеческого, морщило синюшное личико, разевало дырку ротика и пищало по-котячьи. «Вот ведь сучье племя!» — пробормотал Мешков и стащил с головы великоватую ему ушанку. «Ложите вашего уродика», — усмехнулся старшина, оказавшийся без шапки покрытым как бы пышной мыльной пеной.

В лагере у Зинаиды дочку, разумеется, забрали, поместили в детский барак, куда мамок пускали два раза в день — кормить. У кого молока не было, те жевали хлеб, завертывали в тряпочку и давали своим деткам пососать. С утра «воспитательница», сплюснутая выдра в чине младшего лейтенанта, заходила в выстуженный барак, покачиваясь с носка на пятку, оглядывала бедный молчаливый, сопливый, обметанный гноящимися корочками зековский помет, интересовалась: «Ну что, жидовские выродки, не все еще подохли?» Как ни странно, кое-кто выживал.

Старшина Мешков, по личной просьбе райуполномоченного НКВД, приходившегося ему шурином, был оставлен в лагере вертухаем. Отчего-то не хотелось расставаться ему с Зинаидой, словно стала она ему роднёй. Назвать девчонку Сталиной была его идея. Зинаида слушалась Мешкова во всем. Строго говоря, он и выкормил Сталину болтушками из сухого молока с яичным порошком, тайно передаваемыми Зинаиде каждое утро, за что она вечерами, чем могла, его благодарила.

Срок Зинаида отбывала «за саботаж» — другими словами, за опоздание. В 42-м ей неожиданно заменили лагерь ссылкой и даже разрешили забрать с собой пятилетнюю дочь. Через пару месяцев в деревню, где они поселились среди баб, мужики все на фронте, кроме глухонемого кузнеца, прибыл новый участковый. Из-под фуражки так и перло во все стороны пышное мыло. Не мог Мешков расстаться со своей зечкой, сам себе удивлялся — не мог, и все. Чуть не каждый вечер приезжал на мотоцикле, и маленькая Сталина, что ни ночь, просыпалась от звона пружин и возни за занавеской.

...Тем летом зной не отпускал до темноты. Зинаида с бабами до солнца выходила на покос. Никто ссыльную не неволил, но Зинаида изо всех сил старалась быть как все, чтоб не косились и на Мешкова по женской злобе и зависти не донесли. Сталине — Талке — сровнялось семь, ребята с ней не играли. Жила она скучно, всех забав — кузня, где добрый немой Андрюша, голубоглазый и краснолицый, с потными кудрями, завораживал ее своим огненным и грохочущим ремеслом.

Выспавшись, Тала побежала в кузню, был у нее для Андрюши заказ: выковать настоящую красноармейскую звезду — прицепить к платью и носить, чтоб все эти деревенские вонючки поняли, кто она такая, и сдохли от зависти.

Возле кузни Сталина увидала чужого дядьку и чего-то вдруг испугалась. Вообще-то отнюдь не вдруг, просто знала, что всего чужого следует бояться, потому что хорошего ни от чего и ни от кого за пределами знакомого мира ждать не приходится. Опытный была Тала человек и осторожный, как все сидельцы. Стриганула за корягу, на пузе подползла к заднему окошку кузни и заглянула.

В кузне, кроме Андрюши, сидели еще три мужика — все лысые, в растянутых, обвисших майках. Было темновато, но глазастая Тала разглядела, как Андрюша достает откуда-то из-под пола длинные свертки и раскладывает перед мужиками. Те стали разворачивать тряпки — в полутьме маслянисто блеснули стволы винтовок и пистолеты. Мужики похлопали Андрюшу по плечам, немой махнул огромной ладонью в сторону леса: сматывайтесь, мол, по-быстрому.

Когда вооруженные мужики свернули на короткую дорогу к лесу и скрылись из глаз, Тала, как ни в чем ни бывало, зашла в кузню. Андрюша посмотрел на нее без улыбки, нехорошо сузив добрые голубые глаза. Сталина умильно склонила голову и протянула на ладошке вырезанную из бумаги звездочку, положила на наковальню. Показала: сделай такую. Андрюша понял, засмеялся, погладил по коротким (от вшей) волосам.

Матери Тала ничего не сказала. А вечером, когда с ревом подъехал на своем драндулете Мешков, улучила минутку и изложила по результатам наблюдения. Толково, как настоящий разведчик. На кофте у нее болталась блестящая, как золотая, звезда.

Мешков крепко взял крестницу за локти: «А не врешь? Ну, давай петуха. Утром, говоришь? Ничо, далеко не ушли, небось».

Поднялся Мешков, мелкий курносый человек с белыми ресницами и мыльной пеной волос, неловко ткнулся матери в губы и пошел. Служба, Зинаида, до завтрева, не скучай.

Однако поздней ночью Тала, ворочаясь без сна, услыхала два далеких выстрела, а назавтра Мешков не пришел. Пришли другие менты и велели матери ехать с ними. Тала разревелась и увязалась следом. В милиции мать призналась, что живет с Мешковым, давно, что правда, то правда. А куда делся — без понятия. Сама ждет. Сталина ментов не любила и ничего им рассказывать не стала. А когда убитого Мешкова нашли, все равно промолчала. Только к Андрюше, как и в лес, больше не ходила. И звезду золотую положила к Мешкову на могилку.

А теперь пришла пора сказать одну важную вещь, потому что скитания души во времени и пространстве, все ее странствия и страсти посвящены одной только любви, и роза ветров на этой карте образуется из потоков любви, и одна лишь любовь пронизывает космос и нанизывает души, как шашлык, или, лучше сказать, жемчужины, связывая их, таким образом, в ожерелье без замка, где каждый может оказаться на месте каждого, ибо любовь присуща всему живому. Присущи живому также неизменно голод, жажда и смерть. Но душа не испытывает ни голода, ни жажды, к тому же она, как мы знаем, бессмертна. Вот и кочует она по дорогам любви, горе луковое.

Итак, важная вещь. Как Ида — доктора Ольшанского, как Магда — Гарика, как Антоний — Клеопатру, как Пушкин — Натали, как Любовь Менделеева — поэта Блока (о них речь впереди), как Марк Антонов — свою бывшую жену Магду, как Зевс — Леду и Европу, как доктор Пак — Иду, как девочка Надежда Рстаки — убитого фашистами мальчика Диму, как зечка Зинаида — щуплого и невредного милиционера Мешкова, —

так ее дочка, маленькая горемыка Сталина с самого первого взгляда любила немого кузнеца Андрюшу.

Поэтому через девять лет после смерти Мешкова и через полгода после смерти матери от рака (этот рак матки и московским профессорам нипочем не вылечить, а что мог ссыльный доходяга-доктор, новый материн сожитель в деревне, где кроме меда, малины да барсучьего сала других лекарств не знали) — Сталина, прежде чем уехать далеко-далеко, да хоть бы и в Москву, пришла все-таки к кузнецу и, шестнадцатилетняя, встала перед ним молча, опустив руки вдоль тела. А на теле висела мешком одна исподняя рубаха, и больше ничего на худом этом теле не было. А по рубахе прыгали отблески огня, и война давно кончилась, и мужики, хоть и не все, но кое-какие, вернулись к женам. Так что на Андрюшу, к которому, грешным делом, раньше, бывало, бабы похаживали, теперь совсем никто не смотрел, а смотрели только на своих мужиков, а другие бабы — пустыми глазами смотрели в окна, на дорогу, понимая, что это Бог наказал их за неверность, но, вместе с тем, и надеясь неизвестно на что.

И немой Андрюша понял и черными руками благодарно задрал на Сталине белую рубаху, открыв худые ноги и запавший живот. И благодарно приподнял ее на пять вершков от пола, так что лица их стали вровень, и Сталина поцеловала его светлые, как у зверя, глаза, а он благодарно взял то, что принесла она ему в обмен на золотую звезду.

91

...ладонью уперлась Гарику в грудь, толкнула.

— Болтай! Болтай болты, трепач! Просила ведь не приставать, кобелищи бессовестные, выспаться невозможно!

Она плачет навзрыд, как подросток, и Гарик с осторожным любопытством молча трогает губами и пальцами ее голубое лицо.

Игра и зеркало созвучны
Двойной природой отраженья.
В них повторяется движенье
И время то, что истекло.
Все симметрично. И научно
Не объяснить игры законы,
Поскольку зеркало оконным
Легко прикинется стеклом.
Июнь. Затишье гроз. Билингва.
Претерпевают осложненья
Простые души. В их сложеньи
Начал не сыщешь и концов.
Как дельта, симметрична сигма,
Но с зеркалами шутки плохи,
Мы покупаемся как лохи
На все наперстки Близнецов...

Часть вторая

Глава первая

Гудза не звал Магду. Нет, она безо всякого приглашения входит к нему через общий балкон, вдохнув густые запахи ночного сада, залитого луной. Она отводит белую занавеску и с легким удивлением смотрит на отливающее серебром тело, чужое, но столь целесообразное в античной композиции этой ночи, где и самой Магде отведено единственно возможное место — рядом, в мраморных складках сбитой простыни. Гудза же, местный бог, спит, как ему и положено, подобно камню, то есть почти не дыша и не шевеля ни единым мускулом, хотя на сгибе руки пирует у него здоровый москит, и Гудзе ничего не стоит раздавить гадину, всего лишь согнув руку и положив ее, допустим, на грудь. Но, как мужчине, Гудзе нет нужды прикрывать грудь, да и вообще не от кого закрываться в этой светлой комнате с коврами по стенам и на полу, вот он и лежит изваянием, разметавшись на низком квадратном ложе, тоже покрытом ковром. Простыни, смятые и сброшенные им во сне, пошиты на заказ из прочной джинсовой ткани.

Магда, вообразите, ложится рядом, с тихим хрустом давит двумя пальцами москита и вытирает кровь о каштановый подшерсток гудзиного паха. Но, вообразите, изваяние-Гудза и здесь бровью не ведет, и хоть бы что вздрогнуло или напряглось в его прекрасном теле. И Магда засыпает, прижав лицо к его каменному плечу, и так они, вообразите, спят до утра, как Адам и Ева.

Проснулась Магда в испарине от яркого солнца, нагревшего плотную джинсовую простыню. Божественный Гудза уклонился от варварских набегов своих собратьев по бессмертию, он укрыл Магду до подбородка, не потревожив. Магда стянула горячую ткань и с улыбкой зарылась лицом в подушку. Возле глаз колечком свернулся рыжий волосок. Доползя, солнце зажгло его, колечко налилось свежей золотой тяжестью и скатилось с высокой подушки Магде в ладонь. Она продела в него палец, правый безымянный, с которого давно обронила старое обручальное кольцо в море. Колечко, как влитое, село на нижнюю фалангу — и Гудза Лучезарный, в одном полотенце на бедрах, вошел к ней.

...Загривка плотная курчавость в мою ладонь не умещалась, когда, ломая календарь и разрывая цепь религий, я иудейские вериги стряхнула. Ноздри кориандр защекотал. Дул ветер с понта и пену рвал до горизонта, и цвел, должно быть, олеандр. Валов курчавые загривки бурлили вкруг моих колен, и ослепительные брызги вскипали. Был мой кавалер быком и богом; резал волны — он плыл, он вкалывал как вол. Зачем? Любил. Хотел. Довольно, чтоб пересилить волю волн. Античной деве брак с быком был, как и с лебедем, знаком. Шел шторм. Искрил живой озон. Плясал над волнами огонь.

Вот теперь можно, сказал он, и Магде нечего было возразить.

Гудза ныл, подвывал и плакал. Он обладал бычьей силой и был напрочь лишен фантазии. Он сказал, содрогнувшись и переведя дух: хочу, хочу... хочу, любимая, чтобы день начинался и кончался тобой. Ото так, гамарджоба. Магда зажмурилась и скрипнула зубами.

Что же касается Агаты, то была она чистопородное дитя и счастье летнего приморского утра пузырилось в ней от макушки до грязных, не вымытых на ночь пяток. Мамы в прохладной беленой комнате не было, ее кровать была застелена пикейным одеяльцем. Сверху записка: «Агашенька! Пошла на рынок, если проснешься, можешь сбегать искупаться. Не плавай далеко! Приходи завтракать! Целую, мама». Завтракать! Сами завтракайте ваши оладушки. Солнце еще не вылезло, но плавило нимбом верхушку горы. Деревянные ступени уже нагрелись, и Агата на минуту влипла в крыльцо, впивая пятками (ужас, до чего грязными!) теплое гладкое наслаждение крашеных досок, а носом — пыльную горечь сухой кукурузы, горячий мед инжира, свежесть эвкалипта. Из кухни уже тянуло дымом. Тетя Медея, обдав жаром, притиснула ее к своей тугой груди, заставила съесть хоть «паричку» ложек мамалыги. Потом сунула сверток с четырьмя огромными бутербродами (ноздреватый домашний хлеб плюс огненная баклажанная икра); Агата на скаку сдернула с веревки полотенце, прыгая на одной ноге, ввинтилась в шорты — и умчалась, прихватив зеленый с черным пуританский том — «Давида Копперфильда», разумеется.

...Мне часто говорят: «Глупо же писать. Все равно лучше Фолкнера не напишешь». Почему-то именно Фолкнера. А Фолкнер — он, интересно, боялся писать хуже Диккенса? А Диккенс, скептический, лишенный сантиментов англосакс, вовсе почему-то не боялся описывать горестные приключения беззащитных малюток и делать это вдруг, не дай бог, хуже какого-нибудь Филдинга. А Свифт, например, писал скучнее некуда, но гениально придумал парадокс столкновения масштабов, чем, в сущности, открыл нам глаза на самостоятельное право существования под солнцем самых разных и несовпадающих миров. Мальчишки Диккенса, и мальчишки Марка Твена, и мальчишки Голдинга, и мальчики Толстого, и пацан Сэлинджера, и моя девочка Агата — вращаются по своим орбитам и не совпадают, хотя и сталкиваются в падении и отражении углов нашего зрения, и нечего тут бояться, потому что автор на то и автор, чтобы строить свой мир или мирок, и никто никому не мешает, потому что в пространстве, где существуют эти бесчисленные мирки, места хватит всем. Измерению, впрочем, сейчас поддается все, и число авторских мирков равняется числу google. Это число придумал маленький мальчик, сын одного математика, и это число означает «сколько угодно». Триллион триллионов в триллионной степени. Агата этого, разумеется, не знает, потому что на уме у нее не цифры, а образы. Это потому, что одно полушарие мозга (левое) развито у нее больше правого. Вот и все. И у меня, ее автора, с мозгами примерно та же история. И я буду сочинять свои мирки и нашпиговывать их образами, судьбами и любовью столько, сколько захочу, хоть ты дерись, как отмечал Буратино. Самостоятельной жизни которого, кстати, совершенно не мешала личная жизнь другой деревяшки — Пиноккио. Одно слово — Google.

У нее было свое место, тайное. Я же говорю, в мире места хватает всем, даже в условиях демографического взрыва, когда матери бросают собственных детей, потому что их нечем кормить. Оставляют в роддоме, вместо того чтобы предохраняться (многие-то по пьянке, а большинство по глупости разума и юношеской неопытности) или хотя бы сделать аборт, что еще хуже: в конечном счете аборт есть как таковое убийство, и в этом смысле бунтующая Надя Рстаки является серийным убийцей, ибо в утробе на четвертой неделе у младенца образуются ушки и носик, а на шестой он сжимает кулачок и сосет большой палец, не говоря уже об автономной системе кровообращения — нет! Давай, по кусочкам, выковыривай, а у докторши от ширева глаза, как у коня, в поллица и заволоченные сиреневым туманом, потому что сколько же можно наблюдать и своими руками расчленять живые существа и бросать их с жирным шлепком в таз. Докторшу зовут Линор, Линор Голубчик. Когда Магда пришла к ней делать аборт, на этот момент уже безвозвратно (как телом, так и душой) охладев к своему мужу Марку Антонову и обратившись всей душой, а следовательно, разумеется, и телом к его другу Гарику Ольшанскому; у этой Линор Голубчик вдруг сиреневая пелена буквально сползла с ее конских глаз, и она с помощью расширителя и гинекологического зеркала заглянула в матку такой же, как она сама, близорукой и богооставленной еврейки и в ужасе увидела там как на ладони всех убиенных ею, Линорою, подобно воинам царя Ирода, младенцев. В кругу же этих грустных и доверчивых ребятишек, окруженная несметной их толпой, лежала, свернувшись калачиком, и с улыбкой сосала большой пальчик ноги, девочка-ангел и смотрела прямо в конские глаза Линор мудрыми и веселыми очами, все понимая. «НЕТ! — закричала тогда Линор Голубчик. — С МЕНЯ ХВАТИТ, ЕБИСЬ ВСЕ КОНЕМ!» Побросала с диким грохотом инструменты прямо на пол и выскочила из операционной, оглашенная некой истиной. Опрокинула, короче, там все, зацепилась халатом за дверь и грянулась в коридоре ничком, рыдая. Такое дело. Тут уж, понятно, было не до Магды, докторшу быстро увезли на каталке в отделение послеродовой психиатрии под капельницу. Теперь Линор Голубчик работает в русском храме Воскресения Христова в портовом городе Клайпеде, где ее никто не знает. Преподает в воскресной школе и кормит бомжей. Бог с ней.

Таким образом, Магда с несостоявшимся абортом ушла тогда домой и смогла все обдумать на досуге. И родила себе смышленую Агашу, чудесную девчонку с разновеликими полушариями мозга.

Здесь, на берегу понта Эвксинского, в чьих прозрачных водах бесследно растворились реки крови, начиная с колхидских побоищ, Агата набрела на райское местечко. Облизанные морем меловые террасы образовали бухту, один из камней выветрен был изнутри точно по росту Агаты, как ванна. А в стене полно мелких отверстий и полок, куда она складывала свои пожитки. Тут она грелась, обжиралась персиками и бутербродами с *бадриджанами*, горюя и всей душой сострадая голодным британским отрокам. Устав же от горя и солнца, прыгала с горячего выступа солдатиком в насквозь лучезарную воду, где барахталась до зеленых судорог, распугивая громадой утлого тела (парадокс столкновения масштабов) стремительные группы мальков, которые даже в безумном страхе не забывали группироваться и сохранять стройность рядов. Потом вновь валилась в свою как бы ванну и сочиняла стихи.

Например, про Медею, не тетю Медею, конечно, а про ту, колдунью, что сошла с ума от любви и убила бедных родных глупышей, как убивала таких же безответных мальков докторша Линор Голубчик в течение семнадцати лет непрерывного трудового стажа.

Вот представьте, к примеру.

> Направо — серые надолбы,
> Налево — выход белых плит.
> Все навсегда, и я надолго,
> И ежевикой склон облит.
> Здесь пили молоко кобылье,
> Здесь, на обломках волн косых
> Двух деток ни за что убили.
> Здесь месть и песня жгут язык.

Если честно, конкретно эти стихи — мои. По мотивам, однако, самостоятельных стихов небывалой девочки Агаты, в реальности которой вы, надеюсь, не сомневаетесь. Просто мне, на правах автора, до смерти захотелось как бы вновь вписаться в это мифологическое побережье, где молодежью моего поколения проводимы бывали лучшие месяцы их неоднозначной молодости.

Оригинал же не только не хуже, но много лучше.

Вот красота вот эти камни
и ежевика наверху и волны
и это было все века
и впереди еще века
я буду жить как море и река
ведь не убили же меня
как тех детишек ни за что
для мести жуткой и горячей
(*тут, конечно, следовало бы написать «горю-
чей», согласись, Агата!*)
и ягоды среди колючек
я проживу лет сто
и буду петь и на коне скакать
и буду ласковая мать!

Десять лет, шутка ли! А если насчет синтаксиса, так от него во всем мире поэты давно отказались, и у нас постепенно упраздняют за ненадобностью.

Глава вторая

Агата, спасенная от своей временно чокнутой Медеи-мамаши пробудившеюся, хотя так же несомненно чокнутою докторшей Линор Голубчик, прискакала, радостная, вся в предвкушении жгучей, как баклажанная икра, или мстительная песня Эринний (каковые, надо заметить, помимо прочего, неусыпно следят за крепостью материнских уз) — буквально космической свободы, прочь из-под какого-либо контроля и пригляда, ура! — и что же? Ее камни были заняты. Очень мило. На белых плитах, как у себя дома, развалился белобрысый, в обрезанных джинсах, голый по пояс. Белесый, с белыми бровями и совершенно шоколадный. Как негатив. Агата, наученная Гариком, овладела искусством фотографии. Необычайная крошка. Негатив, сомкнув телячьи ресницы, широко ухмылялся в лицо солнцу и гладил по спинке махонькую рыжую куклу. Кукла лежала в теплой (Агатиной) лужице на животике и, повернув к солнцу облупленный нос, горстями засовывала в рот черную ежевику.

— Это мое место, — грозно объявила Агата и топнула по лужице босой пяткой. Кукла охотно взвизгнула.

— Привет, — возразил негатив. — А ты кто такая?

— Это мое место! — повторила Агата и в гневе, как какая-нибудь Медея или даже Эринния, раздула ноздри. Да и нагрубила впридачу: — А ну, давай-ка с моего места, как с соленого теста!

— Ишь, поэт, — угадал негативный дядька. — Ты ведь поэт?

— Сам ты поэт, — окончательно смутилась Агата и, отвернувшись от оккупантов, уселась на свой ныряльный выступ, свесив ноги в неглубокую бездну.

— Я-то не поэт. — Дядька пристроился рядом. — Я археолог.

— Кто-кто? Какой еще архе-сахархе? — тонкое презрение, но быстрый взгляд уже пойман на блесну любопытства.

— Ну вот, — хмыкнул дядька, — я ж говорю — поэт.

— Смотри-ка, большая какая, а не знает! — вдруг утробным басом захохотала микроскопическая кукла-топлесс. — Археолог — который землю роет, ищет там всякие... кушинчики, города всякие... Да, пап?

— Примерно, — откликнулся археолог. — Видишь ли... тебя как звать? Агата? Ну надо же, час от часу не легче... Так вот, Агафья, ты видела песочные часы?

На «Агафью» никак не отреагировала, больно надо. А часы вот как раз видела, съели? У Гарика были такие странные часы, с тонкой талией, сквозь которую медленной струйкой бежал розоватый песок. У Гарика вообще много было разной ерунды, вещиц бесполезных, но занятных. Барометр, рогатые раковины с розовым нутром, меч — «самурайский», врал Гарик, непонятная игра нарды, моржовый ус (всех, как правило, почему-

105

то смешил), какие-то безумные шляпы по стенам, старые медали, кофейная мельница, курительные трубки, штук двадцать, не говоря о картинах, которые ему дарили бесчисленные дружки-художники, картинки, злилась мама, одна другой хуже, но висели. «Барахольщик», — мама нежно ворчала, прямо ворковала... А вот у папы в его обглоданной комнате при ДЭЗе ничего не было. Даже книг. «Сукин ты сын, — сказала мама однажды и вздохнула как бы с облегчением. — Где мой портрет? Все пропил, ничего святого». Короче, песочные часы — это мы знали, не беспокойтесь.

Так вот, говорил шоколадный и обводил рукой горизонт. Время — как песочные часы. Секунды, годы и века — это пески, которые утекают в дырочку и уносят с собой все, что им принадлежало, заваливают, хоронят...

— Где? — резонно интересуется Агата.

— Там, — археолог указал куда-то вниз. — В слоях времени. А мы это откапываем.

— Зачем?

— Чтоб знать, что было.

— Это важно?

— Это очень важно.

— Почему?

— Видишь ли... Если знать, что было, можно понять кое-какие законы истории.

— Зачем?

— Чтоб не повторять ошибок.

Замурзанная кукла слушала, замерев с открытым черномазым ртом. Агата ненатурально расхохоталась.

— Ошибок? Откуда ж вы можете знать, какие там были ошибки? В древности? Тогда и книг-то небось не было, как у папы моего. Кто ж вам скажет?

— Книги-то как раз были, только они выглядели иначе. Дощечки — глиняные, потом деревянные, потом папирусы...

— Папиросы? — удивилась Агата.

— Во, напомнила кстати... — исследователь чужих ошибок похлопал себя по карманам. — Папиросы — нет, это попозже.

— А я, между прочим, тоже курила, — небрежно заметила Агата.

— Ну и как? — усмехнулся археолог.

— Да говно, — неожиданно припечатала поэт Агафья. — Бросила.

— Вот это правильно.

Замолчали. Агата, нахмурившись, соображала, какие из ее ошибок могут быть полезны последующим поколениям в плане исторического развития. Поразмышляв, никаких ошибок на своем жизненном пути не обнаружила. О чем думал Алеша (этого малого, археолога, мы назовем, конечно, Алеша, потому что в его имени недаром доброта сливается с силою ума и здоровья), о чем он думал, этот незаурядный Алеша, я конечно, знаю, но говорить об этом сейчас не время, потому что мысли его, как часто бывало, безнадзорно вырулили на бездорожье бывшей его жены Люськи, с которой пути разошлись по причине ее нечеловеческого свинства. А тут день — уж до того светлый и наполненный всевозможными надеждами, и два существа, не успевшие наделать ошибок и гадостей, искрились и парили над косой волной, как летучие рыбки, которых, как мы знаем, не бывает в обычной природе. Поэтому не надо трогать Алешу с его ненастными мыслями, успеется еще. К сожалению.

— Ну говорите, говорите! — взмолилась уснувшая было малявка. — Вы так интересно говорите!

Агата с позиций своего небывалого возрастного превосходства принялась яростно тискать и щекотать девчонку, называя ее поросенком, а также мурзиком.

— А ты что, одна здесь? — спросил дядька.

Агата срочно вспомнила все предостережения и жуткие истории, которыми снабжали ее, беззащитную перед лицом циничного криминала, девочку, и ловко вывернулась: «Да мама где-то застряла, сейчас придет».

Но мурзик легко снял напряг, затеяв стрекот и неустанное тарахтение, каким славятся иные дети.

— А я с папой, — сообщила она для начала. — Буранова Яна, если кто не знает, пять лет.

В этой простой информации Яна умудрилась соврать четырежды. Строго говоря, Алеша не был ее папой, но этого, она, допустим, не знала. Потому что какой дурак будет сообщать ребенку, что женился на его матери в состоянии беременности от неведомого алкоголика, да впридачу отягощенного шизофренией по мужской линии, вследствие чего не работал нигде и в возрасте двадцати семи лет был увезен своей тоже не совсем нормальной мамашей жить и социально адаптироваться почему-то в Голландию, город Амстердам, где оба сгинули в клубах дыма, который не спутаешь ни с чем. Это раз. Потом — вовсе не Яной звали эту безотцовщину, а Ярославной. Имя, согласитесь, идиотское: «Ярославна Алексеевна». Эта идея принадлежала уже Алешиной матушке, превосходного благородства даме, двинутой на древнерусской истории, профессором которой являлась. Напрасно Алеша намекал, что «Ярославна» — в сущности, отчество... Впрочем, он с матушкой, любя ее всем сердцем и даже печенью (которая играет порой в истории роль чудовищную и кровавую), никогда не спорил, а Люська к тому моменту уже права голоса не имела, сволочь такая, и Алеша с мамой записали младенца «Ярославной», называли же в кругу друзей и семьи Яной, в том числе и профессор, которая, надо сказать, к большому несчастью для всех, вскоре отлетела к своим излюбленным героям. Обширный инфаркт плюс отек легких, сгорела в четыре дня. Хмурая молодая докторица объясняла Леше, который по ночам работал на разгрузке хлеба, а потом штурмовал аптеки в поисках чудесных антибиотиков: «Поймите, она умирает не от отека. У нее отек

109

от того, что она умирает». Всегда мы путаем причину со следствием. Беда.

Дальше. Фамилию Яна-Ярославна, как и ее юридический папа, и юридическая бабушка, носила простую — Баранова. «Буранову» она придумала себе сама для красоты. Ярославной же Барановой звала плешивого (именно) медведя, с которым всегда спала, но считала законченным дураком. С кем не бывает. Ну и, наконец, лет ей было отнюдь не пять, а всего-то навсего едва-едва четыре.

Итак, четырехлетняя Ярославна Баранова, она же Яна Буранова пяти лет, втиснулась между Агатой и юридическим папой Алешей и завела нескончаемую историю про овца. Жил баран (*значительная усмешка*), *баран*, очень глупый. И пошел искать себе жену — овца. (*Овец*, следует заметить, являлся в истории именительным падежом — вроде как овен.) Ищет, ищет, а овец спрятался под полем и там сидит. Под полем. В норе. И тут залез к овцу мыш, весь в бусах. Ах, сказала овец, дай мне бусы! А то меня ищет мой жених, Баран Баранов. Хорошо, сказал мыш, бусы тебе дам, но за это буду бить тебя грязной палкой. Хорошо. Мыш бил-бил овца грязной палкой, тут она и выскочила из-под поля, и даже про бусы позабыла. И что же она видит? — предприимчивая Ярославна испытующе взглянула в близорукие глаза большой, но, как ей казалось, недалекой Агаты. «Что? — Агата ущипнула Ярославну за живот. — Что же *она* видит,

110

твой *овец*?» — А видит в поле — гриб! Что, спрашивает, гриб, как живешь? Вздыхает гриб: живу, говорит, так... ну как... по-грибски. Тут их Баран Баранов и настиг.

— И чего? — заинтересовалась недалекая Агата.

— А ничего! — заорала вдруг Ярославна диким голосом. — К волку, говорит, пошли, свинья такая!

— Это баран говорит?

— Баран Баранов, — уточнила Яна. — Кто ж еще. Да, это он так говорит. А волк жил в лесу. Жил волк... — история, похоже, забуксовала. — Жил, значит, волк себе в лесу...

— Ну?

— Ну и собирал ягоды, никого не трогал. Все! Ярославна повалилась в свою лужицу, корчась от смеха. «Нет! — придушенно кричала она, — такое придумать просто невозможно!» Ну не славная ли девчонка?

— А мой папа хочет уехать в Америку! — похвасталась вдруг Агата.

— А кушинчики там есть? — предъявила так называемая Ярославна строгий счет оплоту демократии. Алеша присмотрелся к Агате повнимательнее.

— А мама?

— Мама? Мама-то хочет как раз выйти замуж за Гарика. Это папин друг.

— Так, — вздохнул Алеша. — С каждой минутой все меньше скелетов...

— Каких скелетов? — хором вскричали Агата и Яна.

— Да в шкафу... С вами, можно сказать, все ясно. Почти. Ну что, пошли раскоп смотреть?

— А что это?

— Ну, опять двадцать пять! — снова принялась было серчать Ярославна.

— Тут неподалеку. Древний город откапываем.

— Из песка веков?

— Типа.

Откуда же еще, Агафья, из этого самого песка, по всей невозможной глубине которого, как показывают срезы времени, ничего не меняется, поскольку ничего же не меняется в человеческой типа природе, которую пронизывает примерно один и тот же массив душ, да и генетически все мы родственники, иначе отчего же эскимосы так похожи на индейцев, а Яна Буранова на своего юридического папу Алешу, и если провести от каждого из моих ненормальных героев, включая собственно автора, линию вглубь веков, эти лучи наверняка пересекутся в точке какого-нибудь вшивого монгольского шамана или опутанной рубиновыми ожерельями царицы инков с золотыми глазами по имени Эуакелатацекатль.

Глава третья

Полуголые, дочерна загорелые люди с лопатками, кисточками, мастихинами, фотоаппаратами в руках бродили по гребню раскопа, присаживались на корточки, прыгали вниз — мягко, как кошки, дабы не нанести вреда древним следам: как известно, бывают случаи нарушения временного континуума, и тогда может трагически измениться весь ход истории. Катастрофа. Хотя куда уж трагичнее? Некуда.

Белая пыль поднималась с брусчатки, оседая на улицах, ступенями ниспадающих к морю, на круглых площадях, где рядом с мозаичными бассейнами бань высились пантеоны и жертвенники, скрытые за частоколом дорических и коринфских колонн, между которыми прохаживались, беседуя, златорунные люди в туниках. Жрецы, моряки, авантюристы, мудрецы, свободные женщины, отроки — ученики Кентавра.

Временами здесь проливалась кровь, и на потемневшем песке крепкий старик с холодными звездами глаз острой палочкой чертил свои магические квадраты.

Голенастые дети бежали к ним, весело крича и раскоряками перепрыгивая через чертеж. Не похожие на ангелов: мосластые ноги посечены ссадинами, расковырянные болячки на коленках, черные пятки затвердели, лица обветрены, носы обметаны, соль на бровях, грязь под ногтями — форменные хиппари, дети цветов. Их выцветшие на солнце глаза горели разумом и хулиганством, их было много, множество, google, они неслись со всех сторон, их вопли вплетались в прибой.

Алеша, Яна и Агата смешались с толпой детей и ушли в город. Их привели в большой цирк, где в центре на простом кресле из белого мрамора, нестерпимо сверкающего на сколах, сидел правитель, опираясь локтем на плоскую алую подушечку. Его прямые запыленные волосы трепал ветер с моря, глаза смотрели весело и цинично. Белая в красную клетку рубаха расстегнута, открывая безволосую грудь и мускулистый живот. Из кармана белых шортов выпирает теннисный мяч.

Это Александр, мой одноклассник и мучитель. Он истязал меня в особо экстравагантных формах. Однажды выбил об мою голову дно стула, заключив намертво в деревянный каркас. И в этой позиции беспрепятственно запихнул за шиворот (воротничок-стоечка) маленькую дохлую мышь.

Поэт, ученый и воин, рожденный под знаком Рака — существо коварное и непредсказуемое, падкое, однако, до неверного света власти.

Бегите, ребята, бегите, пока не поздно, мне ли не помнить, как вырезал Сашка аулы, кишлаки и осадное население крепостей, питавшееся крысами, как жег все на своем пути, особенно же не щадил детей, маленьких девочек. Лишал невинности, насаживая, как цыпленка на вертел, на копье, и с этим знаменем въезжал в покоренный город на любимом горбоносом ахалтекинце масти утренней зари с золотой гри-

вой, которого с шести месяцев подкармливал, гад,
сложной жрачкой, называемой сары-яг: лично изго-
товленным чуреком, обмазанным бараньим салом
и яйцом.

Чума, чума на все домы,
сады, ликеи!
Ногою отпихнул лакея,
пролаял: «Пару шаурмы,
бараньи яйца — да не мне,
коню, придурок!
Что за вонючий переулок!
Смердит от яблок и камней!
Пароль? «Говно». Шучу — «алмаз».
«Сапфир», вернее.
Ах нет, пожалуй, «гонорея».
Во, вспомнил, точно: «метастаз».
А ну, в мечеть, к закату лбом,
К востоку жопой!
Поджарю яйца — будешь лопать,
Конем, как сказано, ебом!
Люблю пожар к исходу дня,
в конце июня.
Иди ко мне, моя манюня,
Нюхни у моего коня!

Вот это запах! Не для всех...
Блюешь, паскуда?!
Куда, оливковое чудо?
О чистый, безопасный секс!

— Отлично, что успели, — воздел руку ладонью
вниз в колонизаторском приветствии Александр. Он
чуть заикался, к тому же ростом не очень вышел. Вот
вам и комплексы. Кто картавит, кто рябой, а у алжир-
ского бея под носом шишка. Тоже радости мало. —
В п-полночь кончается срок моего правления, и мы б
уж вряд ли в-в-встретились.

О боги, боги.

А л е ш а. Сколько же ты правил?

А л е к с а н д р. Как все. Д-декаду.

А л е ш а. Что ж можно успеть за десять дней? Ведь
были, небось, у тебя планы, ну там... замыслы?

А л е к с а н д р. П-планы у меня чисто личные. Могу
реализовать и приватным порядком. Ну изобрел
в-велосипед. Ну снарядил экспедицию к берегам
А-а-америки — пора уж...

Я н а. Папа! Я уверена, что в Америке есть кушинчики.
Просто уверена.

Следует, видимо, объяснить столь пристальный интерес Ярославны именно к кувшинчикам. Дело в том,
что у нее не было игрушек. Совсем. Алеша юридиче-
скую дочку обожал, можно сказать, посвятил ей
жизнь, но о необходимости игрушек, кукол там и про-

116

чего, он просто не знал. У него самого в детстве не было игрушек, кроме медведя, того самого, плешивого (плюшевого), который по наследству перешел к Яне, а так он, главным образом, читал или строил из спичечных коробков и папиросных пачек (мама-профессор курила «Любительские», складывая в пустые коробки остро отточенные карандашики, которые стачивала до основания: именно так поступал мой дедушка — педант и страшный картежник, и я не вижу ничего дурного, используя эту характерную деталь в своих измышлениях), — строил из этого материала города. Ярославне же Алеша привозил порой из экспедиций бесценные черепки, рассказывая о каждом дивную, хотя и абсолютно лживую историю. Потом они вместе склеивали эти бесформенные фрагменты древней керамики, получая на выходе сосуды дерзких форм. Эту хрупкую утварь Ярославна понапрасну руками не трогала, наученная справедливо видеть в гончарных элементах не что иное как праискусство, которое они с Алешей лишь художественно переосмысливали.

Вернемся, однако, к хищному Александру, который гнал моим чистым ребятам свою бессовестную парашу, в чем мы скоро с ужасом убедимся... (Впрочем, между нами, концепции злобного паршивца звучат вполне здраво, почему мы и теряемся, пораженные его правотой. Многие злобные паршивцы выстраивают свои провокации на удивление разумно и убедительно, что и является залогом их непоправимого успеха...)

Александр. Все это можно сделать, не высиживая себе геморрой на этом кара-кара-арском унитазе. И даже с большим успехом.

Алеша. А реформы? Типа благо народа?

Александр. Ты чо, серьезно? Реформы! Да на х... на хрен они кому нужны! Прогрессивный транспорт и новые ге-географические рубежи — разве не благо народа? А реформы ваши только тормозят прогресс, ломают то, что сделано, ни х... ни хрена не успевая предложить взамен. Слава богам, наши сроки правления не располагают к реформам, надо рвать ка-кадык, чтобы развить достигнутое.

Алеша. Но это значит, что все ваши правители должны быть единомышленниками? Думать и действовать... ну как бы сказать... в единой директории?

Александр (*удивленно улыбается*). А как же? И не только правители. Мы все одинаково думаем и действуем, как ты выражаешься, в одной ди-директории. Чередование правителей ничего п-п-принципиально не меняет. Все наши юноши воспитаны Орденом Золотого Р-руна, в дальнейшем продолжают обучение в А-а-академии Кентавра, мы много бываем на воздухе, в совершенстве владеем своим телом (*коренастый Александр легко вспорхнул на сидение и гордо выпрямился в полный, впрочем, скромный рост — метр пятьдесят два, практически лилипут*). Нам ведомы языки природы, мы умеем созерцать и обобщать. (*Присел на подлокот-*

ник.) Мы не питаем аг-грессивных страстей, потому что наша земля дает нам все, что нужно для процветания, мы любим отведенный нам богами кусок с-суши и океана, а границы пересекаем только с познавательной це-целью.

А л е ш а (*в изумлении*). Вы счастливый народ?

А л е к с а н д р. Мы не владеем бессмертием, поэтому наше счастье не совершенно. Счастливы боги.

Боги, боги... Власть развращает, абсолютная власть развращает абсолютно. Жестокость богов безмерна и беспримерна, ибо развращены бесконечно. «Счастье богов, — успел в отведенное ему (мной) время написать Алеша, — носит характер глубоко болезненный, ибо порождено садизмом. В этом коренное отличие язычества от христианства, где Бог прокламируется как Любовь. Хотя бы прокламируется. В этом также кроется сакральная тайна слияния в Христе божественного и человеческого начал, которое позволяет ему испытывать человеческие гнев, страх, горечь и радость и одновременно осуществлять высшую справедливость. Языческие божества — в сущности, те же люди, наделенные лишь безграничной властью. Человек способен подняться до их понимания и даже посоперничать с ними (что всегда наказуемо с особой жестокостью и, я бы сказал, цинизмом: Марсий, Арахна, Прометей). Ни в полной мере осмыслить, ни, тем более, оспорить доктрину святой Троицы человеку не дано, ибо она непознаваема, как Вселенная. Потому мы не вправе говорить о счастье или неудовлетворенности Создателя, как и Сына Человеческого, как не можем говорить о счастье Вселенной, космоса. Счастливы (или несчастливы) люди. Абсолютная любовь, как и абсолютная власть, измеряется иными величинами».

Эта величина знаете как называется? Google. Плохую судьбу я приготовила тебе, Алеша, незаслуженную. Ну а твой непостижимый Бог — разве не карает Он невинных? И вот спрашивается — зачем? Один Иов чего стоит. Или тот же Авраам. Давай, убей мальчишку своего, если любишь меня — так, молодец, вижу, что любишь, прощаю, вот тебе мой посланец, гонец из Пизы, знай мою доброту. Дикий барин какой-то. Берегись, Алеша. Есть в тебе что-то от Прометея. Что неудивительно, поскольку речь у нас идет о реинкарнации, а чью бессменную душу ты носишь в себе, как тебе кажется? Отсюда и твоя страсть к черепкам: обжиг изделий производился на том самом огне...

Ты помнишь, Алеша, как, обучая мальчишку Гиппократа (чья душа впоследствии, пройдя google воплощений, вселилась в чумовую наркоманку Линор Голубчик), ты открыл, что травы, собранные вами в предгорьях Олимпа, следует не вымачивать в родниковой воде, а заваривать в кипятке, отчего сила их повышается настолько, что отступают самые страшные болезни, включая падучую и разлитие черной желчи? А при возгонке мочи беременной женщины, если ее регулярно пить перед едой, а лучше впрыскивать под кожу через очищенную в вине полую иглу, соединенную с поршнем, вставленным в высушенную на солнце бамбуковую трубочку, — можно вообще победить все недуги. «Это называется панацея», — объяснял ты Гиппократу. Было ему тогда двенадцать лет, в обучение к тебе его отдали, когда мать обнаружила, как мальчишка руками снимает зубную боль. Ты научил его, как, добавляя микродозу сока цикуты в вино, можно усыпить человека ровно на пять часов (эффект, названый позже именем божества Наркоза). Именно с помощью этого препарата родила, наконец, во сне девочка Медея своих несчастных детей, ибо мучилась до этого четверо суток, не в силах выпростать двойню из узкого, словно горло *кушинчика*, лона. «Что значит заваривать?» — спрашивал Гиппократ. «Заваривать, — сказал ты, — означает заливать кипящей водой, то есть водой, нагретой на огне до температуры сто градусов по Цельсию». «А возгонка — это что?» «Ну, это сложно. И опять же не обойтись без огня». «Но у нас его нет», — справедливо возразил толковый мальчишка.

И тогда ты поднялся по тропе, запретной для смертных, но тебе известной с детства, когда носились среди олимпийских лугов с дружком твоим, колченогим Гефестом, добрым, но маленько слабоумным малым, которого ты любил за его доброту и щедро делился с ним познаниями, впитанными на прогулках с Кентавром. Дурачок Гефест кривобоко убегал, затыкая и без того заложенные уши, да, впрочем, и так запомнить почти ничего не мог, бедняга. Ты рвал желтые наркотические цветы эфедры, перетирал с кровью жертвенного *овца*, а однажды, освежевав убитого акулой дельфина, отсек ломоть его, умнейшего из живых тварей, могучего мозга, размолол в кашу и, все перемешав, заставил Гефеста съесть. И что же? Дурилку вырвало. Мозг должен был оставаться живым.

Ну и вот, короче, теперь, когда чумазому кузнецу досталась сама Афродита (наказанная папашей за шалости и общее непотребство, унаследованное, кстати, от него же), но детской дружбы добряк не забыл, Прометей отправился тайной тропой прямо к нему, в олимпийскую кузню. От грохота молота кузнец, впридачу ко всему, оглох, и глаза его от вечного жара слезились, так что Афродита могла свободно порхать, как пчелка, или чешуекрылая бабочка адмирал, с пестика на пестик, пия всякий там нектар и ту же амброзию — в сущности, цветочную сперму, которой так любят лакомиться бисексуальные боги и особенно богини. Но! Но вот что поражало даже мудрого Прометея, который читал в душах и никогда ничему не удивлялся. Афродита любила своего глухого кузнеца! Белокожая, с румяными губами, с золотисто-рыжим лобком и голубой жилкой на шее, с такими ушками и пальчиками, которые украсить могли только самые глубоководные розовые и голубые жемчужины, добытые, желательно, ценой жизни ныряльщика… Этими пальчиками она играла с грязной, в жирной копоти, бородой мужа, это ушко подставляла под его косный язык, вся обмирая от грубых касаний корявых рук до того, что на рыженьком лобке выступала роса… Такая важная и невероятная игра природы заставляла Прометея задуматься над многоликой природой женского лукавства. Признайся, ты увлечен был Афродитой, тайно и немного свысока, и во всех женщинах дальнейших тысячелетий твоя душа искала такую же — загадочную, соблазнительную, до дрожи в коленках сексапильную, обманчиво доступную и верную. Надо ли говорить, что ошибки твои исчислялись тысячами, — все без исключения, даже лучшие из них, вили из тебя веревки и убегали со всякими идиотами. Лишь одна оказалась достойна тебя, гениального ученого с больной печенью, несущего чудовищный груз своего ума даже во сне. Звали ее Любовью. Но, во-первых, она была замужем (несчастливое и в высшей степени странное, *виртуальное* замужество-глюк за поэтом, не коснувшимся ее даже после венчания), во-вторых же та Любовь бедная Дмитриевна приходилась тебе дочерью… Беда.

Ну, в общем, издали поклонившись Афродите, отчего та вдруг рассмеялась, пожала золотистыми плечами и скрылась в винограднике, мелькнув напоследок крошечной пяточкой, ты вошел в кузню и залюбовался работой хромого, глухого и счастливого друга, залюбовался красными отблесками пламени на его неожиданно прекрасном лице. *Пламя огня*, как сказала бы вдохновенная Ярославна, преображало природу. Прометей понял, за что и почему так страстно любила Афродита своего кузнеца: он один владел тайной преображений, секретом метаморфоз, но не волшебных, что дано им там, на Олимпе, как грязи, всем отроду, — а добытых ремеслом, грубыми, обожженными человеческими руками. Не власть (легковесная и, в сущности, паразитическая сила) влекла Афродиту в объятия бессмертного пролетария — но красота *усилия*. Именно поэтому нежная Афродита предпочитала людей богам, но ни один из них не мог стать ее мужем. Гефест, бессмертный по праву рождения, был похож на человека, что унижало его в глазах папаши-генерала — но не дочки. Потом мезальянс вошел в моду среди барышень из хороших семей, и часто такие браки бывали долгими и счастливыми, не то что вымороченное замужество гордой Любовь Дмитриевны...

Они давно не виделись. Кузнец от всей полноты бессмертия стиснул друга в медвежьих объятиях (о, косточки Афродиты, бедные ее ключицы, светящаяся кожа в синяках...), крикнул сыновьям принести вина, угощения. Сам пил много, Прометей отщипывал от овечьего пресного сыра, расспрашивал, беседа ладилась плохо, Гефест по-прежнему был молчуном, говорил только про жену: вот свезло, Проша, так свезло! Веришь, и не снилось, такой фарт! Не женка — огонь! Мед! Бывало, каждый пальчик ей целуешь по очереди — что на ручках, что на ножках, смеется, боги мои, совсем дитя! За что, думаешь другой раз, такая пруха — мне, говнюку, неучу хромоногому, за что любит, а?

— За муки, — Прометей усмехнулся.

— Меня?! Да де ж те муки? Живу как у Христа за пазухой, нет? — Гефест начал пьянеть.

— За муки труда, — откровенно веселясь, отвечал Прометей, книжник и интеллектуал.

— То разве муки... — вдруг печально и трезво вздохнул Гефест, отводя взгляд. — То радость. А муки... Муки, Проша... Шоб не знал ты тех мук, брателла. Да навряд получится... Эй, а закурить? На дорожку? Пошел, пшел отсюда, падаль! — замахал вдруг руками на рухнувшего камнем прямо к крыльцу здоровенного орла, успевшего, однако, дернув шеей, ухватить железными когтями зазевавшегося гусака. — Пшел, вонючка, не время еще...

Кузнец опять забормотал какую-то околесицу про вред курения, однако хорошая трубочка после обеда не повредит — и опять глянул трезво и опять быстро отвел глаза. Прометей трубку взял, да и пошел себе, попыхивая, улыбаясь мальчишеской улыбкой и унося таким образом несколько искр в глиняной чашечке... Гефест хрипло крикнул на прощание: «Дарю, братан!» и долго смотрел вслед с пьяной слезой.

Вот так, собственно говоря, и был похищен у богов огонь. Помнишь, Алеша? Куда тебе... Ничего ты не помнишь, и лезешь опять на рожон, мой славный ученый дурачок. Ну и чему ты там научился на ошибках прошлого? Боги, боги... Кузнец в наказание ковал цепи и вгонял титановые костыли в базальт. Старался, чтоб не слишком туго. Тоже работка — не позавидуешь... Надо сказать, Афродита после этого охладела к мужу и завела себе любовника, великой мудрости восьмидесятилетнего римского каменотеса и поэта, могучего, как юноша, который, вот фарт художника, встретил свой смертный час в миг оргазма. Браво, Буонаротти! — устраивали *овации* и кричали шлюхи на площадях, а Фро осталась, наконец, безутешна и вернулась тысячи на полторы лет назад, но не к своему кузнецу, а пошла по дорогам за одним речистым диссидентом по кличке Машиах, в которого, вопреки сплетням, вовсе не была влюблена, а просто с тоски и из жалости к человеку. Имя взяла себе «Магда», что на арамейском значит «глина», так с ним и живет по сей день. А бродягу этого, который не желал касаться женского тела, как ни искушал его один творческий персонаж, отнюдь не распяли, еще чего, что за дикость. Просто накачали аминазином и трясли, что ни день, электрошоком. А когда и это не помогло, вскрыли череп и произвели лоботомию. И стал он святым. Беда.

Алеша святым как раз не стал. Официально. Мое же мнение — сугубо личное, и никого не касается.

— Вы что, — с улыбкой сочувствия спросил он Александра, — вы абсолютно равны?

Александр. Равны и, соответственно, взаимозаменяемы. Поэтому правителей у нас не выбирают и, тем более, не назначают. Первый, кто окажется внутри цирка в Час Эстафеты, занимает это кресло.

Агата. И девочка?

Александр. Любой гражданин или гражданка не старше тридцати и не моложе десяти.

Агата. А если это близорукая девочка?

Александр. Младенцев с физическими недостатками мы сбрасываем со скалы в первые часы жизни.

Алеша (*крепко обхватывает ладонями лодыжки Ярославны, сидящей у него на шее*). Вот моя дочь. Она родилась с вывихом бедра, асфиксией и пороком почек, так называемой «подковой». До двух лет не ходила, разговаривать начала в три года, правда сразу — длинными фразами, можно сказать, абзацами. (*Яна болтает ногами и смеется, открывая редкие, крупные, радостные зубы, первый из которых появился год и семь месяцев назад*). Что бы вы с ней сделали?

Александр (*безмятежно улыбается*). Среди младенцев того лучезарного дня она была бы в числе первых, отданных Посейдону.

Алеша. Лучезарного?

Александр. Все дни нашего Демополиса — лучезарные. С тех пор, как Верховный Эквитас принял Закон о Великом Тождестве, нашу жизнь не омрачают сомнения и комплексы, и с каждым днем нам все радостнее жить.

Агата. Тождество — это из математики?

Александр. Тождество — это абсолютное равенство. (*Спрыгивает с кресла, сидя на корточках пишет пальцем на песке*). А — я как совокупность черт плюс b — он как совокупность черт равняется икс, неизвестная совокупность черт, ибо мы с ним (*пальцем указывает на Алешу*) — разные люди. Ведь ты — иноземец? Все иноземцы по отношению к нам люди принципиально иной совокупности черт.

Алеша. Вы их случайно не сбрасываете за это со скалы?

Александр. Иноземцы суверенны. Впрочем, это не мешает им, вступая на нашу территорию, пользоваться всеми нашими правами. В том числе они могут на декаду занять и это кресло.

Агата. И девочка?

Александр (*поднимает палец*). Не моложе десяти!

Алеша. А единомыслие?

Александр. Ну, за декаду много не намутишь... Но мы отвлеклись. Итак, а плюс b равняется икс — это что? Ну, девочка не моложе десяти, я тебя спрашиваю!

Агата мнется, ковыряя большим пальцем ноги (тем самым, что спас ее в утробе Магды от острых и звонких, как веселая русская брань, инструментов Линор Голубчик) землю.

Александр. От правителя, независимо от возраста и пола, требуются знания в рамках программы начального ликея. Это уравнение. Но a (Александр) и, скажем, g, некий Гегемон, суть тождество, ибо в сумме не дают никаких дополнительных качеств. $A = b = c = d$ и так далее. Я и любой мой собрат, хранимый богами и Верховным Эквитасом, — это абсолютное равенство, тождество, то есть взаимозаменяемость.

Ярославна. Почему?

Александр. Что — почему?

Ярославна. Ну вообще — почему?

Александр (*Алеше с улыбкой*). Я не понимаю, чего хочет дитя.

Алеша. Дитя хочет узнать, почему ее следовало бы сбросить со скалы в лучезарный день.

Александр (*с улыбкой*). Чтоб не нарушать Великое Тождество: элементарно, Ватсон.

Александр, конечно, лукавил, да еще как. Отнюдь не видел он себе равных и бодрую формулировку «незаменимых у нас нет» придумал сам. Просто вид болезни был неприятен ему как эстету, отклонения от нормы оскорбляли его чувство прекрасного. Он был на удивление большой эстет. Хотя и маленького роста. Сейчас Александр работал над новой концепцией эвтаназии. Великолепные человеческие экземпляры, населяющие город, доживали до глубокой старости, сохраняя силу и гибкость тела, а также и ясность мысли, однако сама смерть несла с собой отвратительные минуты агонии, и этот фрагмент надо было как-то исключить из гармоничной картины мира. Первый опыт он поставил на своей прабабке Фите. К двухстам годам Фита ослепла и не могла больше составлять букеты из луговых цветов и трав, столь облагораживающие жилища, что была прозвана земляками Дизигной. Фита Дизигна, получив ложку освежающего лекарства, увидела вдруг поле маков: алые, оранжевые, винные, кровавые, — они волнами заливали мир до горизонта, до серебристой полоски неба. Над полем летали чистых, первобытных расцветок бабочки — синие с золотым, зеленые с фиолетовым, без полутонов, до рези в ослепших глазах, сочетания, на которые Фита никогда бы не решилась при жизни, бабочки с сонными женскими лицами. И бежит по полю, словно завиток тумана, полупрозрачное дитя, и вместо глаз на туманном лице — две сине-зеленые бабочки, сверкающие (подумалось Дизигне), точно бутылочные осколки под луной. Хотя где она видела такие бутылки... И Фита Дизигна, слепая двухсотлетняя красавица, вздохнула полной грудью, прозрела — и отошла, абсолютно счастливая.

А л е ш а. Тебе бы, Саня, на моей жене жениться. Она тоже все предлагала Яну сбросить. В условиях нашей цивилизации — оставить, там, где родила. У вас где рожают?

А л е к с а н д р. В море, конечно. В бухте меж скал... Это легко и гигиенично.

Алеша. Ну а у нас в специальных домах, пропитанных запахами мочи и стафилококком.

Александр. О нет! Море и скалы — это красиво, целесообразно, а значит поэтично. Хотя оставить столь убогое дитя в столь убогом месте — тоже не лишено метафорического смысла...

Алеша. Во-во. А я-то, дурак, два года возился. Задыхалась моя кукла, как рыбка, до посинения... Ходить на вывороченной ножке не могла. И мычала, мычала, ни слова три года! Короче, йог у меня знакомый был... Слыхал про йогов? Там вся фишка в согласии души с миром: очищение души с целью постижения себя через космос... Ну, ты не поймешь. В общем, научил дышать. Еще сосед, бывший циркач. Джигитовка на ахалтекинцах. Ногу размозжил...

Александр. Тонкую, царскую лошадь — в балаган! Боги... Вот менталитет быдла.

Алеша. Возможно. Короче, в массажисты ушел, бедро убогому дитяти вправлял. Полгода, въезжаешь? Ну а потом уж затарахтела, спасибо бабушке, не остановишь... Кровь, правда, у нее еще неважная. Ну вот, стал в экспедиции брать, море, воздух, как ты говоришь, фрукты-овощи... Гармония, блин.

Александр. Не понимаю.

Агата. Чего не понимаешь-то? Больного ребенка лечить надо, а не в море швырять, как фашисты прям! Была бы я вашим правителем — живо из вас людей сделала!

Александр улыбается. Боги, боги, до чего ж обворожительно и жутко улыбается этот исторический герой, увенчанный славой и разнообразными комплексами, включая эдипов, в результате чего был арестован по доносу его отец, известный врач Гиппократ, пытавшийся тайно лечить слабоумных детей препаратом, полученным путем возгонки мочи беременных женщин с добавлением вытяжки из гипофиза дельфина...

А л е к с а н д р (*улыбается*). Попробуй. Настал Час Эстафеты. Одному из вас — младенец не в счет — я уступлю сейчас эту садовую мебель.

А л е ш а. Соблазнительно. До завлаба не дослужишься, хоть диктатором побыть... Или матерью-регентшей. (*Агате*) У тебя как со временем?

А г а т а. До осенней переэкзаменовки я совершенно свободна.

А л е ш а. Лет тебе сколько?

А г а т а. Десять и месяц почти.

А л е ш а. Давай, старина. А я буду твоим советником.

Александр, сидя на подлокотнике, улыбается непроницаемо, как дельфин, подвергнутый лоботомии. Ракеткой небрежно подкидывает мяч, похожий на цыпленка.

А г а т а. Ручка, бумага есть?

А л е к с а н д р. Не изобретены. Могу предложить хорошие кожи. Очень тонкая выделка. Специально для указов.

Алеша. Погоди-ка... Вот, полевой дневник, правда, почти весь исписан...

Агата. Ничего, хватит для начала. Пиши: «С этого часа...» Как правильно сказать, какого?

Александр. Я бы советовал универсальную форму «имеющего быть».

Алеша. Хорошее выражение. Значит, с этого часа, имеющего быть...

Агата. ...в ночь с двадцать второго на двадцать третье июня сего года... написал? Запрещаю... сбрасывать детей в море категорически под страхом... Под страхом чего, например, а?

Александр. Я бы советовал — под страхом передачи в руки Верховного Эквитаса... Ну ладно, бамбино, чао. Засиделся я тут с вами. Пора отплывать в Атлантику, пока!

Алеша. Э, але, постой-ка. А это что за хреновина — Эквитас?

Александр (*с неопределенной улыбкой*). Это тайный жреческий орган государственной безопасности. Или ты полагал, мы — дети неразумные, способные доверить незыблемость наших основ блаженному ветрогону с кашей в голове и малограмотной девчонке на этом бутафорски насесте? Эквитас — вечная, беспощадная, безликая, неумолимая, бессмертная, идеальная власть. Вот что, мои милые, обеспечивает наше безупречное равенство и благоденствие.

— Виват! — заорал вдруг Александр и с перекошенной, покрывшейся вдруг серой щетиной мордой, с голодным огнем в желтых глазах, с поднявшейся дыбом холкой, спрыгнул наземь, широко расставил лапы и напряг хвост. — Виват! Виват, говорю я вам, щенки! Хайль! Хауууу!!!

Ярославна завизжала и обхватила Алешу за голову, закрыв ему глаза. Агата сделалась ватная, увязла, как в страшном сне. И никто не мог помешать волчине Александру прыгнуть Алеше на грудь, сдернуть Яну-Ярославну и, легко ухватив за шкирку, стелясь длинным степным аллюром, скрещивая лапы и забирая немного вбок, рвануть к берегу понта Эвксинского. Яна болталась в волчьей пасти, как зайчонок.

— Он утопит ее! — вопль Агаты отскочил от стен цирка, и Алеша полетел, будто камень, пущенный из пращи Давида в безмозглую голову бычины этого Голиафа.

Поросшая барбарисом и ежевикой площадка скалы нависала над прибоем метрах в сорока, в четверти, примерно, стадии. Пока Агата продиралась сквозь колючие заросли, Алеша разъяренным котом прыгнул на волчью спину, и покатились. Серый выпустил девочку, Ярославна, подвывая, отползла в кусты, зарылась там в нору, израненный овец. Туда же скатилась, вся исполосованная ежевичными плетями, Агата. Запах крови развеселил волка. Вновь почему-то в зените стояло ушедшее за полночь солнце, и битва освещалась яростно, как на съемочной площадке — до складки на серой шее, до рваного рыжего уха, до одинаково почерневших от крови сосулек рыжей и серой шерсти, и белой пыли на подушечках лап.

— Подонок, падаль, верβольф хуев! — орал бесстрашный и здоровенный помоечный кот.

— Быдло, пасть порву, пусти горло, плебей, выродок дворовый... — хрипел волк.

Агата увидела, как рыже-серый косматый клубок завис над краем съемочной площадки, и мелькнула над ним окровавленная кошачья лапа, и вцепилась в гноящийся ненавистью желтый волчий глаз.

И опустела площадка.

Снято.

Глава четвертая

Нет, все-таки это точно Марк Антонов беснуется на крыше. Вот опять. Узнаю его обезьянью походку, длинные руки без плеч, болтаются, как чужие, у колен, ладонями назад. И я не выдерживаю. Я пересекаю лабиринт дворов, если можно так назвать утыканные самостроем пустыри вокруг двух убогих небоскребов цвета запыленного снятого молока. Я возношусь лифтом до крайнего верхнего предела шахты и по сваренной из ребристых прутьев лесенке вылезаю на чердак. Там пыльно, темно, там стоят унылые радужные лужи. На лицо мне садится липкая паутина, я ощупью, как новорожденный, нахожу лаз и выковыриваюсь на морозную, ясную и метельную крышу.

Автор не забыл, что описывает теплый и даже жаркий сезон, время, как говорится, летних отпусков. Иные проводят его странно и рискованно среди оборотней и развращенных абсолютной властью богов, на берегу, который через несколько лет обезлюдеет совсем, и только парни с блокпоста, все как один князья, приспособленные кутить и петь и вовсе не приспособленные стрелять, хотя в драке могут зарезать и вообще горячо отомстить — за сестру или за маму, это святое, — бородатые поддавшие парни в камуфляже забредают сюда *купнуться*, и стреляные гильзы хрустят у них под ботинками вместе с галькой. Автор ничего не забыл.

Но всякая крыша большого города — а мы сейчас с вами уже в Москве, по праву входящей в разряд крупнейших мегаполисов; итак, крыша мегаполиса — всегда антимир, со своей природой, со своими климатическими изысками, со своей флорой и фауной, со своими сюжетами и своей голубиной музыкой. Вы на крышах больших городов не бывали, и молчите. Вот и молчите. Ладно, всё. Помалкивайте.

Марк петляет среди труб, он заметает следы, думает, что усилием воли сможет незаметно шагнуть отсюда, как в антимир — в Америку, которая, в сущности, расположена на обороте этого кольца Мебиуса, и мы перетекаем друг в друга, и Марк Антонов, беспутный мой дружок, тоже так думает, и надеется одним лишь волевым усилием перенестись и, более того, *переноситься* туда и обратно по мере душевной надобности.

Цветение тополя гоняло по гудрону дрожащие сероватые клубки, больше всего похожие на склеенные в дымчатый конгломерат грозди лягушачьей икры.

Я возникаю перед ним возле одной из труб, как ангел. «Мааарк, — выпеваю я. — Ну что, опять подкололся, пидарас, признавайся!» Пидарасом я называю его отнюдь не потому, что он в незапамятные времена трахнул невзначай и по пьяни хорошенького сенатора; беспощадный наш народ — и тот готов признать: один раз — не пидарас. Пидарас — это скорее общественно-политический портрет асоциального явления, то есть как раз такого, каким является Марк Антонов, забулдыга и мудак, в лучшем смысле этого необычайно емкого слова. В этом смысле пидарасом был, конечно, и поэт Александр Блок, за что и поплатился.

Я давно хочу рассказать про этого несчастного красавца с большими тараканами в кудрявой голове, про его чудовищную бесконтактную любовь к жене по имени, кстати, именно Любовь, и, главное, про его безбашенного тестя, популярного во всех средних школах химика. Больше не могу молчать, вот прямо немедленно и сочиню про них про всех, хотя и совершенно не к месту. Пивка только приму для храбрости, ага? Ну вот.

Глава пятая

Как известно, Дмитрий Иванович Менделеев, сын простого мещанина Ивана Менделеева, изобрел именно сорокаградусную водку — методом проб и ошибок, разумеется. Много пробуя и ошибаясь, Дмитрий Иванович едва не спился, но нечеловеческая воля ученого удержала его на краю. Тем более он был химик и знал, как легко расщепить спирт в крови, чтобы избежать тяжелого похмелья и особенно привыкания. Впрочем, знаменит он скорее не этим. В тяжелом сне, в период колебания между тридцатью и пятьюдесятью процентами, в гениальный мозг химика, пользуясь его неполной отключкой, был послан, сами знаете Кем, образ беспримерной и немыслимой таблицы, логику которой постичь не может никто до сих пор.

— Люба! — взревел, проснувшись, Дмитрий Иванович (в душе, как мы знаем, Прометей, что и позволило ему дать народу неиссякаемое жидкое пламя сорок к шестидесяти). — Любаша! Уху я хочу, помираю!

— Что, прости? — изумилась Любовь Дмитриевна. — Прости, папа, чего хочешь?

— Ухи, ухи, вот мучение!

Поевши ухи, Дмитрий Иванович прямо на стене, на обоях в розовый букетик, расписал свою таблицу, едва не скончавшись от напряжения.

Любовь же Дмитриевна... Если честно, к тому времени ее еще не было вообще в живых. Родилась она много позже, лет через десять-двенадцать, и странно, что не умерла впоследствии от любви к своему мужу поэту Блоку Александру Александровичу, будучи для него святой и таинственной Незнакомкой, а чего таинственного, она ж не ангел, на артистку училась, волосы золотым узлом на меховом воротнике лежали, щечки румяные, поэт ее поджидал, ревновал, провожал, тайком нюхал морозную прядку, как кокаин, писал стихи, подобно гимназисту, мучаясь от поллюций: шестьсот восемьдесят три штуки написал и не поцеловал ни разу, ни разочка за юную грудь не потрогал, к блядям ходил. А как же. В двадцатом веке вообще уже мало кто умирал непосредственно от любви.

И вот, много лет спустя после озарения Дмитрия Менделеева этой дьявольской таблицею, а именно в 1903 или 1902 году, точно не скажу, Александр Блок гулял со своей, так сказать, невестой Любовь Дмитриевной, чудесной девицей с тонкой и страстной душой и румяными вот именно щечками — свежий солнечный румянец абрикосового оттенка. Они гуляли по Петербургу, заходя по пути в различные соборы — Казанский, Исаакиевский и другие, такое у них было увлечение. Ах, нет! Это был 1901 год, ноябрь. Время в России сумрачное, жесткое, холодное и смутное. Слякоть. Любовь Дмитриевна (все равно румяная в любое время года, красавица настоящая) гуляла в черной котиковой шубке, отдыхая от адских дымов, сизыми змеями ползущими из-под двери отцовской лаборатории. Она загадала: «Если встречу вдруг нынче Александра и он захочет сопровождать меня на службу в Казанский, — поженимся».

И что же? Идет, по Невскому, противуположной стороной, откинув, точно конь, кудрявую голову, без фуражки, ноябрьский простудный ветер треплет длинные кудри, летит, словно падший ангел, не касаясь тротуара, ничего кругом не видя, путаясь в полах длинного пальто, бархатный воротник завернут внутрь, бледен как смерть. «Бедный! — подумала про себя Любовь. И тут же: — Белый...» Нет, нет, выбор сделан, Александр прекрасен, он гений (впрочем, как и Андрей), и, главное, он пропадет без нее! Вот вам в чистом виде русская женщина со своей склонностью к жертве, преобладающей над рассудком. Тут Любовь немножко обманула судьбу, окликнув: «Александр Александрович!» Ветер отнес ее слова на тот берег (поскольку под видом мостовой вдоль искусственно прямоугольных форм городского поселения протекала, впадая в Неву, прихотливая река любви), и простое имя запуталось, словно птица в сетях, в черных прядях над бледным лбом... Короче, оглянулся. Ах! Ударило слева, руки протянул, побежал, вброд, едва не сбило экипажем, «С-сударрр!» — грозно матюкнулся кучер... Перенесся! Бедный, белый, бледный, буйный... Нет, не отсюда. Буйный — это папаша, это, возможно, Андрей, как знать, а тут тень, туман, питерский морок, Александр, обнять, прижаться, закрыть глаза, отомкнуть губы... Ах!

Боже мой, Любовь... Любовь Дмитриевна... непостижимо... ветер... простудиться легко... в Казанский... ах, как люблю... этот сумрак, глубина... вы позволите? Я — вам — позволить — с вами? Слава Богу, слава Богу, чудо, ужасный вечер, вдруг вы...

Блок писал по шесть, восемь текстов в сутки, ночами, сходил с ума, пил, никакое не «Аи», золотое, мол, как небо(!), простую менделеевскую, один, втихую, падал замертво и вновь писал. К лету просил руки.

Венчались почти тайно, в Шахматовской церкви. Димитрий Иваныч даже сюртука не надел. Приехал вообще к концу. Шампанского пить не стал, ужинали с водкой. Прислуживала зареванная Матрена. Люба ничего не замечала. Папаша тем более.

Любовь Дмитриевна горничную отослала, долго расчесывала костяным гребнем тяжелую литую косу, долго-долго... Раздевалась сама, простая батистовая рубашка без кружев, без этой ерунды, с длинным рукавом и манжетом на пуговицах.

Александр, робко постучавшись, вошел, как был, в серых брюках, белой сорочке с высоким воротничком, галстух чуть набок съехал, жилетка с атласной спинкой. Сердце Любовь Дмитриевны сперва упало, потом подскочило к горлу и заколотилось так громко, аж перепугалась, что муж услышит... муж... Муж! Низко нагнула голову, будто искала упавшую заколку... Александр подошел сзади, коснулся губами позвонка у основания тонкой шеи. Окунул руку в золото волос. «Устала? Покойной ночи, родная. Добрых снов, свет моей души...» Вот гад.

Люба робко оглянулась. Он назвал ту, первую книгу, над которой плакала и влюбилась, прочтя за ночь, — «Ante lucem», «До света». Свет — она, Люба, любовь великая и сияющая, несказанная. «Покойной ночи, дорогой».

Отец ночевать не захотел, велел заложить лошадей в кромешной тьме, часа в два. Люба смотрела из окна, как старик, ругаясь по обыкновению, лезет в двуколку, — и вот, совсем одна, дивные нагретые запахи из сада, соловьи... Люба легла, одна поверх широкого одеяла, взяла ту самую книжку, первую, и читала — именно как написано на серой обложке — ante lucem. Слезы постепенно высыхали. К рассвету веки налились и упали. Спала до полудня.

— Барин, барин миленький, — тоненько всхлипывала Матрена, топя Александра в тесте своих грудей, — ты ж не бросишь меня для этой мадамы, красивая, ох красивая, но ты ж, но я ж... Я ж тебе все отдам, миленький ты мой красавчик, ангелок мой кудрявый, все сделаю, как скажешь, голубчик мой, как любишь...

Матрена, сползя грудью по его худым ребрам, по впалому животу, щекой вжимаясь в пах, коротко-палыми руками обхватив бедра, широко раскрывала рот и двигала, двигала челюстями, жадно, как свинья. Свинья. Толстозадая. «М-ммм», — с ненавистью стонал Александр, вцепившись в Матренин затылок, весь напрягшись, как тетива, и, наконец, с облегчением спуская сверкающую стрелу, Россия моя, Русь, скифы, мама дорогая, всё, пошла прочь, не реветь, дура, оставь меня, блядь безмозглая, ну!

Матрена, гадина, бесконечно оскорбляла душу Александра Александровича, ранила так грубо, что хотелось избить в кровь, чтобы выступила солеными каплями на губах, потекла клюквой из толстого носа... И, отстояв с любимой об руку вечернюю службу, ловя краем глаза дивные отблески свечей на высоком челе, а после возвращаясь длинной вязовой аллеей, где, невидимые в невидимых зарослях сирени, гремят соловьи; пожимая тонкое запястье и детские целуя ногти на пороге спальни, свет мой, любовь моя, королева, ангел мой бесплотный, тающий туман... О господи, один перламутровый ноготок, пальчик маленькой ноги... Нет, нет, нельзя, страсть захлестнет, невозможно, покойной ночи, любимая, родная, свет рая, невозможно! Ну, и выпив полштофа на ночь, излив весь свет, голубой и розовый, и, разумеется, золотой свет любви на бумагу, Александр, стараясь не скрипеть ступенями, поднимался во флигель, где сидела на перине Матрена, и делал все это: по ненавистной морде, по плоским губам, краем сухой ладони по ноздрям, а как валилась набок, закатив глаза, обнажив непристойные желтые белки, задрав рубашку на голубой в лунном свете живот, — еще и по животу этому гадскому, несильно, утопая в сале, отчего страсть била в пах, — валился сверху, хрипло шепча: «Сука, сука, сука, сука мокрая, ну, ну!» И так из ночи в ночь. Ну и вот. На третьем месяце Матрена, конечно, скинула, а сама, сказать по правде, померла. По-тихому. Никто ничего и не узнал. Нам же остается рыдать и руки заламывать: ах, библиотека, ах, вандалы.

Хоспподи Исусе Христе в белом венчике, Боже праведный, как любил он Россию, чудовищную свою колыбель!

Но гении живут в других измерениях, все как один параллельно друг другу, и Дмитрий Иваныч вообще ничего не замечал. Не обратил внимания, как дочка замуж вышла, на венчании (без сюртука) напряженно думал о теории растворов. Не заметил, как вскоре же и вернулась в отчий дом.

Между тем Саша Блок с детства по-настоящему любил только свою маму по фамилии Пиотух. У него был эдипов комплекс, вот в чем проблема, поэтому он вожделел к России, отождествляя ее с матерью, а к якобы любимой жене и тестю, Дмитрию Ивановичу Менделееву, испытывал очень сложные чувства.

Периодическая система элементов, которая потрясла мировую мысль с такой силой, что перевернула к чертям собачьим все пространственно-временные и причинно-следственные связи, — оказалась недоступна пониманию поэта Блока, у которого было развито совсем другое полушарие мозга. И он в годовщину того дня, когда его так называемая Прекрасная Дама «отошла в другие поля», а проще сказать, свинтила от него, не в силах более выносить демонические полеты его души, — приехал к тестю помянуть свою бесполую любовь. Сам Александр Блок в лирическом безумии и для полноты ощущений привык считать Любовь Дмитриевну скорее мертвой, чем живой, и предыдущую ночь провел, кстати сказать, в борделе, где, напившись, избил с горя проститутку (о чем немедленно написал стихи). И тут увидел эту самую Даму, как живую. И укрепился в решении выпить, да покрепче.

Но Дмитрий Иваныч, уже старый и больной профессор с невыносимым характером, скандалист, либерал и забаллотированный академик, которому Сашка всегда мешал работать, изливая на него свои сложные чувства, выражаемые истерическими криками: «Господи, чем, чем вы, а не я, заслужили счастье быть ее отцом, зачем?!» — попросту сказал бывшему зятю: «А вот тебе хрен, милый мой, пить с тобой не стану, тем более Любка видеть тебя не хочет, а хочет снова на артистку учиться и в недалеком будущем нормально выйти замуж, возможно, за немецкого еврея Эйнштейна. И эмигрировать с ним в Америку. Редкого ума человек, не тебе чета. Не любишь, небось, евреев, а, Сашка?»

— Я люблю Россию, Русь, — тихо ответил Александр Блок, — а вы просто старый неряха и психопат. Моя любовь мертва, и вас я ненавижу. Прощайте. Пусть еврей отныне правит бал. Когда любовь мертва, моя душа все ближе, все ближе к тайне той...

— Мозги ты мне все проебал, вот что, — с этими словами Дмитрий Иванович Менделеев повернулся к поэту Блоку спиной и уставился на свою великую таблицу, которую так и не разрешил Любе заклеить новыми обоями.

И хотя поэт Блок был исключительный красавец и, можно сказать, гений, как считают многие, и мы не будем сейчас с ними спорить (по мне-то гением является, вернее, являлся, так как, несомненно, помер от хронического алкоголизма и цирроза печени, мало кому известный титан, написавший неистовые строки:

> *По деревне шла и пела*
> *Шайка пьяных мужиков:*
> *Шишкин, Мышкин, Подъебышкин,*
> *Сковородин, Гвоздин, Пиздин) —*

хотя для многих интеллигентов Александр Блок — *их всё*, я настаиваю, что в онтологическом смысле он — пидарас. Как и Марк Антонов, редкой никчемности персонаж.

Глава шестая

Марк мотает носатой головой и прячет длинные руки за спину. Я ласково беру его за левую клешню и поворачиваю венами к свету. Рука грязная, но выпуклые вены целы, сколько ни всматриваюсь, никакого синтаксиса не нахожу. «Смотри, Мааарк. А то расскажу Магде, и она изолирует от тебя ребенка». — «Ты известный враг народа», — говорит мне Марк бездумно. «Да, — соглашаюсь, — это у меня форма сублимации, от дефицита личной жизни. С тех пор, как я, подобно Любови Дмитриевне Менделеевой, не сумела воздействовать на свою любовь в лице нашего общего друга Гарри О., ты понимаешь, о ком идет речь, я не на шутку стала пектись (или печься?) о ближних. Ты ведь — ближний мне, старичок, нет, ну правда?»

— Короче, старина, — говорю я, и под руку начинаю прогуливать Марка вдоль рампы, по-над стройкою, чтоб не волновался. — Тебе срочненько надо вылетать в Колхиду. Или в Тавриду. Ну, словом, понятно. Сдается мне, что-то творится там неладное. Что-то не очень понятное.

— Как ты знаешь? — глупо вскидывается Марк зазевавшимся голубем.

— Проснись, детка. Я же автор. Все-таки. Как-никак. Ты мне жизнью обязан, пидарас.

И я подхватила Марка Антонова на свои перепачканные в чердачной пыли крылышки, и мы спланировали прямо на дикий пляж, где Агата и Ярославна сидели, вцепившись друг в друга и одинаково приоткрыв похожие, немного лягушачьи рты. У них и лица были одинаковые, уставшие от слез лица, с размазанными по щекам соплями. Такое лицо могло быть у Матрениной дочки, внебрачной, конечно, да и судьбой покруче, хотя и у наших девчонок все непросто... Да, не так-то просто. Но Матрена померла в результате выкидыша, а вот Магда вовремя спохватилась, да и Люська, стервоза, коптит небо мимо смысла и общественной пользы, и даже мимо семьи, дурында. Живут, короче, некоторые, а толку — чуть.

— Папа... — втянула сопли Агаша.

— Паааапааааа! — заревела, словно морской львенок, Ярославна Алексеевна Баранова.

Глава седьмая

В Подмосковье это лето было гнилым и дождливым, и многим неврастеникам хотелось умереть. Но Леше умирать было никак нельзя. Закинув руки за голову, он наблюдал пуховый обложной рассвет и подсчитывал дни до экспедиции, и фрагментами, лоскутами вспоминал Люську. Длинная, изогнутая по лекалам модерна, плосконосая и плоскогрудая Люська с надутыми порочными губами, ржавыми водорослями волос, порнографическая женщина Бердслея. Леша приехал с гладиолусами, с розовыми шелками, со всеми причиндалами отцовского ликования — встречать, и девочку ему вынесли, и он дал, как полагается, трешку сестричке и пятерку акушерке, но жена не вышла. Отбыла. В нотариальную контору — оформлять отказ. Дура, без мужа какой отказ?

Потом она ходила по дому в тесном лифчике, а сверху еще туже затягивалась полотенцем, грудь Ярославне не давала. У Ярославны, собственно говоря, еще не было имени в те дни, и как-то раз даже участковый пришел и спросил: «У вас тут ребенок проживает без прописки?» Леша тогда растерялся, говорит: но он же... она же... новорожденный, какая прописка, там и прописывать пока нечего... Пышноволосый участковый по фамилии, сами понимаете, Мешков, не роняя достоинства, слегка приподнялся на цыпочках и строго посмотрел за плечо Леши, где его мама-профессор держала девочку на вытянутых руках, поскольку та как раз писала по красивой траектории, совсем как настоящая девочка-младенец, кем, несомненно, и являлась. «Девочка? — без улыбки отметил милиционер. — Почему без регистрации?» «В смысле?» — презрительно вздернула кустистую бровь мама, Ася Кандидовна Энтова-Пиотух, дальняя родственница тех Пиотухов, которые... ну, понятно. «В смысле ребенка надо назвать по имени. К примеру, Оля там, Лена. Анжела. Назвать. И за-ре-ги-стри-ро-вать», — произнес по слогам, как бы обращаясь к глухим или слабоумным, участковый милиционер. «Ясно, старшина, конечно», — согласился Леша. «Я сержант», — совсем уж разобиделся сержант Мешков и, коснувшись кокарды, ушел. «Ишь!» — только и сказала Ася Кандидовна и тоже удалилась пеленать ребенка, Анжелу, например, скажите пожалуйста!

А когда Ася Кандидовна, покормив из бутылочки на ночь безымянную девочку датским «бэбимилком», ровно в десять уезжала к себе на Чаянова, Люська выползала из спальни, где бессовестно и нагло дрыхла целыми днями, как в берлоге, и заводила свою фашистскую песню.

— Пойми, ее надо непрерывно лечить, это исключает науку, Алик... Алик, мы не имеем права хоронить себя. Ни я, ни, тем более, ты. Мы — две прекрасные черепные коробки, не говоря об остальном. Алик, Алик...

Зудела цикадой, без умолку, собирая вещи в глубокий чемодан — отдыхать. Длинные потолстевшие бедра светились. Даже крыса-самка, задумчиво размышляет Леша, даже самка-крыса не ест своих детей. Только самец. Даже крокодилы. И тогда Леша мучительно запечатывает в себе человеческие чувства к Люське как к человеку (так поступал с глупой Матреной пидарас-символист, у которого-то как раз не было на это никакого христианского права и причины, кроме подлого классового презрения), подходит к жене сзади — замри, стервь цветущая! Леша развязывает полотенце, отчего Люську сводит извилистой судорогой, как последнюю падлу, и запускает пятерню в ее бесстыжий затылок Горгоны...

Сотрясаемый электрошоком сладкой ненависти, она же истинная и безутешная любовь, Прометей отрывает, наконец, поганую бабу, текучую эту рептилию от чресел, разворачивает к лицу лицом и крепко, как целуют с пьяной страсти, с пьяной страстью наотмашь лупит ладонью и тыльной стороной, дважды, справа и слева, незабываемо... И безысходно, словно насильник, прижимает губы к ее вспухшему, соленым соком брызнувшему рту.

И вот, с бесполезной радостью силы, на миг одичав, Леша отшвырнул мерцающее тело, и поганая, гнусная сука, словно звезда в конце пурпурного месяца августа, покатилась, больно стукнувшись локтем.

Таким образом, Леша, чистое пламя огня, потемнев с горя, тяжко простился с любимой паскудой. Есть соблазн сказать, что так боги и герои, наказанные бессмертием, прощаются с земными женщинами. Но дудки. У богов выставлена биологическая защита против сложных чувств, там похоть одна вперемешку с развратом власти; герои же поглощены неприсущей им отроду мукой бессмертия. И только человеческим однодневкам доступны дикие, слепые, летучие страсти, которые, собственно, и есть химическая формула смертности. Дмитрий Иванович Менделеев, конечно, видел ее в тревожных, дискретных снах, но не придал этим вещим снам трезвого значения.

Рассвет сырой матрасной ватой отделения психосоматики, страшнее которого нет места на мирной земле, свисал за окном. Влажные запахи перестоявшейся ночи лились из сада. Печка, что делила комнату пополам, еще дышала нежным жаром. Приподнявшись на локте, Леша любовался сопением Ярославны в млечном сне: приоткрыв вздернутый, как у матери, рот и выпростав теплую пятку.

Он бросил Люську в угол, как тряпку, сучку паршивую, ногой выломал ребро чемодану, разметал пестрое Люськино барахло по новой квартире и уехал с Яной в серую от дождей деревеньку. Хозяева жилья не постигли прелестей местного сельского хозяйства. Искусственные прямоугольные формы каменных ущелий большого города вдали от страшных русских запахов цепко держали их эмигрантские души. Старые дружки, пропавшие среди могучей цивилизации бензоколонок и аптек, денег они с Леши не брали. Гаудеамус игитур.

Поселились с Ярославной среди одичавшей малины, посадили у окна абрикос. Он не плодоносил, зато цвел в конце мая, розовыми японскими цветами на голых ветках без листьев. Построили баню. Каждый божий день, зимой и летом, Леша купал Яну на улице в холодной воде и выпаивал козьим молоком. На два года оставил экспедиции, а этим летом вот решил, значит, — пора юридическому свету души показать море. Понт.

Вывел за рога из сарая велосипед, посадил Ярославну на стульчик, привинченный к раме, поехали за молоком.

В сенях пованивало. Парки, рослые старухи с поджатыми ртами, пряли свою пряжу, и не было лома против их приема. Одна из них, широкоплечая, широкоспинная, в черной душегрейке на голых коричневых мослах, вынесла ежедневную литровую банку жирного продукта бессмертных козьих желез. «От, мамки мои, пуще зверей моих вас люблю! Ране такие еще забредали, вольные, а нынеча вовсе вывелися... Эх, птицы мои, по здорову бы только!» И провожала с крыльца подслеповатым неподкупным взглядом, нить же за ее согнутой спиной сучилась непредвзято, а если порой обрывалась, две другие бабки, не прерывая гундосого пения, подхватывали ее и связывали узелком. Хотя порой, в сумерках склероза, и не замечали.

Мягко разрезая лужи, повиливая в жидких колеях, Леша ограждал руками и вогнутым телом теплого от сытости любви человечка, отвоеванного у Люськи, которая, видали, куда замахнулась: судьбу решать, дура! И ехали они, счастливцы, золотые по золотой грязи, обсыпанные изморосью, с горячей прохладой на мокрых щеках, присобачив к багажнику банку с питанием, дающим крепкое здоровье и долголетие, но не бессмертие, слава богу.

Леша тосковал по ненавистной Люське, однако жизнь не тяготила его. Можно даже сказать, он жил в ладу с собой, что большая редкость (с учетом результатов психологических тестов, которые любят и умеют раскачать гражданина наводящими вопросами, пока он не задумается всерьез о попытке самоубийства). А чего бы ему не жить-то в кайф, Леше-то Прометееву, он же Баранов-Пиотух? Писал диссертацию о литературно-мифологических мотивах в эллинской философии; сочинял сказки для Ярославны. Не слушал сплетен, как пропадала от химки и винта его Люси из ИСИ: доисследовалась. Довнедрялась, мол, в среду, дура.

Собственно, никто ему и не пытался рассказывать что-либо о Люськиной детерминистской судьбе. Не до нее было народу.

Глава восьмая

...Это я, я, я, ослепленная своей преступной безнака-
занностью, безмерной властью над ними всеми, но ослепленная же при этом рабской наркотической зависимо-
стью от истерзанного двойной природой стрельца, который разучился любить и проклинает мое вмешательст-
во, проклинает меня и мою холопскую преданность, и не
дает мне прильнуть даже к вытертым швам на его джинсах, оставляя для утоления моей жажды только рубча-
тые следы на асфальте; это я, отторгнутая им, не допу-
щенная даже к его игле, выгоревшая изнутри, черная
и не изведавшая горячего цунами, ударяющего в темя
и золотым огнем бегущего по жилам, чтобы медленно
выйти двумя перистыми потоками из области лопаток
и поднять, понести нас, обнявшихся, над чистыми зву-
ками и красками земли. Это я. Я подставила свежую,
не теряющую ни в одном из обличий бодрости и радост-
ного напряжения открытий душу рыжего пахаря, его
мощный пульс, наполненный целебной материей дикой
малины, слепящего моря, серого деревенского дождя,
козьего молока и печного жара; его пульс, бьющий в тело, как язык в колокол, гудящий интенсивной любовью, — это я подставила его вместо тебя, мое блаженство. Спасла тебя, вялого паразита, одним движением кла-
виши. Твоя зашлакованная мудрость утратила прямое
назначение. Ты не допер, блаженство мое, что меня из-
гнать нельзя. Хотя бы потому, что из вас из всех я одна —

реальность. А ты — глюк. Вы все глюки, в зависимость к которым я неосторожно попала, вот парадокс.

Кто из них с тобой нынче? Та, ссыльная из уральской деревни Духово, не понимавшая, как можно любить мертвого старика, которого ты запомнил молодым и небритым, с воспаленными после ночного дежурства глазами, жадно пьющим заварку из носика, весело подмигивая тебе через плечо... Или та, гадина от Бердслея, что играет с тобой в ненасытные игры прихода и эйфории? Или стареющая, с больными глазами художница, строгая в словах и скованная в ласках? Или, может, с черными веками и подбритым затылком шалава, то ли мальчик, то ли девочка, без разницы, наширялась и прыгает на тебя, как очумевший от радости щенок, ржет во все горло и выбрасывает тонкую ногу, чтобы ты споткнулся и повалился рядом с ней и другими дрожащим щенками изведать безгрешной, непорочной любви, за которую еще недавно так недорого платили абортами и гонококками Нейсера, это потом вы стали группой риска и вас стали загонять в резервации и выжигать на плече тавро: ВИЧ. Нет, блаженство мое, я не дам тебе дожить до этого времени, все будет по-другому.

Я сама знаю, с кем ты — властелин, военачальник, изгой, жидовская морда, стрелец, изувеченный бессмертием. Со мной, с кем же еще! С ангелом твоим хранителем, простирающим пыльные крылышки, чтобы вовремя уберечь твою усталую душу от пере-

157

дозировки рождений и смертей. Впусти меня, паразит, в твою засранную квартиру, не дело мне, какому-никакому, а все же демиургу, стоять под дверью. Впусти меня, сволочь, открой же, это ведь я, я, мосластая Парка с поджатыми морщинистыми губами, нам пора решать твою судьбу, скотина!

Пора решать твою судьбу, скотина.
Ты здесь чужой, ты старый, ты урод.
Твоя рука под действием токсинов
Не может натянуть тугую тетиву.
Ну за каким приперся ты в Москву,
Где впал в ничтожество оставшийся народ?!
Ты конь с дурацким человечьим торсом,
И рвут тебя природы полюса.
Все это так. Но к нам чего приперся?
Здесь бунт стрельцов подавлен навсегда.
Несчастный мерин, ждет тебя беда,
Здесь не дадут тебе ни слова, ни овса,
Здесь телки гадкие тебя поднимут на смех,
Менты сломают лук и, применив прием,
Ребро и нос. Лишь на вокзале наспех
Бомжиха даст мастырку плюс минет
От сердца чистого за несколько монет...
Прочь из Москвы, стрелец! Вали конем!

Глава девятая

Тетя Медея баюкала Ярославну, и маленькая Яна Буранова все еще вздрагивала во сне, можно сказать, сирота. Ну, допустим, живы, живы оба ее биологических родителя — хотя и погибают от чумы двадцатого века, у которой вообще-то много модификаций, но дурь, химическая и натуральная, безусловно, на первом месте, и не говорите мне, что травка лучше водки, пробовали, знаем-с, да и Дмитрий Иваныч не даст соврать, вы мне еще про кокс расскажите, которым весь Серебряный век тешился, к божеству прорывался... Да, ну вот, живы-то живы, а что толку? Одна на целом свете Яна Буранова, и никто не вспомнит, пять ей или четыре, и какое это теперь имеет значение...

А Медея, не та, конечно, безумная колдунья, а эта, простая женщина, впоследствии проклявшая своего племянника, сына родной и любимой сестры Елены — прокляла, как вы знаете, и упала замертво, не пережив разрухи и распада кровных связей, боги, боги... Медея низким хлебным голосом пока еще выпевала тихо и невнятно, гласные длились бесконечно, а согласных не было. Как у птиц.

Магда, Гудза, Агата и Марк Антонов сидели в саду, за столом под виноградным навесом, пили вино из трехлитровой банки и удивленно свыкались с той внезапностью, с какою произошло их сцепление в одну семью. Агата забралась на колени к Марку и всхлипывала ему в шею. Он ведь был ее родным отцом, род-ным, хоть мама и разлюбила его, а вот Агата, например, часто думала о нем и в трудные минуты хотела к нему прижаться. Беда.

Где-то виртуально маячила биологическая едрена мать Ярославны Люська, знакомство которой с Марком произошло на научно-исследовательской почве, если кто не помнит или заплутал в неряшливой, там и сям схваченной поспешным узелком, словно веревочка Парки, так называемой нити повествования. Беда Люськи заключалась в том, что ее никто не любил. Не беда, скажут законопослушные граждане, всей душой отстаивающие необходимость смертной казни; нисколько не беда, а вина, вот так. Глубокая и запущенная вина, которую Люська сейчас заслуженно искупает. Пусть искупает, вам-то что? Народу и публике на эту Люську наплевать с седьмого этажа, и только я знаю про ее мучения. Даже не Марк, который не раз бывал с ней близок в биологическом смысле слова, но никогда душевно. Ведь близость их тел всегда обуславливалась состоянием эйфории, искусственного подъема и ликования, вслед за которыми неизбежно наступают спад и стагнация. В экономике механизм известный.

Помнила ли Люси о своей маленькой брошенной дочке? Ну что за дурацкий вопрос! Как можно не помнить о существе, которое шесть недель устраивало в твоей тесной утробе такую бурю в пустыне, что ты блевала в каждую урну, потом пять месяцев грузовиком давило тебе на поясницу, а после всего раздирало тебе внутренности и промежность, словно пресловутый лисенок пресловутому маленькому спартанцу... Другое дело — могла ли она, лишенная милосердия и великодушия Люська, любить своего лисенка, да еще с учетом всех его злосчастных пороков? Вернее, поставим вопрос иначе. Смогла бы она в своем теперешнем одиноком и, будем называть вещи своими именами, богооставленном положении, на грани суицида, вытуренная отовсюду, без денег, с исхудавшими бедрами и руками, опутанными страшными черно-фиолетовыми венами, без квартиры, проданной аферистам за пятьдесят тысяч рублей после дефолта, — смогла бы эта сочащаяся в свое время непобедимым сексом Люська, вот сейчас, увидев свое зеркальное подобие, жалобное и оголенное — полюбить его, то есть, конечно, ее — наново?

Но вопрос этот решительно праздный, Люська отказалась нотариально, и никто ее к Ярославне не подпустит, ни органы опеки, ни даже я.

Один лишь Гудза, который провидел и утешал, и в ком гнездилась душа барана, вернее овца (что бежит за увозимым на грузовике каракульчонком, бежит и бежит, хотя грузовик уже давно скрылся из виду), лишь Гудза, простое животное, слепленное из инстинктов и интуиции, стремился согнать всех в одно стадо и осчастливить этим. Беда.

— Я вылечу твою женщину, — все обнимал он Марка за плечи, — хочешь?! Привози ко мне, увидишь!

— Для тебя нет невозможного? — усмехался Марк.

— Для меня — невозможного — очень — мало — есть. — Гудза отвечал внятно и даже, пожалуй, грозно, как купец-миллионер из пьесы Островского «Бесприданница».

Глупый овец Гудза... Что он знал о причинно-следственных связях? О канве судьбы? О космических масштабах последствий маленьких исторических ошибок — что мог он знать о них, полнокровно проживая до поры до времени в одном из крошечных райских уголков земли, которые простодушный Создатель, подученный своим лукавым приятелем, оставил, как известно, для себя? Оставил-то оставил, но постепенно практически все заначки опрометчиво раздал маленьким, позабытым в спешке и оттого очень гордым народам. Всю меру этой оплошности не оценили еще даже мудрецы. А уж из Гудзы какой философ? Его певчий народ дал миру великих артистов, а философа лишь одного, но уж зато из космических... А бедный Гудза даже артистом не был. Так, божок местного значения. И, конечно, не делал выводов ни из чужих, ни, тем более, из своих ошибок. Впрочем, как и все мы.

— Ну, если ты такой крутой, — Марк Антонов нацедил из банки последние капли себе в стакан, и Магда пошла в кухню за следующей банкой, — тогда давай, верни-ка мне вот ее.

— Кого? — не понял Гудза.

— Эту, — показал Марк подбородком. — Жену мою.

— Она не твоя жена, — нахмурился Гудза.

— О нет, чувак, ты сильно ошибаешься.

— Я никогда не ошибаюсь.

— Ты ошибаешься, как никогда. Тебе я признаюсь, чувак. Вообще всё — из-за нее. Посмотри, как херово, нелепо и бессмысленно мы живем...

Медея давно отнесла Яну в кровать, теперь осторожно вынула из рук Марка спящую Агату и положила ее (с традиционно немытыми ногами) на раскладушку под грецким орехом. Троечница горячо забормотала во сне, прерывисто вздохнула и, охваченная уютом, завозилась и зарылась в перину.

Марк один выпил уже больше двух литров. Он не был пьян. Просто хотел говорить, хотел и, наконец, мог: говорить все и говорить для Магды, чтоб она слышала, и чтоб ей было больно. Чтоб она, возможно, пожалела его. Не верьте, если кто-нибудь скажет, что не нуждается в жалости. В жалости не нуждаются только мертвецы, которых мы как раз жалеем охотнее всего. А живой без жалости, как мертвый без гроба — не живет.

У меня ничего не осталось, бормотал Марк, не глядя на Магду, и слезы скапливались в отвисших, как у сенбернара, нижних веках.

А ведь просто на удивление, сколько окружает нас людей, у которых не осталось ничего. То есть буквально. И не только бомжи и беженцы. Обычные люди, школьные товарищи, знакомые друзей, родственники соседей. Конечно, очень дальние родственники, которых родственниками уже никто не считает, и видят только на похоронах. Похороны — вот единственная точка, где встречаются со всей остальной семьей те, у кого ничего не осталось. Марк мог встретиться с Магдой на похоронах — он и встречался: сначала у ее отца, потом у своей матери, потом у ее матери, у самого же Марка отца давно не было, он исчез. Люди нередко исчезают. Так и отец Марка, Герман Петрович Антонов, мастер доменных печей, вышел однажды из дому в городе Магнитогорске, где жил с семьей и работал на металлургическом заводе, — и пропал в дыму.

И вот теперь, благодаря мне, Марк снова встретился с любимой женой Магдой, которая его давно не любила и при совместной жизни по два месяца не меняла ему постельное белье и полотенце, и на ужин оставляла холодную картошку. Встретился, в общем-то, опять, можно сказать, на похоронах.

А когда-то они жили нормально и даже хорошо. Марк почти не пил, так, рюмарий под хорошую закуску, под борщец, который несравненно умела изготовить теща Алевтина, бабец с литой грудью и пшеничной косой вокруг головы.

Прикиньте, чуваки и чувихи, даже не пил! Работал нормальным инженером на нормальном заводе, правда мало бывал дома. Очень был занят. Но все у меня было: и дочка, и деньги, и дело, и любимая женщина — вот эта вот. А она стала вдруг любить моего друга. Вдруг! Пойми, ни с того ни с сего!

Марк, конечно, умолчал, что, отвозя раз дочку, совсем крошечную Агашу к теще на выходные, засиделся с Алевтиной за борщом под водочку, и уж так необъяснимо случилось, а только сгребли они друг друга, не поймешь, кто кого, схватились, как борцы, и теща, шуруя огненным языком у него в ухе, прохрипела всего три слова: «Махдочка узнает — посажу».

Магдочка, конечно, ничего не узнала, но, как по волшебству, буквально в одночасье, стала далекой и вежливой, ну — примерно как соседка по подъезду. Марк тещу возненавидел и в отчаянии стал приписывать ей навык управления иррациональными силами зла. Когда Алевтина умерла, Марк, сильно пьяный и давно уже чужой в семье человек, шепнул Магде на кладбище: «Мать-то, уж ты не обижайся, ведьмой была, прости, Господи». «Ну не мудак?» — равнодушно, как о муравье, откомментировала Магда какой-то траурной дуре.

Да, просто взяла и разлюбила.

И будто некий голозадый малолетка-вредитель всадил ей в сердце беспричинную стрелу, Магда обратила однажды взгляд на всеобщего закадычного дружка, лысого, поросшего неопрятной седой щетиной, тщедушного и умного, как дьявол, Гарика Ольшанского. Человечка, правду сказать, веселого, ученого, лупоглазого, цинично перетрахавшего всю Москву и область, дивно музыкального... И облилась страстью, едва не кончила от его густого баритона, скорее смешного, чем волнующего в такой цыплячьей грудке.

А поскольку Марка она из мужей вычеркнула, не юридически, но в моральном отношении абсолютно и безоговорочно, то и не скрывалась, как в раю.

Ты понял, чувак, я все знал! Знал, молчал и улыбался, вот именно как мудак! Молчал! Боялся, понимаешь, что она узнает, что я знаю, и уйдет от меня! Больше всего я боялся, что она уйдет от меня...

Вот когда Марк Антонов начал собственно пить. Не раньше. У него была уважительная причина. Он пил, чтоб легче было знать. И пил он, боги, с этим самым другом, с этим пышноголосым плешивым Гариком, ибо люди, по крайней мере русские и еврейские, извлекают дополнительное удовольствие и даже градусы, что уже не объяснит даже Менделеев, если пьют с близким другом — именно вдвоем, а отнюдь не втроем, как принято думать.

И вот что я тебе скажу, чувак. Чтоб мне было еще легче жить во всем этом дерьме, он привел меня в одну компанию. И там я испытал кое-что неслыханное. Я испытал божье облегчение и увидел эфир.

— Эфир? — не понял Гудза.

— Эфир, эфир! Знаешь, что это такое? Никто не знает, а мы знаем.

— Помнишь, я писала раз картинку, — Магда вдруг близоруко улыбнулась Марку и расплескала вино. — Ты помнишь? На первом плане раскрытые маки, с сердцевиной, ну как в атласе растений. Дальше смазываются и уходят к горизонту волнами всех оттенков красного: алые, оранжевые, винные, розовые, заливают весь холст до неба. И над этим полем летают первобытные бабочки — синие с золотым, фиолетовые с зеленым, без полутонов, до рези в глазах. С женскими лицами...

— Такими сонными, да... — кивнул, мечтательно прищурясь на виноградные небеса, Марк.

— А по полю бежит дитя с туманными прядями волос, и вместо глаз у него — две сине-зеленые бабочки с бутылочным, стеклянным отливом... Гарик потом сказал, что если б можно было нарисовать *приход*, то он точно так бы и выглядел...

— Да, чувак, мы *видим* эфир, это тебе не чачу трескать...

Голова у Марка склонилась, язык заплетался, и он, конечно, не мог так хорошо, как художник Магда, объяснить, что это за так называемый эфир, и попытался щелкнуть пальцами, но промазал. И я пришла ему на помощь. Эфир, чувак, — это радуга водопада, это голоса, как в хоре мальчиков, это полет и такой кайф в нервных окончаниях, что любая дешевка, что оказалась под рукой, кажется существом иной природы, ангелом и демоном одновременно. Да, Маркел, это ты узрел?

Во-во. Ангелом и демоном. Люська. Вот что я узрел и обрел, а их, девочек моих, жизнь мою — потерял. И работу. И деньги. И всё.

Помянутая Люська, откуда ни возьмись, сгустилась из ночных огней, из отсвета моря и светлячков, налила себе стакан, залпом выпила и громко зарыдала. И Гудза, взглянув на нее в упор пустыми бараньими глазами, понял, что эта Люська, эта несчастная злополучная дура, изгадившая жизнь себе и другим, но главным образом все-таки себе, — в настоящий момент где-то там, в осенней Москве умерла.

— Я, если хочешь знать, не дам ей развода. — Марк неожиданно сгреб Гудзу за грудки и коснулся его невысокого лба бровями. — Потому что без нее я никуда не уеду. А уехать мне, сам понимаешь, позарез. Нет у меня больше спасения...

Господи, боже ты мой, Маркел! Что ты знаешь о спасении! Если ты все изгадил здесь, и тебе ступить негде, и поэтому ты гуляешь по крышам, потому что там якобы чище, и никто тебя там не видит, кроме голубей, и они разговаривают с тобой, как люди... И ты, ловящий, подлец, этих глупых и доверчивых, ожиревших божьих птиц, хватающий их длинными обезьяньими руками и сворачивающий им безмозглые головы, чтобы ощипать, поджарить на электроплитке и сожрать, — ты говоришь о спасении!

Уж не думаешь ли ты, что обретешь спасение путем многочасового механического перелета через несколько границ, ты, нарушивший главную заповедь самурая «будь в душе своей свободен, как птица», и наряду с иероглифом «честь» более всего чтящим иероглиф «полет», совпадающий с иероглифом «птица»?

Ну все, прости, старичок, погорячилась. Просто на месте Магды я бы... Но это не ваше собачье дело. Чего бы там я на чьем-то месте. Я и на своем хорошо намутила. Не мне вас учить.

— Да, пацаны, вот такая фигня. Как люди они со мной, голуби-то, мать их... И мне надо туда, где бы все со мной так. Где я начну чистым, без биографии, без дерьма. Магдалина, вернись ко мне. Люська отказалась нотариально, возьмем Яну с собой, дети натурализуются в два счета, я буду работать, как трактор, ребята помогут... Ты будешь писать настоящие вещи, вылечим тебе глаза, купим тачку, у тебя будет шикарная мастерская, дети все забудут, ты забудешь своего Гарика, мы будем счастливы, я буду каждый день менять рубашки... знаешь, там принято каждый день менять рубашки!

Елизавета Петровна Рстаки, оставшись в роно не у дел ввиду пенсионного возраста и вообще смены декораций, не могла жить без работы, будучи в душе комсомолкой двадцатых годов, тем более что ее дочь Надежда безвозвратно уехала на запад с группой знакомых клоунов в составе небывалого в истории «Каравана мира», веселее которого со времен восстания гёзов не знала история, — для начала, кстати, в Амстердам (где, заметим в скобках, повстречала этого мудилу, биологического отца Ярославны, и вместе с ним забурилась вообще куда-то в Канаду, а то ли на Аляску, в Анкоридж, мечта настоящего крепкого романтика-аутиста), — так вот, Е. П. Рстаки окончила курсы нотариусов и приложила впоследствии весь свой педагогический дар и опыт, чтобы убедить суку-Люську не отказываться от ребенка. Но, видать, не было в ней истинной святой веры в свою правоту, или неблагодарное, в синяках, лицо блудной Надежды помимо воли всплывало перед ее мелкими голубенькими глазками, замутняя трагизм ситуации клиента, — но не сумела Елизавета Петровна *обратить* суку-Люську. Эта сука прямо ей сказала: госпожа нотариус (тогда мы уже начинали быть госпожами, правда, чисто номинально), не суйтесь, куда вас не просят. Делайте свое дело. Боги, боги! Если бы все всегда так элементарно и бескровно решали проблемы спасения души!

Короче, это правда. Люська, в настоящий момент видимая не всем за дружеским неструганым столом, присутствовала здесь в качестве души, ибо девять дней назад померла и скончалась от передозировки, а может и от одиночества и безысходности, что скорее. Хотя и не в Москве, а на станции Сестрорецк Ленинградской области, куда поехала вдруг в поисках моря.

Море же, ангелы мои, было совсем не там. Оно было здесь, живое, шевелящееся и полное искрометных микроорганизмов. Здесь были они все, осиротевший микроорганизм Яна, преисполненный справедливости и сострадания многоопытный микроорганизм Агата и зацепившийся за радушную яйцеклетку (ovo) Магды божественный сперматозоид местного значения, с которым я еще не решила, что делать. На месте стареющей Магды я бы, конечно, использовала последний шанс и родила очаровательного кавказского мальчишку по имени Ладо. Здесь столько мальчишек поубивали, в этом райском уголке, оставленном Создателем как бы для себя, что не грех бы и родить пару-тройку... Не грех.

Итак, никого не касается, что бы я бы на месте бы Магды бы. Ну было, было. Ну родила я на этом самом месте. Всю мою безбашенную жизнь девчонка перевернула, чего и вам желаю. Любила, любила я одного негодяя, упорхнувшего в Канаду (именно), а то и в Анкоридж, будучи аутистом. Так то я, и то — он. И то — моя девчонка, знающая, что почем, и где следует искать море, а где это бессмысленно и безнадежно. И если моя девчонка в период осеннего обострения искала море под балконом восьмого этажа в полной уверенности, что прохладные воды сомкнутся над ее бедной головой и так же легко разомкнутся, и дальше она доберется вплавь, то это, конечно, не повод делиться мне с вами *опытом*. Потому что тут каждый за себя, и опыт у вас свой, не мною назначенный.

Люська искала море в Сестрорецке, наширялась, и мир в ее запавших глаза преобразился. И она, улыбаясь, шагнула в шипящий прибой — правда, не с балкона, а с платформы, как уже пыталась не раз. Но на этот раз не было рядом ни меня, никого вообще, дело было ночью, и перрон был пуст. Пуст, как ее утроба. А поезд мчался, словно тайфун Холли Голайтли (путешествует); проходящий экспресс «Лев Толстой» Москва — Хельсинки. Не замедляя поступательного стремления лобастого локомотива. И Люське ничего не оставалось, как искать спасения в его водах. Точно так же и в таких же точно обстоятельствах поступила известная кокаинистка Анна Каренина. Мало кто помнит об этом ее пороке. А он оказался судьбоносным. Одноименный граф предупреждал нас о чуме двадцатого века (плавно и совершенно незаметно переходящего в двадцать первый), ибо знал и видел далеко вперед, но мы запали на глупую историю любви. А граф знал, знааал, ему даже пробовать не надо было, как и писателю Набокову не надо было ласкать маленьких девочек, чтобы *знать*. Опыт — дело виртуальное, колоться, и нюхать, и ласкать не обязательно, если и так знаешь. А вот Люська, сука, и дура, и бездарь — не знала. Ей опыт заменял *знание*.

И уж конечно, никакого *знания*, в смысле «о, как я угадал», не было у Марка, отродясь лишенного воли и напряжения. Вялый он был парень, не боец. Податливый, как пухлая ночная бабочка. Бери его в руки и делай, что хочешь, а он только ножками волосатыми будет цепляться за твой палец. Таких тоже любят — например, дети. Особенно родные. Но не Магда, воспитанная ведьмой Алевтиной. Он всегда снимал с нее сапоги и приносил тапочки. Не в зубах, конечно, но со стороны казалось, что именно в зубах. Так почему-то казалось. Гудза прямо видел, как Марк тащит поноску. Принесет и, радостно скалясь, положит к ногам хозяйки. И виляет хвостом, ждет поощрительной ласки. Вот как сейчас, когда Марк сжал ее руку с такой силой, что слиплись и не сразу разлепились пальцы, а Магда вздохнула и этими слипшимися пальцами похлопала Марка по шее — как верного пса. Гудза знал других собак — пастушьих овчарок — и испытывал к ним сложные чувства. Как вожак стада к жандармерии. С одной стороны, с ними было безопасно. С другой — они ограничивали свободу. Но именно в свободе крылась опасность, и надо было выбирать. Однажды Гудза сглупил и застрелил честную служивую овчарку, когда бежал из лагеря, куда попал за тунеядство — всего-то на год. Главным гэбистом был тогда Белый Лис. Это к нему пришел личный врач и друг, отец двух дураков, угнавших самолет и приговоренных к вышке. Несчастный отец упал Лису в ноги и взмолился: «Пощади мальчиков!» Эдик прошелся по кабинету, поразмышлял и сказал другу: «Выбирай, которого». Лихое было время,

Гудзино тунеядство шло как мелочь. Его бы и так выпустили досрочно, Нодар уже дал хорошую взятку. Зря он застрелил ту пастушью собаку. Застрелил, выбросил пистолет и, между прочим, сам вернулся с полпути. Страшно вдруг стало, да так, что до утра дристал в лопухах, как пленный попугай.

С Марком было проще. Он был бесполезным: ни клыков, чтоб наказывать, ни когтей, чтоб защищать. Он был лишним, как пухлая ночная бабочка, таранящая лампу в железной сетке. Его можно было прогнать. Это противоречило законам гостеприимства, но давало безнаказанную свободу. И Гудза тоже сперва осторожно похлопал Марка по шее. И еще раз, поуверенней. И, не убирая руки, сказал повелительно:

— Она не поедет с тобой. Она останется здесь. Дай ей развод.

— Развод? — удивился Марк. — Где это здесь?

— Вот здесь, здесь, слушай! — Гудза раздражено похлопал ладонью по скамье. — Здесь останется, я сказал, моей женой, ну!

Марк еще больнее стиснул уже почти расплющенные пальцы, больно впечатав на месте старого, стертого, *их* кольца новенький гладкий завиток. Ну и глаза, Маркел, от какого прадедушки? Где, в каком шинке, ты слышал, чтоб так навзрыд визжали скрипочки: «Магда, Магда»?

— На выставке мне давали за нее четыре тыщи, — твердила свое Магда. — Но было ужасно жалко расставаться. Посол один покупал. Четыре тыщи денег, ты понял? А я не продала. Подарила Гарику на день рождения. Куда переезжать, куда?! Охренели вы, ребята. Какие мужья, какие Пицунды-Бостоны, вы чего?

— А ты знаешь, — снова вцепился в ее руку Марк уже перешедший из ласкового опьянения в стадию злобы, — слыхала, он «Маки» твои знаменитые продал! Не хватило на дозу, он и продал. И не за четыре штуки, а за стольник. Одному одесситу. С израильской визой! Слыхала?!

Ух, как завопили скрипочки: мартовскими котами, лунными оборотнями, лучше которых никто не выразил еще звериную тоску незавершенной любви...

Тогда закричала и Магда, забыв о спящих детях:

— А произведения искусства не разрешают вывозить! И все равно он талантливей, больше, умнее тебя, и никогда, никогда не будет так вываливаться в канаве, всеми потрохами, он мужчина, понял, мужик! И во всех низостях, во всех болячках и грязи он один, один, и не тянет за собой никого, не прячется к бабе под юбку, как ты! Ничтожество! Вали в свою Америку!

Гудза понял, наконец, что не там строил свои крепости. Он выкатил пустые глаза и сказал тихо и спокойно:

— А я его убью.

— Ну и дурак, — Марк доцедил вторую банку. — Если б его можно было убить, если б это что-то изменило, я бы сам...

175

А Магда зашептала вдруг страстно и жутко, как, должно быть, шептала, колдуя, ее мать ведьма Алевтина:

— Я мечтаю, мечтаю, я иногда мечтаю... мечтаю — хорошо бы он умер! Пусть, пусть, пусть бы несчастный случай, и очень просто. Пусть бы он исчез и освободил нас! Господи, идиоты вы несчастные, как я устала от вас...

И Магда кладет голову на доску стола, стакан падает, переливаясь гранями под лампочкой в железной сетке, остатки прекрасного домашнего вина с ярким привкусом черного винограда «изабелла» разливаются, как это ни пошло и даже вульгарно, именно кровавой лужей, и Магдалина, сбившая себе ноги в кровь и пальцы натершая до уродливых мозолей в безнадежных трудах образумить и пробудить слабоумных детей к мелкой красоте трав и цветов, пчел и кузнечиков, — Магдалина ложится щекой в вино и, наконец, плачет. А иначе у нее мог бы случиться инфаркт.

И Агата, вдыхая сухую горечь грецкого ореха, клянется во сне: «Яна Буранова, ты не бойся, я тебя не брошу. Хорошенький мой».

Глава десятая

В високосный год Дракона снег выпадал и таял. Грязное месиво покрывало луга, и побуревшие лепестки были втоптаны в него. Остяки трав, обезглавленные стебли торчали под ногами, глаза застило холодное бурое и белое пространство. Он дрожал всей кожей, недуг проник в его бессмертное тело, вспухшие ноздри едко сочились, в углах рта скапливалась белая слизь. В горле скребла тупая оперенная стрела, и ноги ломило, будто стянутые путами из бычьих жил. Он лежал в грязном, перемешанном с глиноземом снегу, вытянув опухшие ноги. Копыта разрослись, оплыли и болели. Бока коня были изъязвлены зноем, холодом, паразитами и сифилисом.

Он приподнял измученную голову и, оглядевшись вокруг, понял стократным своим умом, что не черный, набухающий гнойными зарницами Тартар окружает его, а остывающая земля, ледяная грязь гриппозной зимы, и, проклятье, он жив. Жив, жив, загнанный кентавр, обманут! Он жив, и значит тот, златобородый, тот плечистый идеалист, смуглый подвижник, рожденный в стихии огня, — погас, подняв у скал шипящую волну, и понт разбился о скалы, загасив пекло его простого сердца.

♌

Когда за ним пришли, он жег бумаги.
Звонили долго, точно на пожар.
Дым с копотью валил, пришлось открыть фрамуги,
Огонь увиливал, чернил не жрал.
Они сломали дверь. И тут же, прыгнув рысью,
Стремительно набухнув, как гроза,
Огонь восстал кроваво-пьяной Русью,
Отрезав все пути — и путь назад.
Лев крышами ушел, его не брали пули,
По городу катился лавы шлейф,
Там стены серые осели в прах и пали,
И на свободе оказался лев.
Ну ладно, хватит городить турусы.
Огонь зачах под грудою старья.
У льва забрали даже папиросы
И вырезали печень для царя.
Сиял июль немыслимого года,
Грауэрман любил, когда рождались львы;
Львы обожали жаркую погоду.
А царь остался смрадным и кривым.

Стрелец с трудом поднялся и побрел к белеющему на краю земли храму. Если боги не сжалились над ним, то, может, их служитель, бритоголовый жрец, или то будет худощавая жрица с гладким лицом и смутными глазами, — может, они облегчат его страдания и дадут целебного зелья забвения: две части опия, пять частей вина и три части крови жертвенных животных?

Над простым срубом возвышалась тонкая колоколенка. На ступенях сидел старик с косматой бородой, в матерчатой ушанке, ватнике и ватных же, сыростью пропитанных опорках.

— Ну вот, сынок, — сказал он, — вот я тебя и дождался.

— А я знал, что ты жив. И мама знала. Она умирала на Каширке и всех, кто в белых халатах, называла «Левочка». С тех пор, как тебя увели, ходило много слухов. Все тебя похоронили. Только мы...

Гарик вспомнил, как страшно умирала мама, похожая на облысевшую кошку... И жила на удивление врачам, жила неделю за неделей: ждала.

— Ну, мальчик, не надо плакать. Конечно, я давно умер. Здесь никто не выживает. Да мне и не хотелось. Я скажу тебе кое-что, пусть это останется между нами. Ведь за мной никто не приходил, не уводили меня. Я сам ушел.

Гарик промолчал. Он догадывался. Отцу не принято было задавать вопросы, и Гарик, видя, как Лев Николаевич жжет ночами черновики, мучился над этой загадкой. Месяц он жег бумаги, пока не сжег все девяносто томов, переписанные матерью. И тогда он понял. К своим восьмидесяти годам отец хотел остаться один на один с миром. Без защиты миллионов слов, которые он выстроил в бесконечную китайскую стену. Хотел ощутить, что чувствуют обычные люди, без прикрытия артиллерии своего гения. Этого он не *знал*. Знал, как рожают и любят женщины; знал ощущения кокаиниста; знал, о чем думают полководцы и как подрагивает у них ляжка, обтянутая лосиной, когда они объезжают верхом расположение своих войск; знал также, о чем думают лошади; а также смертельно раненые; а также невинные девушки и чеченцы; знал, как обустроить Россию; знал, что творится в душе у мужика, проститутки, ссыльного, собаки, царя. Все знал, а этого — нет. Тут требовался *опыт*. И он это *испытал*. И содрогнулся. Жизнь оказалась пуста. Жизнь с вековыми дубами, облаками, дождем, песнями, женщинами, детьми, конями, землей, биржей, страданиями, счастьем, морем, горами, войнами, изменами, вином, политикой, беседами, церковью и Богом, который — всюду... Эта жизнь без слов абсолютно пуста. Пуста, как преисподняя. Все свои восемьдесят лет он питался пустотой, и кроил пустоту, и любил одну только пустоту. И он ушел — в пустоту, потому что в этой опустевшей жизни не было даже смерти. Одно белое обмороженное пространство.

Гарик хотел сжать отцу плечо — тем твердым движением, каким всегда подбадривал его отец, — но рука провалилась, прошла насквозь.

Глава одиннадцатая

Органы опеки не разрешили Магде усыновление Ярославны. Заботливые женщины в пиджаках постановили: неподходящие жилищные условия (одна комната) плюс неполная семья, женщина в разводе, муж непонятно где. Сперматозоид Ладо, к несчастью (или к счастью), не удержался в стареющем Магдином организме и уплыл в неведомые дали, туда, где резвятся души нерожденных детей (Метерлинк).

А где обретался так называемый муж, многим как раз было известно. Когда Магда, вернувшись из издательства, застала картину в духе Иеронима Босха: абсолютно пьяный Марк играет с девочками в домино, дым коромыслом, перед Агатой — стакан с пивом, Яна лижет нечищеную воблу, — она приняла, наконец, решение, которое, заложник своей как бы интеллигентности, долго оттягивала. Вызвала милицию, боги!

Понятые соседи ликовали: забыла, падла, как через наши подгулявшие по случаю дня Конституции тела переступала у порога, типа через мебель, не протянув руку помощи, курвоза, вот вспомни, подлюка!

Из отделения Марка, конечно, отпустили с тайным сочувствием насчет бессовестной жены (что ж, гражданочка, мужика-то позорите, разобрались бы семейно, а то ж, ей-богу, не по-людски), но протокол составили. Вооруженная этим протоколом, Магда, сцепив зубы с готовностью стать окончательной стервой, пошла в суд. Опытная женщина-судья, в отличие от мужской милиции, как раз поняла ее с полуслова и даже отчасти обрадовалась. Дело решили на диво быстро, не потребовалось даже присутствия «противной» стороны. Через два дня Магда была разведена.

А дальше покатилось, как под горку. Марк получил очередной вызов от пресловутого Илюши, и нужный дедушка-таки у него-таки нашелся-таки. Мать его дочери (Магда) немедленно дала ему разрешение на выезд. И Марк Антонов, это ходячее по крышам недоразумение, вообразите, получил искомый статус беженца! Бедный, никому он здесь не был нужен. Даже поганым органам, вся миссия которых на земле заключается в том, чтобы посильно поднасрать гражданам, унизить, помурыжить, помордовать и довести по возможности до психического расстройства, а лучше до обширного инфаркта — даже эти очаровательные структуры в пару месяцев оформили ему все бумаги, словно бы даже им было невмоготу видеть на широких просторах родной страны эту нелепую рожу. Только Агата шмыгала носом, провожая папу на Киевском вокзале, почти без вещей, в направлении пограничного пункта Чоп. Марк улыбался в окно сквозь слезы и шутил в своей излюбленной манере: «Чоп твою мать».

Так что с Марком-то как раз более или менее понятно. Через год дошел слух, что он устроился в Нью-Йорке морильщиком тараканов, работает в латинских районах, и смуглые черноглазые головорезы и красавицы в замызганных юбках кличут его «кукарача-мэн».

Но жилищные условия Магды от этого не изменились. И тогда... Ох, как тошно говорить об этом и описывать весь тоскливый ужас последующих событий!

Прибыл бог на машине. Прямо из Пицунды. Гнал меньше суток без обеда, едва всхрапнув после напряжения перевала.

Отоспавшись (в гостинице), сменил костюм и с чудовищным букетом роз явился. Являться стал ежедневно, приучая Магду к хорошему вину, а девочек к рыночным фруктам и осетрине горячего копчения. Параллельно же стал ухаживать за рекомендованной вечным сухумским фотографом столетней бабушкой грузинского происхождения в коммуналке на Кропоткинской, да так нежно, что она признала в нем правнука и прописала к себе. Пока старушка радостно угасала, новый москвич Гудза скупал малогабаритки по спальным районам. А когда прабабушка, абсолютно счастливая, как Фита Дизигна, отдала Богу душу, кое-как пристроенную в пожилую библиотекаршу, — Гудза легко убедил три семьи соседей, плюс еще две этажом выше (буравя им бараньими глазами самый мозг), — расселиться по отдельным ячейкам. Таким образом, восьмикомнатная, да притом *двухъярусная*, а как же, квартира на Кропоткинской оказалась собственностью московского грузина Гудзы, и оставалось только жениться

183

на обездоленной Магде, дав ей тем самым вообще уже всю полноту блаженства.

У Магды, разумеется, не было оснований думать, что Гудза действует по расчету. Если уж на то пошло, расчет был с ее стороны. Как ни крути. А Гудза неустанно плел свою паутину.

И в один из дней, после того, как Магда рванула вдруг ближе к ночи к Гарику в Крылатское, что было глупо, потому что к телефону он не подходил, а значит залег на дно, как поется в песне, «чтоб не могли запеленговать», и простояла там под дверью до закрытия метро, а денег на такси у нее не было, и пришлось ей ночевать на лестнице, подложив под тело плащ на теплой подстежке (чистая шерсть, Англия, подарок Гудзы к 7 ноября, боги!), а рано утром из квартиры вышла какая-то девка, едва не споткнувшись об нее, спящую, и дверь тихо закрылась, а Магда вскоре проснулась от боли во всем теле и снова позвонила, и тут Гарик вдруг открыл, думая, что девка вернулась за трусами, и уже держал их наготове и по инерции шутливо накинул на голову как раз Магде, а не ожидаемой девке без трусов, и тогда Магда в изнеможении отчаяния отступила и споткнулась, и упала на колени, словно бы перед ним, перед этим блядским Гариком, и порвала колготки, и закричала без слез и без слов, как болельщик, просто: «Ааааа!!!», а Гарик вообще обалдел и не придумал ничего лучше, как захлопнуть дверь, убедив себя, что все это — глюк после вчерашнего...

184

Вот после всего этого в один из дней вновь явился весь в розах и осетрине Гудза и пригласил Магду с обеими девочками *пракатыться* в Париж.

И достал визы для всех, включая Ярославну, что было вообще за гранью реального, учитывая ее официальный статус, в сущности, беспризорника.

И Магда в этом безумном Париже, в чьей-то безумной трехэтажной квартире на площади Оперы, прямо напротив знаменитого общественного туалета в стиле арт-нуво, зализывая раны, вдруг отдалась Гудзе (замечу, кстати, опять-таки на джинсовых простынях, что указывает, конечно, на принадлежность жилища грузину) с такой оголтелой страстью, и отдавалась, не снижая градуса, все четыре ночи, пока девчонки мирно бесились двумя этажами ниже, — что вопрос, можно сказать, решился сам собой.

Но, уже став, как мы знаем, окончательной стервой, Магда шепнула Гудзе, вся пестрая, радужная и молодая в отсветах витражей Шартрского собора: «Короче, в принципе я не против... Только знаешь, мне бы хотелось обвенчаться. И знаешь, хорошо бы здесь...»

— Что?! — шепотом вскричал Гудза под гулкими сводами. Пожилая пара лилипутов неодобрительно оглянулась. — Но это совершенно невозможно...

— Даже для тебя? — Магда подняла по-новому выщипанную бровь.

И Гудза продлил визу. И нашел православного священника-грузина. И тот договорился с коллегой из

Шартра и обвенчал их по православному обряду, в той вере, в какой оба они, как ни странно, были крещены. Гудза — нормально при рождении, отчасти же еврейка же Магда же тайком, пару лет назад, когда Агата умирала от плеврита.

Магде было подарено платье цвета японской сливы с четырехметровым шлейфом, который несли две уподобленные совершенным ангелам девочки, с вымытыми до блеска ногами (!) и ушами. Гудза сверкал бриллиантом на мизинце и в розовом смокинге был похож на огромного накачанного фламинго.

В Москве разумный Гудза убедил Магду подкрепить церковный, к тому же заграничный, брак нормальным гражданским через ЗАГС, а Магде, откровенно говоря, было уже все по фигу. Она то и дело вспоминала двух лилипутов среди волшебных витражей и думала, что их с божественным овцом Гудзой союз не так-то и ужасен. Свыкалась, одним словом.

Излишне говорить, что всемогущий Гудза с легкостью какого-нибудь там глотка чачи оформил удочерение Яны. Агата же удочеряться отказалась наотрез, помня о папе. Предательство глубоко претило ее близнецовой и одновременно песьей душе. Ведь ни Линор Голубчик, ни Магда, никто не знал и не подозревал, что именно в новорожденную Агату вселилась, в тоске помотавшись по пустым небесам, верная душа пастушьей овчарки, так глупо и бессмысленно убитой свободолюбивым Гудзой.

Впрочем, он и не настаивал.

Часть третья

Глава первая

А Юлик-то! Вот о ком мы чуть не забыли.

Между тем, именно невнятному персонажу Юлику с его невнятной работой и чванливым характером надлежит с минуты на минуту сыграть судьбоносную роль в этом дикорастущем повествовании — как это часто бывает с персонажами второго и третьего плана.

Если кто еще не понял, Юлик служил, конечно, в органах, впрочем, довольно спустя рукава. Милый такой осведомитель. Старался никому особенно не гадить и даже помогать по мере сил. Именно он способствовал своему запьянцовскому дружку Марку Антонову без унизительных проволочек выкатиться транзитом через Вену и Рим в объятия угрюмой статуи Свободы.

А когда декорации стали меняться, затрясли архивы и все такое, Юлик наконец выхлопотал себе командировку в Японию.

Побывавший руководителем и соглядатаем советских туристических стад (что бегают, разинув варежку, по музеям и шопам, а после показывают потеющим от ненависти друзьям и родственникам идиотские слайды: это я на Елисейских полях, а это Зина в музее этого... Вана Гогена) — в тридцати семи странах, не исключая, кстати, и пресловутой Америки, Юлик никак не мог выбраться в Страну то и дело Восходящего Солнца. При том, что Япония была его первой и любимой специальностью (Институт стран Азии и Африки, он же — восточных языков). Впрочем, следуя неглупой логике его начальства, скорее всего, как раз поэтому Юлика туда и не пускали. Уж больно парень предприимчивый, чтоб не сказать хитрожопый, — рассуждали майоры в прокуренных кабинетах «Интуриста», весьма вонючей и похабной шараги. — Того гляди, намутит там с желтопузыми своих делишек, потом не расхлебаешь... Каких делишек, чего расхлебывать — тут конкретные предположения не высказывались, чтобы ненароком не навести того же Юлика на какие-нибудь крамольные мысли, если он сам вдруг до них еще не допер, что, конечно, вряд ли. В общем, не пускали.

И, как ни странно, были правы. Ибо делишки у Юлика в этой спеленутой непроницаемыми тайнами Японии имелись, о да, и очень даже нетривиальные. Настолько, что в самой лихой майорской голове такой бред не поместился бы и не получил развития.

Официально Юлику поручено было шляться по приемам и встречам в рамках месячника советской культуры. Заодно рекомендовано прощупать настроения желтопузых по поводу реального отношения к вопросу Курил. Изучение СМИ, пресс-конференции, приватные встречи и беседы, поездки по стране. Юлик наш был парень тертый, понимал, что пасут, и даже знал, кто именно. И потому вел себя крайне развязно, на глазах у всех внаглую прогуливался с одиозным виолончелистом и его мстительной, как Клеопатра, женой, по Саду камней и даже подарил великой меццо-сопрано брошь в виде веточки цветущей вишни (фальшивый Сваровски), снабдив бесстыжий подарок милой шуткой, что, мол, в японском варианте фамилия сумасбродной дивы звучала бы как «Сакура-сан».

Однако иногда его следы вдруг терялись. Свои ребята метались по трущобам, вынюхивали подъезды к виллам элиты, выдували по литру сакэ в кабаках, мучились резями от сырой рыбы — но этот сраный Юлик порой словно сквозь землю проваливался. Причем в самое разное время, так что первые друзья филера — привычки и закономерности поведения клиента установлению не подлежали.

Но, сами понимаете, не для меня же.

Что это за простофиля, нацепив в тридцатиградусную жару черное суконное кимоно и деревянные гета, стучит копытцами по Гиндзе, уворачиваясь от двухэтажных «басов» и реактивных «субар»? И не косметическим ли клеем подтянул он уголки глаз, чтобы посетить рыбный кабачок в старом городе, на хорошем японском вежливо поговорить с хозяином и вручить ему конверт из твердой коричневой бумаги? Я буквально теряюсь в догадках.

Хозяин вышел в заднюю комнату и тут же вернулся, любезно пригласив Юлика следовать за ним.

Узкой темной лестницей они спустились в подвал, где хозяин с поклоном распахнул перед Юликом незаметную дверь. Открылся обширный кабинет в стиле хай-тек. За пустым черным столом сидела старая японка в глухом красном платье европейского покроя, однако, украшенная сложной свадебной прической с драгоценными гребнями и рубиновыми шпильками. Юлик коснулся губами сморщенной желтой лапки. Перед старухой лежал аккуратно разрезанный коричневый конверт и его содержимое: длинный, разглаженный на сгибах лист рисовой бумаги с тремя алыми решетками иероглифов, исполненными по вертикали умелой кистью каллиграфа.

— Я ждала вас, капитан, — сказала японка по-английски, избегая буквы «л», которую так и не научилась произносить. — Вы прекрасно сохранились.

— Вы тоже, Таеку-сан, — без улыбки потупился Юлик. Старуха не обратила внимания на грубую лесть. Выйдя из-за стола, она взяла Юлика за подбородок и требовательно заглянула ему в глаза. Юлик с ужасом ощутил, что в тепле кабинета клей начинает плавиться, и японский прищур вот-вот поплывет... Дама, к счастью, была близорука, собственно, почти слепа.

— Вы в курсе, капитан, что мы с вами — единственные, кто остался от великого клана самураев Кагэба-Курюками, в былые времена могучих властителей провинции Садомазо-сё?

Юлик поклонился.

— Предсмертное послание вашего дорогого батюшки, да обрящет его дух надлежащую оболочку, предписывает вам, князь, выбор: принести свою печень в дар Восходящему Солнцу (снова здорово!) или взять себе жену — последнюю из клана, то есть, мой дорогой капитан — меня.

— Я счастлив... — пробормотал Юлик, стараясь не смотреть в черепашьи глазки Таеку-сан.

— Для меня является загадкой, дорогой князь, как вам удалось сохранить молодость. Но не дело женщины вмешиваться в мужские тайны. Надеюсь, вы помните наше общее детство в доме вашего дорогого батюшки?

— Такое не забывается, моя дорогая Таеку... — нагло осклабился Юлик. — Наша любовь прошла через испытания многими победами и поражениями... Ваше прозрачное ушко... Оно слышало не одно искреннее признание, о Таеку!

— Ах, князь... — по неподвижной маске старухи прошла рябь. Юлика тоже слегка передернуло. — Вам холодно? Я прикажу выключить кондишн.

— Не беспокойтесь, дорогая, я всего лишь пытаюсь сдержать слезы.

— О чем вам плакать? Вы молоды, вы по-прежнему молоды! — завистливо вскрикнула старуха, однако спохватилась. — Молоды и прекрасны, мой капитан... И я надеюсь, вы сделаете правильный выбор.

Чего уж там особенно прекрасного нашла бабушка Таеку в Юлике, кроме его сравнительной молодости, непонятно. Но — Восток, свои заморочки... Белесая ряшка, присыпанная желтой пудрой, редкие кашта-

новые волосики, две вертикальные дырки на месте
носа — в сущности, рыльце, и губастый рот. «Чувст-
венный», — отметила невеста.

Конечно, лучше жениться на бабке, рассуждал
Юлик-сан, чем потрошить себя в соответствии с ко-
дексом самурая. Тем более в его планы никак не вхо-
дило заканчивать свои дни в так называемой стране
Восходящего Солнца. Ибо приехал он сюда с кон-
кретной целью — завладеть сокровищами самураев
клана Кагэба-Курюками, о которых читал еще в своем подментованном вузе. Тайной сокровищ обладал
князь Оё Кагэба-сан, древний, как ископаемая рыба
аксолотль, хорошо знакомый советской резидентуре
в Японии в качестве тройного агента, правда, давно
забывшего, каких именно стран.

Читая секретную переписку князя с великой сюр-
реалисткой Фридой Кало, купленную Юликом в Ме-
ксике за янтарные запонки якобы Сталина у одной
исполнительницы фламенко, жуткой лесбиянки-ста-
линистки (организаторе убийства Троцкого), — любознательный Юлик вызнал, что у князя — каменный
фаллос. Этого не знал никто, кроме ближайших род-
ственников рано овдовевшего Оё и его редких женщин, в основном гейш, чьи души давно переселились
кто куда. Эта семейная тайна давала Юлику огромные преимущества перед другими соискателями, ибо
о золоте Кагэба знали, конечно, многие японоведы,
включая ушлого и способного исследователя Гришу

Чахохбили, который подкатывался к Оё так и сяк, но не узнал ничего, кроме огромного количества всякой ерунды, на основе которой спустя годы написал дикое количество бестселлеров.

А Юлик вот узнал. И причем очень просто. Он явился к князю поздней ночью, в рубище, встал перед ним на колени, старательно повторив мизансцену известного полотна, и сдавленно прорыдал:

— Благословенны боги, отец, я вновь вижу вас!

Старик отшатнулся и стал шарить трясущейся рукой в поисках звонка:

— Убийца, кто тебя послал, что тебе надо, паскудник?! У меня ничего нет!

— Я ваш сын! — взвыл Юлик.

— Мой сын давно вскрыл себе брюхо, убирайся, дьявол!

— Простите отец, я обманул вас! Вместо меня похоронили бедного самурая-рёнина, а я бежал, допустив малодушие, нарушил вашу волю, не сделал я харакири, папа, позор мне!

— Чем докажешь? — Оё вдруг успокоился и распустил длинные губы в глумливой усмешке, его щелочки совсем скрылись в морщинистых веках.

Тут хитрожопый Юлик поднялся с колен, задрал кимоно и вытащил на свет божий здоровенный член из шлифованного базальта. Пламя свечи заиграло на зернистых гранях.

— Это же фамильное, правда, папочка?

Старик потрогал нагретый между ляжек ловко принайтованный камень и пал Юлику на грудь.

От счастья Оё Кагэба через три дня скончался, нашептав «сыну» все адреса и явки и успев в последние минуты перед агонией окунуть кисть в тушечницу с красной предсмертной тушью. Письмо Таеку-сан, хранившей все золото, рубины и бесценный жемчуг клана, как и драгоценное оружие, ткани, манускрипты, серебряные украшения и знаменитый императорский алмаз «Око Будды» в никем не посещаемом отхожем месте горного монастыря (его единственный обитатель, отшельник, ничего не ел и не пил воды уже много лет) — эта краткая депеша была последним текстом старого мерзавца.

Осматривая тело «отца», Юлик расхохотался: знаменитый каменный фаллос князя был приторочен к чреслам старика сложной сбруей — почти такой же, как у самого Юлика. Он обрезал ремешки и спрятал под широким поясом фамильную реликвию на память, плача от смеха. Слуги решили, что у молодого князя истерика, и увели его в спальню, где сироту ожидала лучшая гейша Киото, актриса из театра русской драмы в Улан-Удэ бурятка Варя-сан.

Втайне сочетавшись браком с любимой воспитанницей Оё Таеку-сан (в том самом монастыре, где в отхожем месте хранились сокровища, заодно убедившись в их реальности), Юлик явился в МИД просить политического убежища. В качестве взятки влиятельные чиновники главного департамента получили:

— перстень с рубином в четырнадцать карат — один;

— кинжал с золотой насечкой в ножнах из серебра с ониксами и бериллами и гравированной на золотой рукояти знаменитой танкой самурая Мукарами:

> *Высоко в горах*
> *Дождь сменяется снегом и ветром.*
> *На вершине — лишь полет звезды*
> *Освещает путь моему сердцу.*
> *Но оно зовет меня все выше, в тревожную даль, —*

один;

— ожерелье черного жемчуга с золотой застежкой в виде лягушки — одно;

— ножной браслет литой платины с перламутровой инкрустацией и мелкими изумрудами — один;

— набор чашек для сакэ в виде бутонов цветущей сливы из аметиста и горного хрусталя (на четыре персоны) — один;

— неизвестный лист Хокусая «89-й вид Фудзи с улиткой на склоне» — один;

— собственно улитка в натуральную величину из золота и топазов с бриллиантовыми рожками — одна;

— а также 75 тысяч долларов США сотенными купюрами в чемодане из кожи гигантского осьминога с черепаховыми вставками и титановыми застежками.

Когда весть о русском перебежчике-миллионере облетела мировую прессу, секретные службы в Токио получили немедленную шифровку «достать суку из-под земли, калечить не до смерти, срок исполнения — 72 часа».

Счетчик включился в 7 утра по московскому времени 19 августа 1991 года.

То есть немедленно стало не до Юлика, советские посольства во всем мире охватил неистовый бардак, кого успели — отозвали, остальные кое-как затаились по университетам и контрразведкам до лучших или, во всяком случае, понятных времен.

К изумлению Юлика Таеку-сан оказалась невинной, как первый снег. Она дрожала в его весьма условных объятиях осиновым листом и умоляла быть *нежным*, боги! «Сейчас будет тебе нежность, Тортилла, останешься довольна», — буркнул Юлик по-русски и под покровом ночи тихо извлек из тайного ящичка у изголовья каменного друга.

Таеку пищала, как тамагочи (вскоре, кстати, изобретенный). Через неделю она составила завещание. Когда черепашка-ниндзя скончалась, не дожив двух дней до стасорокалетия, нотариус с непроницаемой вежливой улыбкой объявил Юлику, что тот остался единственным наследником состояния, исчисляемого в миллиардах иен.

Пожалуй, пора было возвращаться на родину. Набирала силу олигархия. Для начала Юлик купил траулер, приписанный к Дальневосточному пароходству. Потом приватизировал один из портов Приморья, собрав марионеточный совет директоров из местных нуворишей, где был лишь один специалист: начальник диспетчерской службы, кавторанг, списанный на берег за бегство матроса во время стоянки в Нагасаки. Матроса арестовала служба береговой охраны, и в ту же ночь, не дожидаясь решения военно-морского трибунала, парень вскрыл вены бритвой, спрятанной под стелькой правого ботинка.

Капитан этот, хромой, как настоящий пират, носящий отличную морскую фамилию Рстаки, был, разумеется отовсюду разжалован, спасибо, не сел, трудился грузчиком, потом докером, потом диспетчером, где и сделал новую карьеру.

Юлик единственный обладал реальными деньгами, Костя Рстаки — реальным опытом. Нормальное сопредседательство. Остальные — козлы из кооператоров — в счет не шли.

С помощью японских друзей, которые летели на его миллиарды, как мухи на говно, Юлик провел серию удачных спекуляций на бирже. Контрольным пакетом он владел давно. В один прекрасный день на совете директоров было объявлено, что совет как руководящая и финансовая структура распущен, всем по десять тысяч баксов в зубы, и пока-пока. Кто на отступного не согласен, а наоборот, желает биться до первой крови, — это пожалуйста, но крови будет много. У товарища же Фемиды глазки завязаны крепко, и там у Юлика все в порядке.

Деньги взяли все и рассосались.

Потом, правда, взорвалась спортивная «хонда» Юлика, пустая. На стрелке с двумя бывшими директорами (бандюганами с крепким и звонким прошлым) положили пять человек, одного со стороны Юлика. На похоронах Юлик утирал дождь с морды рукавом, вдове купил квартиру и назначил пожизненное содержание. А иначе не бывает. Мани в кармане, дырка в затылке, как не шибко складно, но пророчески шутил этот морпех, чья безутешная Маришка овдовела с таким крутым наваром.

Юлик, сохранивший в память о твердокаменных бойцах, имя клана — Кагэба — и Костя с контрабандистской фамилией Рстаки, — вдвоем, без всей этой шелупони, в сущности, купили один из крупнейших портов России. Ну, откат так называемому государству, а как же. Всем пожить охота.

Собственно портом занимался один Костя. Юлик же с феноменальной удачливостью и скоростью прибирал к рукам все, что плохо лежало в этой безумной стране, где хорошо лежат только высокопоставленные покойники и дорогие бляди.

В какой-то момент, когда он уже потерял счет своим рудникам, приискам, пароходам, земельным участкам, банкам, заводам, больницам, клубам и подбирался к «трубе», — внутренний голос самурая шепнул ему: «Туда не резь, козёр, шрёпнут».

Юлик вдруг испугался, сдал билет в Ханты-Мансийск, куда летел на переговоры, вернулся в свой порт и выпил с Костей бутылку хорошего армянского коньяку (французского капитанская душа не принимала).

— Скажи мне, Костян, — затуманился Юлик, — скажи, как капитан капитану: может, тормознуть? До конца жизни хватит, даже если половину бедным раздадим...

— Вопрос не в этом, — после раздумья ответил философ Рстаки. — Вопрос разве в том, хватит — не хватит?

— А в чем, Кот, в чем?!

— Да в том, япона мать, — сказал трезвый, жилистый и подвижный как акула капитан бывшего второго ранга, не догадываясь, что формулирует почти буквально основной тезис самурая, — в том, что всю дорогу ты дрейфуешь к смерти, да? И живешь не для удовольствия, как баран, а для игры. Русскую рулетку знаешь?

— Ну?

— Хер согну. Это жизнь. Если долго играть, сколько б ни фартило, свою пулю в лоб поймаешь на хер, да? Вот зачем мы с тобой бабки крутим, понял, япона мать?

— Не понял, — признался Юлик.

— Бабки — это... ну вроде как компа́с, и показывает он, стерва, на полюс. А я, блядь, на полюсе бывал. Это, чтоб ты знал, граница человечества. Никто там, кроме пингвинов, не живет. Или мишек белых.

Но это на другом полюсе. А люди там прозябают исключительно в научных целях. — (Очень любил Костя излагать и выражаться непросто, с наглядными примерами, и чтоб хорошо понять его, иной раз требовалось известное напряжение.) — Короче, бабки, япона мать, — всегда труба.

Юлик вздрогнул. Труба? В смысле...

— В смысле пиздец. Мы вроде как на войне, да? Типа на передовой. Никак нам нельзя бросать к херам собачьим нашу войну, япона твоя мать, мы всегда должны быть готовы откинуть копыта, и бабки... они... ну как сказать? У нас от них стоит, да?

— В смысле в тонусе держат, в этом смысле? — напрягся пониманием Юлик.

— Во-во. А без этого, без тонуса, костлявая застанет нас, ну, это...

— Врасплох?

— Точно. Мы не будем на хер готовы, и обосремся, да?

Наутро Юлик улетел в Токио, отдохнуть, сказал он. Навестить монастырь, подумать...

Валяй, кивнул Костя, не прерывая селекторного совещания: я хочу знать, бляди, какая срань и с какого бодуна разворотила ночью седьмой пирс на хер, и главное, япона ваша мать, чем?

Глава вторая

Сидя на своем любимом месте — на низенькой скамеечке в правом углу голого Сада камней — прообраза вечного пути к познанию мира, где один из фрагментов, словно бы уже уловленный боковым зрением, стоит на него взглянуть прямо — тут же ускользает, и сколько бы ты не перемещался и не множил свой опыт, один из камней никогда не попадет в твой обзор, одна загадка всегда останется нерешенной, и не самая ли главная, вот в чем вопрос. Мудрость самурая в том, чтобы не гнаться за химерами, а готовиться к смерти, ибо смерть сильнее победы, так как сама является победой. Отречение от жизни — победа самурая над собой, главная победа человека. Сад камней — знак, оставленный Высшим Самураем. Этот знак учит не бояться смерти, поскольку она не является концом пути. Это знак бесконечности воплощений... бесконечной воронки мира...

Да, так вот, сидя и думая примерно в этом направлении, известный в токийском бизнесе как Юри Кагэба-сан, последний самурай всесильного клана задремал и увидел себя как бы сверху. И одновременно впервые увидел все камни сразу. И понял вдруг, что вот это и есть его новый бизнес — однако никак не мог ухватить и сформулировать, в чем же он заключается (буквально, как Илюша Церельсон, писавший из Америки насчет бабок). Тут к сидящему (так

Юлик увидел сверху) подошел маленький япо́нец, ростом с семилетнего мальчика, в очках и с тонкими усиками. Забрался к нему на колени и принялся гладить его щеки маленькими ладошками. Это было так мило и забавно, что Юлик (наверху) засмеялся. Словно сенсорный локатор, он ловил все ощущения Юлика, который сидел внизу. Внезапно ручки малыша обернулись кошачьими лапами и он больно поцарапал Юлику щеку. Кагэба-сан сообразил, что япончик пришел стричь ногти, нужно было отыскать ножницы, но нижний Юлик не видел их, потому что они лежали за пятнадцатым камнем, видимые только сверху. А лилипутик, между тем, уже целиком стал котом, а значит, необходимость стричь ему ногти отпала. Кот, издавая странные скрипучие звуки, принялся что-то делать с его животом, не то чтобы больно, но как-то тяжело и неприятно, как операция под местным наркозом. Вот оно что, понял Юлик, это он делает мне харакири. Жалко костюм, чистый лен. Он попытался отодрать кота, но тот цеплялся крепко и уже достал до печени. Что тебе надо, Оё, молча крикнул Юлик, я ведь женился на твое́й черепахе! Это твой новый бизнес, сказал кот-Оё, он называется «япона мать».

— Япона мать... япона мать... — с натугой прошептал Юлик — и проснулся. Очень болел живот. — Все, — сказал вслух, — завязывать с суши. Суши-уши-мертвые души...

Юлик замер. Его осенило. Бизнес, которым еще никто из людей не занимался. Никогда! Он будет скупать души. Души! Не мертвые отнюдь, а самые что ни на есть живые! Он догадался, что за лилипут-кот-Оё приходил к нему во сне.

В кармане затрясся мобил-фон, поставленный на режим вибрации, чтобы не нарушать тишины. Здесь этот шедевр хай-тека торчал за поясом у каждого рикши. Дома, у так называемых новых русских только-только стали появляться пейджеры. В народе думали, что это электробритвы.

Юлик глянул на мониторчик. Номер был ему неизвестен. Мне ничего не стоит сказать, что он выглядел якобы так: «666». Но это как-то вульгарно, дешевка шулерская. Нет, то был обычный токийский восьмизначный номер. «Кагэба-сан? — проквакала трубка по-русски, но с чудовищным акцентом. — Это Коря. Я жерать вас встречаю».

— Какой еще Коря? — Юлик считал дурным тоном, когда на мобильный звонили незнакомые, и был прав.

— Не Коря, а Ко-ря. Никорай Васирьевич. Русукий — пробремы. Надо встречаю. Важное деро. Интерес.

— Из русских, что ли? Можете говорить по-японски. Когда хотите встретиться?

— Сейчас, — быстро ответил Коля по-японски.

— Вот прямо немедленно?

— Если не возражаете.

А чего возражать? Времени навалом, мысли безумные роятся. Надо отвлечься. Да-да, отвлечься и успокоиться. Да и занятно стало — что за «Коря», забывший родной язык столь основательно?

— О`кей. Сад камней знаете?

— Я все знаю. Я уже здесь.

Юлик поднял взгляд. По дорожке приближался очень мелкий, ростом с семилетнего мальчишку, однако соразмерный и изящный человек с длинными тонкими усами, длинными волосами и небывало длинным носом. Узкие зеленые глаза весело сверкали.

Вечерело. Камни отбрасывали длинные тени. Маленький человек тени отнюдь не отбрасывал.

Глава третья

Земная жизнь Николая Васильевича окончилась, все мы знаем, в каком году. Предварительно он якобы сошел с ума, сжег второй том и все такое. Так утверждает официальное литературоведение, и даже писатель Набоков, который уж знал и понимал, казалось, про Гоголя все, что человеку доступно, не подвергал сомнению, что его герой умер, как обычно люди умирают. Был отпет и похоронен. Никто не придал особого значения словам, которые безумец прохрипел в агонии: «Не лезьте, супу, супу-ка, Мусин, Мусин...»

Почему в предсмертном бреду Гоголь позвал именно Мусина, с которым никогда не был близок, даже в переписке не состоял, объяснили его больным сознанием, выталкивающим на поверхность, как известно, самые забытые и далекие образы, приобретающие в час кончины странное и необычайное значение. А супу принести не успели, ибо великий и загадочный сочинитель, стакнувшийся, ходили глупые слухи, с самим рогатым, испустил дух.

Во время эксгумации, когда прах Гоголя переносили на московское кладбище, с ужасом обнаружили, что покойник лежит в гробу лицом вниз. Курьез этот не объяснен до сих пор. Смерть была зафиксирована врачом с помощью и оттягивания век, и зеркальца, и, разумеется, прощупывания холодного пульса, так что ни в какую летаргию и внезапное просыпание во мраке гроба, и в прочую готику образованные люди всерьез, конечно, не верили.

На самом же деле история с Гоголем, его жизнь и смерть (мнимая, разумеется) пропитана дьявольщиной так густо, что даже писатель Набоков, гений и сам отчасти демон, в эту бездну взгляд хотя и бросил, но занятый более всего на свете все-таки собой, предпочел скрыться за иронией и эрудицией.

Начнем с конца. Николай Васильевич Гоголь в гробу действительно перевернулся по одной простой причине. Он, повторяю, отнюдь не умирал.

В своих путешествиях писатель познакомился с одной юной дамой, красавицей-японкой Таеку-сан, из рода Курюками, породненного с самим сёгуном. Девушка оказалась настолько умна и образованна, что, за неделю выучив русский, прочитала «Шинель» и «Записки сумасшедшего» и поняла, что имеет дело с непревзойденным мастером проникновения в душу человека. Беседы с Гогорь-саном и философия смерти в его произведениях напомнили Таеку прогулки по Эдо с ее другом, свободным самураем-рёнином, также писателем, который объяснял ей, что стремление к смерти во имя веры или идеи — иллюзия. Любая смерть, самая бесславная, незаметная и лишенная почестей, смерть так называемого «маленького человека», нищего бродяги или отверженного каллиграфа, живущего на горсть риса в день, смерть любого *мизир абуро*, даже если она лишена всякого высшего смысла и не принесла ни цветов, ни плодов, — достойна. Ибо если ценим мы достоинство жизни, как можем не ценить достоинство смерти?

«Вий» Таеку читала, трепеща каждым лепестком своего благоуханного организма, и под утро дрожащей рукой написала Гоголю письмо. Барышня просила господина о встрече в маленькой альпийской гостинице, затерянной среди гор, куда обоим надо было добираться из Рима поездом, а после еще дилижансом едва не сутки. Причем по условию японки ехать следовало порознь с интервалом в семь часов.

Хотя к женщинам (без исключений) желчный маньяк был равнодушен, загадки все еще беспокоили его больной ум. По просьбе девушки Гоголь той же ночью послал ей цветок табака, что означало согласие. В сорванном и запечатанном виде белый распластанный по бумаге иероглиф, напоминающий птичью лапку, не потерял сладкого аромата, что убедило дочь самурая в искренности русского поэта.

...Таеку видела, как упала на грудь носатая голова спящего пассажира, укутанного пледом и убаюканного мирным покачиванием дилижанса на толстых рессорах по заснеженной дороге. Она отвела с пути экипажа все злые силы, приказала приготовить для гостя соседний, лучший в гостинице номер, согреть постель грелкой и жарко натопить.

Сама же, не растапливая камина, маленькая путешественница (Таеку не исполнилось и семнадцати, возраст, впрочем, для женщин ее островов зрелый, лежащий у черты безбрачия) все семь часов медитировала в стылой темной комнате, велев снаружи запереть заиндевевшие окна ставнями и наглухо зашторить изнутри.

Гоголь, не переодевшись с дороги, замотанный в старую матушкину шаль, с которой не расставался даже в теплых странах, ворчливо спросил у хозяйки чаю с ромом и приготовился ждать, тихо бранясь, чтоб не угасло раздражение. Чай — буквально в ту же — минуту внесла сама Таеку: в домашнем кимоно — синем с розовыми пионами и просто убранными гладкими волосами.

— Что, моя красавица, ждете, небось, благодарности за свои сюрпризы? — прегадко покривил рожу Николай Васильевич и натянул шаль на голову.

— Мой господин, позвольте мне облегчить ваши мучения... Ведь вы страдаете зубной болью, правда?

Гоголь икоса метнул на японку узкий зеленый луч и на миг увидел, как скрестились два косых изумрудных взгляда, пронизав полутьму комнаты.

— Ведьма? — насмешливо дернул шеей, отчего шаль свалилась с головы, и открыл действительно плохие зубы в надменной ухмылке.

— Выпейте это, — улыбнулась Таеку краешком крошечного вишневого рта. — Вам станет легче, и мы сможем говорить.

Пока Гоголь мелкими глотками пил горьковатый чай с запахом жасмина и металлическим привкусом, черт его знает, талой воды, что ли, глухо свербивший зуб как бы засыпал, проходила усталость, и угрюмое сердце обнималось забытым молодым весельем.

— Я же просил с ромом? — уже почти ласково напомнил Николай Всильевич своей причудливой то ли прислужнице, то ли гостье, а то ли хозяйке.

— Разве моему господину не стало тепло и утешительно на душе, как и от рома не бывает?

— Хорошо, барышня, ваша правда. Ну-с, я готов. Станем говорить?

Время летело незаметно. Смена дня и ночи, в каждый час игры солнечных и лунных теней открывавшая несметные сокровища горных видов, была скрыта от собеседников глухими шторами. Таеку сама готовила на спиртовке свой напиток, голода они не чувствовали, во сне не нуждались.

Гоголь признался девушке, что когда-то давно, в молодости спьяну взялся на пари с друзьями, такими же оболтусами, в одиночку провести ночь в кладбищенской церкви. Там и сошлись к нему демоны и их главный — Вий, с железными веками до земли.

Это очень сильный демон, сообщила Таеку. У нас его зовут Орё дзен-ки-куй, джумур бугори, что означает «слепой Орё, повелитель мертвых». Те, кто осмеливается назвать его просто Вири, рискуют жизнью, ибо это имя одновременно является заклинанием, способным вызвать жестокого демона, убивающего взглядом своих мертвых глаз, спрятанных за железными веками. Отчего сама Таеку не боится всуе произносить имя демона? Оттого, что владеет печатями на ряд заклинаний, как, полагает она, и сам Гогорьсан (быстрое скрещение изумрудных лучей).

Все это прекрасно, милая барышня, однако к чему игры-то ваши романтические — путешествие, заброшенный приют в горах, аллегорические письма на языке цветочков?

Ах, мой господин... Таеку неуловимым движением оказалась сидящей на полу у ног Николая Васильевича. Положив голову на колени, прикрытые ветхой шалью (Гоголь попытался отодвинуться, но все его члены вдруг погрузились будто бы в теплую смолу или, скорее, в мед, даже луговой запах поплыл по низкой комнате) — маленькая колдунья глянула снизу вверх в носатое лицо и накрыла отяжелевшие мужские руки крошечными ладошками. Господин так сильно поразил воображение Таеку, что она решилась совершить над ним обряд посвящения.

Язык тоже словно расплавился во рту, залитый тяжелой сладостью, какою налились и веки, и сама голова, упавшая на удобную спинку кресла, набитую конским волосом.

Таеку проворно вскочила, стремительно закружилась по комнатке, вытащила из камина головешку и, перебрасывая ее из руки в руку, как мячик, подпрыгнула, перевернувшись в воздухе, словно акробат в цирке. Затем очертила этим раскаленным угольком круг, в центре которого сидел Гоголь, и вновь села сама у его ног. Круг занялся ровным синеватым пламенем. «Вири!» — шепнула тогда Таеку.

Он вышел из темного угла, сгусток тьмы, скребущий по полу железными веками. Повелитель мертвых был, как всегда, один. Гоголь, разумеется, знал про глубокое одиночество Вия; мерзкие хари, окружавшие великого демона в церкви, он, конечно, присочинил, не в силах укротить безумную фантазию.

— Зачем потревожила меня, дочь самурая? — прошумел демон горным обвалом.

— Вы помните этого человека, хозяин душ? — голос Таеку тоже изменился до неузнаваемости, заполнил ущелье и отразился от его стен многократным эхом.

— Какого человека? Подними мне веки, дочь самурая, я стар и слаб глазами...

— Ах, хозяин душ, кого вы хотите обмануть? — ухнула Таеку совой. — Вы прекрасно могли бы сделать это сами, если б хотели... Если б хотели наградить меня своим взглядом. Но я ведь еще не заслужила этой награды, не так ли, сенсэй?

— Я тебе не сенсэй, умница моя. Но ты права. У тебя еще много времени. А я и так вижу, что мне надо. И человека этого помню. Он хотел заключить со мной соглашение, и я не забрал его душу только потому, что он насмешил меня — а это редко кому удается. Знаешь, какую историю он мне рассказал? Эй, паршивец, повтори-ка свой анекдот, давно смех не освежал землю моей власти!

Гоголь усмехнулся, сверкнул глазами, скинул шаль и заговорил по-японски — жестикулируя, подвывая и закатывая глаза, словно актер кабуки.

«Дохаку жил в Кироцутибару. Его сына звали Горобэй. Однажды Горобэй нес мешок с рисом и встретил рёнина по имени Ивамура Кюнай. Кюнай горько оскорбил Горобэя, показав ему средний палец. Тогда Горобэй ударил Кюная мешком. Завязалась драка. Горобэй толкнул Кюная в канаву и вернулся домой. Кюнай долго выкрикивал угрозы вслед Горобэю, но потом тоже вернулся домой».

В этом месте хохот Вири сотряс ущелье, и с ближнего склона сорвался огромный камень, заваливший дорогу.

«Выпив чаю, Кюнай решил пойти в Кироцутибару и отомстить Горобэю. Горобэй же был далеко не дурак и ждал Кюная за дверью с обнаженным мечом. Горобэй пришел с братом, которого и проткнул Горобэй своим мечом. Тогда Кюнай зарубил кума Дохаку. Тут Дохаку вместе с женой выбили из рук Кюная меч, и Кюнай принялся извиняться».

Из-под железных век Вири катились черные слезы. Глыба мрака сотрясалась.

«Дохаку поверил извинениям Кюная и вернул ему меч, но сквернавец тут же бросился на него и разрубил ему шею. Подоспевшему Горобэю Кюнай отрубил руку. Горобэй умер на следующий день оттого, что выпил немного воды. Дохаку, у которого шейные

214

позвонки были перерублены, но горло цело, отчего голова свисала вперед, как тыква с забора, отправился к хирургу».

Вири растекся чернильной мглой по небу, обрушив сотню звезд и растопив ледник, в деревню хлынула лавина, погребая маленькие шале, в том числе и гостиницу, где остановились Гоголь с Таеку.

«Хирург велел Дохаку лечь и засыпал его тело рисом, чтобы тот не смог пошевелиться. Только на третий день его стал мучить геморрой и он выпил немного настойки женьшеня. Вскоре его кости срослись и он полностью выздоровел».

Отсмеявшись, Вири расчистил снег, убрал с дороги камень и вернул на небо звезды. Гоголь поплотнее закутался в шаль и нахохлился в кресле у камина, насмешливо глядя на огненный круг. Тяжелая сладость в теле прошла, оно зудело, как муравейник, тревожным ожиданием перемен.

— Ну так чего же ты хочешь, дочь самурая? И отчего бы тебе не погасить этот огонь? — лукавство Вири было еще страшнее его смеха.

— Послушайте, хозяин душ, я хочу, чтобы вы заключили с этим человеком контракт, о котором он вас просил когда-то.

— Что, взять его в помощники?

— Да, в демоны-агенты. Ты ведь стареешь, Вирисан, и все больше душ ускользает из-под твоей власти, путешествуя, как им вздумается...

— Не серди меня, дочь самурая, — проворчал Вири, и вновь содрогнулось ущелье. — А ты, паршивец? По-прежнему хочешь познать, как ты выражался, природу зла?

— Мало кто из людей знает ее, как я, — устало отвечал Гоголь. — Теперь меня больше интересует природа добра, которого я совсем не понимаю...

— Это не ко мне, — отрезал Вири.

— К вам, хозяин, — вмешалась Таеку. — Разве не вы — часть силы, которая вечно хочет зла, и вечно совершает благо?

— Неплохо сказано, барышня, — Гоголь погладил Таеку по гладким волосам и отдернул ладонь, обожженную синей искрой.

— Ладно, паршивец, — прогудел Вий, — ты мне нравишься. Тебе ведом смех ужаса. Жалко, что скоро ты потеряешь рассудок и не сможешь никого насмешить. Мир высохнет для тебя, его соки и краски уйдут в землю, и настанет тоска. Люди подумают, что ты умер. Но, так и быть, я верну тебе твою силу после того, как плотская твоя жизнь окончится. Верну и удесятерю. Запомни: я буду ждать тебя на дне твоей могилы, имя же тебе будет Петух. А теперь надо оформить контракт.

— Кровью подмахнуть, так, что ли?

Таеку опустила голову, уши и шея залились как бы прозрачной алой тушью.

Действительно, непозволительная для гения пошлость. Ну при чем тут кровь? И какие, в самом деле, бумаги? Манипуляции с душой, как мы убедились, процесс биологический. В истоке смерти, воскрешения, бессмертия и реинкарнации непреложно лежит рождение. В истоке же рождения — зачатие. (Ovo, друзья мои, не забываем, ovo!)

— Нет, паршивец, не кровью. Ты должен здесь, в моем присутствии, излить свое семя: сургуч, которым мы запечатаем наш контракт. Давай, торопись, я длю ночь уже третьи сутки. Я действительно немолод, спать хочу.

Николай Васильевич в смятении и даже панике уставился на Таеку. И пион желаний, растущий далеко за горизонтом как *знания*, так и *опыта* самого загадочного гения, никогда не писавшего о любви (если не считать врак из насквозь лживых писем к маменьке, а также малоубедительной истории молодого запорожца, убитого за предательство собственным отцом; сюжет, впоследствии популярный у экзистенциалистов), не испытавшего озноба страсти, отчего проистекли все его беды, победы и поражения, — раскрылся перед ним...

Через девять месяцев Таеку родила девочку, Таеку Вторую (на которой женился спустя без малого сто сорок лет Юлик из клана Кагэба), а Н. В. Гоголь уехал на родину и сошел с ума.

Когда он умирал, его устами говорил один самурай, по недосмотру Орё дзен-ки-куй джумур бугори пытавшийся пролезть в его тело: супу, супу-ка, Мусин, Мусин, — так, всем казалось, говорил он. На самом же деле язык агонии был чужим и темным: сэппуку, мусин, мусин... А хотел этот несчастный заблудившийся самурай сказать вот что: не лезьте вы ко мне, простолюдины, дайте спокойно совершить надлежащее сэппуку, вскрыть мой живот, поскольку путь самурая есть путь к смерти, а перед тем я хочу предаться *мусин*, отключить мысль и погрузиться в бездонное созерцание...

На дне могилы демона-агента ожидал, как и было обещано, Великий Орё, повелитель мертвых. Николай Васильевич увидел его сразу, прижав лицо к щелистому полу домовины. Вий оказался щуплым старичком, с глазами, затянутыми голубыми бельмами, крупный лысый череп испятнан пометом летучих мышей, в редкой бороденке застряли рыбьи кости. Непрерывно жуя беззубым ртом, Вири коснулся носа Гоголя, и маленький демон-помощник по имени Петух, агент по сбору и регистрации душ без определенного места жительства, демон-покровитель беженцев и бомжей, познающий природу добра, — выбрался из лаза окоченелой ноздри (где он жил и бесчинствовал все сорок три года плотской жизни одухотворенного дьяволом носа) — в рыхлость теплой земли, а оттуда — наверх, под пирамидальные тополя кладбища. Глубоко вздохнул и принялся расти, пока не достиг ровно одного метра, роста примерно семилетнего мальчика — как известно, размера всех действующих демонов.

Глава четвертая

— Аримасен, — прижал ручки к груди маленький человек.

— Дэва аримасен, — ответил, привстав, Юлик, но тут же сел, ибо гость достигал ему ровно до паховой грыжи.

Так называемый Коря непринужденно уселся в пустоту, закинув одну крошечную ножку в дорогой туфельке на шпильке на колено другой, достал из жилетного кармана микроскопическую лакированную табакерку, источающую сильный запах белого садового табака, расцветающего в полнолуние, сунул туда верткий нос. Затем довольно гадко захватил его кончик нижней губой, чихнул. Ядовито-зеленая жилетка полыхнула пурпуром, подмигнула всеми мелкими, словно незабудки, голубыми глазками. Петух, больше похожий на ящерицу, не сводил веселого и дерзкого взгляда с Юлика, как бы ощупывая подробно его крупную полноватую фигуру.

— Давно изволите жить в Японии? — смущенно нарушил молчание Юри Кагэба-сан.

— Лет полста, — радушно улыбнулся человечек. — Пробовал в России, в Италии. Даже в Китае, вообразите. Про Германию уж и не говорю, тоска свинячья. Дамы — скучнейшие существа, чуть умрут — так и норовят в какую-нибудь курицу пристроиться. О господах уж и не говорю. Мопсы да хряки. В Италии неплохо. Бывали в Риме? Истинно вечный город. О Венеции уж и не говорю. Дивные персонажи, готовые тени, удивительное чувство эстетики тлена и праздника смерти. Но больно строптивы. Еще не отпели, а он уж летит, поет, скачет, пляшет, каждый миг меняет маску... Чертову прорву душ упустил, а за каждую — изволь вершок росту хозяину. Чуть совсем до мышки не съежился, каково? Вернулся в Россию. Там, конечно, не в пример смирней... Помрет кто, душа стоит в уголку, ждет приказу. Никуда не рыпнется, шаг влево, шаг вправо... Да сами знаете. Наверстал. Но пахать! Лет сорок буквально без выходных, об отпуске уж и не говорю. В Китае занятно, да не продержался: верите, образования не хватило. Последний кули, едва помрет, норовит устроить конфуцианский диспут... В общем, хозяин позвал, приблизил, жалованье положил — уж и не говорю. Вот, перебрался, родную речь, изволите видеть, забывать стал, уж так на заре тут витать забавно и сладостно... Впрочем, прошу простить, отвлекся. Итак, мой дорогой Кагэба-сан, вы планируете новый бизнес, не правда ли?

Ошалевший Юлик глупо спросил: «Как вы знаете?» — и тут же смутился, понял, что сморозил... И молча кивнул.

— Ну и чудненько! — обрадовался малыш. — Будем вместе работать! О прибылях — уж и не говорю. Вы человек деловой, договоримся!

Он вскочил со своего виртуального креслица, мелко забегал, задоставал из портфельчика красивые бланки с золотыми обрезами, водяными знаками и красной запятой в виде когтя в углу.

— Алёре, мой любезный Кагэба-сан... — Николай Васильевич завис над плечом Юлика, помахивая веером бумаг формата примерно Б4. — Подпишешь, душа-Тряпичкин, тут, тут и вот тут.

— Кровью? — просипел Юлик.

— Кагэба-сан! Вы же интеллигентный человек! — демон взглянул укоризненно, что выглядело чрезвычайно комично, словно обида долгоносой птицы типа гоголя. — У вас что, сударь, ручки нету? Вот, пожалуйста. Только верните, недешевая вещица, Кристиан Диор, корпус — чистое золото с изумрудом, платиновое перо, о гравировке уж и не говорю...

Юлик, будто во сне, поставил три автографа фиолетовыми, заметим, чернилами, листки неоново вспыхнули по краям и нырнули в недра портфельчика, на землю же упала хризантема пепельного цвета.

На прощанье демон Петух, познающий природу добра, наказал Юлику при оформлении ваучера на каждую живую душу населения строго-настрого не забывать регистрировать ее в журнале под семизначным номером плюс заклинание, и ни в коем случае не повторяться, иначе потом ищи эту так называемую душу свищи.

В качестве аванса Юлик получил *удачу*. «Удачу? Это в каком же смысле?» На недоуменный вопрос прозрачный вечерний воздух пустынного сада прошелестел: «В концептуальном...» Пурпурно-зеленая ящерка, рассыпая голубые искры, юркнула под камень. Миниатюрный господин исчез, обронив золотую ручку — стоимостью в пару тысяч баксов, определил на глаз Юлик.

Впрочем, вряд ли это можно считать удачей в концептуальном смысле — ну разве пробой пера.

Юри Кагэба-сан подобрал означенное перо, воткнул хризантему в петлицу и взял такси до аэропорта. Из машины заказал билет бизнес-класса до Москвы. Шофер, совсем мальчик, переходя на третий уровень сабвея, ошибся развязкой, вылетел на встречную, вмиг дорога вздыбилась горой искореженного металла, воющие амбулансы умчали, словно ангелы, десятка два душ, мальчик-таксист умер в реанимобиле с улыбкой, как истинный самурай, Юлика выволокли через люк в крыше с переломом носа и растяжением плечевой мышцы (над ремнем); боинг, следующий рейсом до Москвы, вылетел, таким образом, без Юлика и над спорной Курильской грядой был взорван сумасшедшим ветераном-камикадзе, вообразившим себя в эпицентре воздушного сражения с эскадрильей американских ВВС.

Глава пятая

Столь счастливо и, безусловно, *концептуально* дважды избежав страшной гибели с интервалом в каких-нибудь три часа, Юлик убедился в добросовестности своего малорослого контрагента и поначалу-то думал обтяпать первое дельце с верным Костей, капитаном Рстаки. Кавторанг был мужчина отпетый во всех смыслах. (Во время учебной тревоги его смыло волной и, окоченелого до полусмерти, вынесло на пустынный берег; две недели он кантовался среди гейзеров Камчатки, вылечил все, включая профессиональный простатит, в море же, между тем, нашли до черепа покоцанного рыбами утопленника. Труп был в одной тельняшке, на правой же ноге не хватало, точно как у Кости, именно трех пальцев, возможно, скормленных тем же рыбам, — хотя у капитана, помнилось некоторым, увечной была левая ступня... В общем, обглоданного морячка зашили в мешок и схоронили в стеклянных волнах Авачинской губы. А Костю потом нашли с вертолета и пили вместе с летчиками на радостях четыре дня.) Уж кто-кто, а он-то, япона мать, влегкую пустился бы на такую нетривиальную авантюру: приватизировать душу свою живу с тем, чтоб жизнь ее продолжалась в теле не только обусловленном, но и указанном им самим согласно свободы воли, бля. Тем более что, проведя полжизни на Дальнем Востоке, Костя успел обкатать в своем мускулистом мозгу кой-какие буддистские мульки. В общем, качественный клиент. Но в том-то и дело, что Юлик оборзел не настолько, чтобы ловить Костю как клиента. Он был партнер, а это святое. Юри Кагэба-сан такие понятия уважал.

Вот и решил он опробовать новый и, будем откровенны, этически спорный бизнес, на Гарике Ольшанском, которого, кстати, давно пора предъявить читателю и разобраться с ним, разворошив, наконец, дальние, тайные и пыльные ящики его души. Персонаж абсолютно аморальный (или, как настаивает сам сукин сын, «имморальный», видя, в отличие от многих недоумков, существенную разницу понятий), старина Гарик отлично годился на роль сталкера, ибо жизнь ценил мало, а добро и зло давно смешались в его бардачном сознании в спекшуюся руду типа конгломерат, каким, по серьезному счету, и являются.

Жара стояла... Да, вот именно стояла. Неподвижная. Густая. Застывающая натеками смолы. Гарик сидел голый в холодной ванне и ждал Магду. Гудза имел долю в цитрусах и часто уезжал на родину. Жену поручал как бы сказать «камердинеру», а попросту — повару, обладавшему неоценимым качеством: почтенный этот армянин по имени Мкртч Степанович до слез любил детей. Не в плохом, конечно, смысле, а в самом хорошем. Варил им немыслимые цукаты, взбивал сливки, пек эклеры, показывал фокусы и смешные тени на стене, катал на автомобиле и своими словами рассказывал истории из армянской жизни. Читать книжки не мог — русскую грамоту совсем не знал, и девочки сами читали ему «Муми-тролля» и Диккенса, отчего дяденька Степаныч хватался за сизые щеки и шептал: «Хо! Что значит не грузинский дети!». Когда в разгар частного предпринимательства Мкртч откроет ресторанный бизнес (половина кавказской кухни Москвы), он реализует главную мечту: сеть бесплатных детских кондитерских «Аревик» — «Солнышко». Агата к тому времени как полноправный гражданин при паспорте и бой-френде уедет к папе в Америку (где он, надо сказать, ее совсем не ждал, воя с тоски молодоженом при курносенькой богатой дуре-нимфоманке). А Яна — та обожала бегать, утверждаясь в подступающей свободе, по детским кофейням и наела себе щеки, как у хомяка.

Но это все потом, потом, друзья мои... Много просыплется белого порошка сквозь тонкую талию равнодушных часов, много утечет огненной воды и кровавого вина. Больше, чем хотелось бы. А пока что Магда отправляет Степаныча с девочками в зоопарк и на собственной машине (должна же быть у самостоятельной женщины *своя* машина, на здоровье, а мы вместе посмеемся над «самостоятельностью» на женской половине в доме мандаринового барона, каким готовился Гудза встретить зарю капитализма) мчится в Крылатское, где в холодной ванне спит ее имморальный милый и видит беззащитные сны о папе и маме, изо всех сил барахтающихся в песочных часах, потому что если они не удержатся в верхней колбе — это конец.

От трезвона Гарик проснулся и крикнул громовым своим басом: «Открыто, родимая!».

Юлик пошел на голос. Встреча друзей состоялась недоуменной, но едва ли не радостной. Гарик обмотался полотенцем, с чудным звоном уставил стол пивом, Юлик же, напротив, с сухим шорохом высыпал из пакетиков довольно мерзкие глянцевитые японские чипсы, развернул вяленого тунца, и забыл Гарик про Магду, которая прела в пробке на кольце, а мобильника у нее еще, слава богу, не было.

Выгребая на пятый литр, Гарик вдруг догадался, чем озабочен друг юности.

— Нюхнуть не хочешь? — предложил гостеприимно.

— Давай, что ли... — Юлику, безусловно, требовался допинг, ибо не знал он, как изложить дело, не показавшись пьяным идиотом или параноиком. Не имел навыка.

— А я понял, — Гарик протер очки и неторопливо дососал девятую бутылку. Насыпал коксовую дорожку, выдернул откуда-то две трубки, вроде тростниковых, припали, втянули...

— Ну? Душу мою торговать приехал, а?

— Видишь ли, Гарик...

— Ах, видите ли, Петр! Да или нет?

— А что это ты так спокойно? Тебя не удивляет, что ли...

— Содержание сделки? А чего удивляться? У вас купец, у нас товар. Ты мне только объясни: твой-то в чем навар?

Неожиданно ударили древнейшие мобильные позывные — «Турецкий марш». Гарик вздрогнул. Юлик забормотал в истекающую светом серебристую трубку, зачирикал на незнакомом языке.

— Навар, говоришь? — улыбнулся, поглаживая мобильник большим пальцем, как гладил в детстве любимую белую крысу, грозу всех идиоток района и, что обидно, одной там Ларки, получившей впоследствии меткое прозвище Ларёк, каковое и оправдала на сто пудов. — Вот тебе и навар-товар. Вольфрамовые акции падали, я их по дешевке скупил, а тут — обана, наши мудаки продают — ну, допустим, американцам — самое крупное в мире месторождение. И — полетели, полетели, на головку сели! Лимошек десять-двенадцать — мои, чистыми.

Юлик заплескал ладошками, как крылышками, и дурашливо засмеялся.

— Пруха? — усмехнулся Гарик. — Без осечки? А ну давай, в нарды сгоняем по-быстрому, а то скоро девушка ко мне придет.

— Что, примерно, за девушка? — Юлик потер ручки. — Подружку пусть ведет.

— Дурак, Машка моя. Вечная весна...

— Что, Магда? Брось, не гони пургу... Ты ж козел старый, вон лысый весь, зубы через один...

— Любовь зла, Юлиан, всяко бывает. Притом она замуж вышла, за красавца-богача, грузина какого-то несусветного. Но любит, дурочка, меня. Да и как меня не любить!

Гарик распахнул полотенце, заржал.

— Я же, блин, умный! Мозг в состоянии эрекции, как у Ленина. А у тебя, небось, как у Рафаэля — с грецкий орех. Куды ж тебе без прухи. Ну, сгоняем в нардец? Раз-два, выиграл — душа твоя. А проиграл — извини, с тебя лимончик. Делиться надо, Джулиано.

Заскользили шашки по наборной доске, быстро, быстро, как тараканы... Раз-два, раз-два — все к Юлику, как намагниченные.

— Ну что, душа моя? — рассмеялся Юлик. — Душа — моя?

— А технически — это у вас как? — Гарик, похоже, ничуть не расстроился и даже маленько возбудился. — Ну, палец резать, через плечо плевать? И потом — что я-то буду с этого иметь?

— Ну а что ты, например, хочешь?

Гарик призадумался. Даже вышел на балкон. Выкурил две сигареты. И с неприятным чувством облапошенного наперсточниками обнаружил, что как-то так, в общем, по большому счету ничего и не хочет... Не в том смысле, что у него все есть. Отнюдь, как выражался один премьер-министр, вызывая глухую ненависть электората. Как раз у Гарика не было, можно сказать, ничего такого... как бы сказать — сакрального. Ни любви, ни детей, ни яркого таланта, ни даже здоровья, даже друзей с отъездом Марика... Власть, как и богатство, он видал, прямо скажем, в гробу. Страна проживания? Домик у моря? Покой и воля? Покой и воля. Покоя и воли он легко достигал на коротенькой дистанции белой дорожки.

— Я бы знаешь чего хотел? — пробормотал, глядя в пол.

— Ну? Ну! — глазенки Юлика горели.

Гарик вдохновенно, как Пушкин-лицеист на известной картине, выставил волосатую ногу и раскинул руки, отчего полотенце с бедер свалилось, и в своих круглых очочках, с сигаретой, зажатой между большим и указательным пальцем, абсолютно голый, этот Гарик явил собой довольно комичное зрелище.

— Я бы хотел вернуться в девятое марта 1953 года, в подвал на углу Трубы и Цветного.

— И что? — не понял Юлик. — Что потом?

— И спрашивалашепотомачтопотомачтопотом! Ты, Юль, прям как этот... Да ничего. Туда на пару часиков — и взад. Одна нога здесь, другая там.

— Ну, допустим, — Юлик пожал плечами. — А дальше-то? Ну вот ты пожил. Все. Помер. Помрешь ведь?

— А ты — нет, что ли? — почему-то обиделся Гарик.

— Сейчас не обо мне речь. Потом — после, ну после всего... Чего бы ты хотел?

— Я бы чего хотел после? — Гарик вдруг расхохотался. — Ой, я понял, ты насчет реинкарнации? Точно?

— О господи, допер, умник.

Насчет реинкарнации у Гарика мечта была. То есть мечтой это не назовешь, мечтают, как правило, о сбыточном, более-менее реальном...

Получил он однажды посылочку из Амстердама от корреспондента с полузнакомым именем Надя Рстаки. Пришла посылочка, конечно, не по почте, а была передана в метро какой-то седовласой чумичкой в рваной брезентовой юбке, солдатских ботинках, вязаной безрукавке, открывавшей косматые подмышки, в бандане и очень дорогих очках, подвязанных, впрочем, веревочкой. Назвалась чумичка Лизой, сказала, от дочки едет, в гостях, мол, хорошо, а дома лучше. В полиэтиленовом пакете с портретом безухого Ван Гога содержалась легкая коробка, упакованная в два слоя пергаментной бумаги. В коробке — мешочек из плотной ткани, набитый каким-то мусором с грибным запахом. «Можно заваривать и пить, — писала Надя Рстаки в записке, — но лучше хорошо жевать и кушать. Спасибо!» Давно, видать, свинтила эта Надя.

Любознательный Гарик последовал совету. Немного пожевал; давясь, проглотил, сплюнул горькую слюну. Ничего, только сигарета дымилась и дымилась, одна и та же, часа четыре. Ну, это мы проходили, как комнату не можешь пересечь полдня, и ноги, точно у Алисы, вырастают до небес (не иначе, покуривал у себя в Оксфорде математик-педофил отборную травку)... А потом — все исчезло. Гарик со свистом несся по черному тоннелю, распавшись даже не на атомы, а на некие частицы, движущиеся быстрее скорости света, причем вспять по времени, типа упрямой струйки-суводи, бегущей против течения реки. Не имея ни плотности, ни объема, непонятно каким образом он ощущал перегрузку огромных скоростей, переходящую в невесомость. А потом все залил невозможный свет, он хлестал отовсюду, словно Ниагарский водопад, рассыпая дивные радуги в божественных сочетаниях. И этот свет был — Гарик. И тьма в тоннеле была — Гарик, и одновременно он же был движением, временем и пространством. Заполнив же собой все, Гарик страшно загремел, точнее сказать, четырехмерное время-пространство *загремело Гариком*, и это было, как он понял, *Начало*. И все сразу кончилось, без перехода. Ничтожный и потный, он очнулся на заблеванном полу.

В отличие от прочих глюков разного генезиса, этот не оставлял Гарика и мучил фантомной болью. Вернее, счастьем. Фантомным нечеловеческим счастьем чудовищной силы, превосходящей ядерный взрыв.

— Да, — сказал бедный Гарик своему ловцу. — Я хочу. Слово.

— В смысле? — напрягся Юлик.

— Слово, которое было в Начале. Не догоняешь? Я подозревал. В Начале, понял, было Слово. И Слово было у Бога. И Слово было Бог. Ну?

— Погоди... Я не понял... Ты хочешь... Ты что, Богом что ли хочешь, псих?

— Я хочу быть Словом. С-л-о-в-о-м. Давай свои бумажки и вали скорее к ебене матери.

— А бонус? Угол Трубной и Цветного?

— Да-да, само собой.

— Прямо сейчас?

— Да неважно, елки, сейчас, через час... Ну, где чего писать?

Юлик выдал клиенту плотный радужный ваучер, занес под номером 2148882 в журнал, достал тушечницу, кисточку и быстро начертил пару иероглифов. «Заворачивай намерения в иголки сосны». Так была заклята душа Гарика, пожелавшего воплотиться в Слове.

Магда застала Гарика задумчивым и рассеянным. «Подожди, не раздевайся», — сказал он. «Но у меня очень мало времени, ты же знаешь. И потом — сам-то чего голый?» «А, да. Совсем забыл». Гарик натянул трусы и лег на пол, объяснив изумленной Магде: «Жарища». Магда, в чем была, в прекрасной, исключительно великолепной юбке, легла рядом и поцеловала Гарика в шею. «Не надо, — сказал он. — Жарко». И вдруг исчез. Магда вскрикнула и в ужасе отползла к дивану. Ей на колени прыгнул толстый кот, которого раньше у Гарика не было. У Магды немедленно зачесались глаза и полило из носа. Минут через десять Гарик в коротких лыжных штанах и кепке возник вновь лежащим на полу. «Что с тобой?» — почему-то спросила Магда, хотя правильнее было спросить: «Где ты был, сукин сын, и что тут за кот шляется?». «Ничего, Тала, о господи, подохну сейчас...»

От него пахло скипидаром, водкой и поездной гарью.

Глава шестая

Гудза прибыл в поганом настроении. Из-за наколки с транспортом сорвалась крупная поставка мандаринов, на складе погнило тонн двадцать. Не застав дома ни души (не считая челяди), хозяин рассвирепел (вернее даже, рассвирипел). Разве не вправе он, хозяин и, в сущности, благодетель этого беспризорного семейства, рассчитывать на ожидание и последующую ласку домочадцев, а именно законной, да вот именно жены, обязанной и так далее. По дороге из аэропорта Гудза не без оснований воображал, как ляжет в сияющую ванну, большую и круглую, включит джакузи, а Магда, возможно, погрузится напротив или пусть даже просто присядет на мраморный бортик, и будет бережно намыливать ему рыжую голову и покатые литые плечи... И принесет ему сюда стакан мартини с соком как он любит, один к двум и двумя кусочками льда, и тонкую черную сигарку. А потом они пойдут в спальню, на джинсовые простыни, которым Гудза не изменил, и Магда...

— Магда! Ма-гда, едрена мать! Где вы все, мать вашу!

Дверь в гостиную приоткрылась, заглянул «секретарь», он же шофер и телохранитель Валя Тумеля, чудовищный шкаф из-под Бреста, сам называющий себя белорусским партизаном, партизанивший, впрочем, до недавних пор в Чечне, где и потерял глаз, что в довершение к сломанному носу сделало его настоя-

234

щим красавцем и мечтателем. Зоркости, впрочем, у партизана отнюдь не убавилось, и сек фишку он всякую и моментально.

— Уехавши они, Нодарыч. Степаныч с девчатками до зоопарку подалися. А Махда Александровна одна уехавши.

— Куда? — рявкнул хозяин.

— Не моху знать, — Валя вытянулся во весь свой эпический рост. — Моху чуять.

— Чуять я и сам могу... — пробормотал Гудза, не глядя на верзилу, а глядя, причем с крайним изумлением, в зеркало, где вместо него, прекрасного, с элементами божественности Гудзы, развязно покачивался с носка на пятку, заложив большие пальцы за ремень, курносый и загорелый, как баклажан, субъект с румяной ухмылкой и папочкой под мышкой.

— Это кто тут... — оглянулся на Валю, а Валя уж шарахнулся к монитору входной камеры, поскольку прочирикал зуммер домофона.

У подъезда, докладывала камера, стоял неприятный господин в какой-то оскорбительной панамке и с *папочкой под мышкой*.

Прямо от Гарика Юлик из чистого озорства двинул к мандариновому барону (легко вычислив его местожительство по навигатору своего небывалого мобильника). Шаловливому Юлиану вздумалось этак вот как бы уравновесить визит к любовнику — визитом к мужу. Неплохая идея.

Тот мудр, кто ест на завтрак авокадо,
Кладя его поверх горячей булки
И солью посыпая. И прохлада
При этом из окна, из переулка.

И ты один. И в переулке пусто,
Поскольку завтрак этот очень ранний.
Соседка дрыхнет, начитавшись Пруста,
Совсем одна, фиалки да герани.

Ты, мудростью природной озадачен,
Попьешь пивка и в форточку покуришь.
Мир в равновесии равно́ удачен
И для святых, и для последних курвищ.

Зло есть добро для тех, кто к злу привычен,
Добро без зла — пяток на грошик медный.
Победа, смерть, мораль — расставь кавычки.
Паршивый ангел — сатана отменный.

Весы в покое вечном и глубоком.
Что тонна пуха, что железа тонна.
Соседка встанет, начитавшись Блока, —
Обед с ней раздели и два пистона.

А ужин не забудь отдать убийце,
Врагу всего божественного рода.
Пусть жрет, а ты езжай с соседкой в Битцу.
Там кони, равновесие, природа.

Юлик молча раскрыл на камеру заветную корочку, с которой до сих пор на всякий случай нигде не расставался, и Гудза, надо же, среагировал. Фантомные боли в икре, прокушенной овчаркой-следопытом (немедленно, как мы знаем, застреленной), давали себя знать.

— Веди в кабинет, — приказал Вале. — И это... на железо-то проверь, так... нэнавязчиво.

Через металлоискатель Юлик, само собой, прошел, как оренбургская шаль сквозь колечко. «Чисто», — сообщил Валя, вводя агента в кабинет. Ах, Валя, партизанская душа, где ж твой орлиный глаз, где чутье собачье! «Чисто»... Кого в дом ведешь, дурилка картонная, стой, осади, серой же за версту шибает, вон его, взашей, курносого... Поздно!

Булькнул коньячок, явилась черная икорка в лепестках маслица, маслинки крупные, фиолетовые, греческой выделки, винограда мускатного розовые грозди, а также и сам мускат из собственных погребов, а также цитрусы заблагоухали минуту как сорваны, и дивный кавказский фрукт фейхоа с ароматом земляники. И черные сигарки. И сладчайшая из улыбок барона.

Спустя полчаса пустой болтовни гостя о бизнесе, семье и прекрасном доме хозяина, о погоде, о футбольном чемпионате и команде тбилисского «Динамо», которую гость знал поименно, чем расслабил хозяина до состояния теплой шоколадки, о грузинских винах по сравнению с французскими, о француженках по сравнению с еврейками, о японках, про которых ушлый гость рассказал немало смешного, — Валентин, привалившийся чутким ухом к дверям, услыхал вдруг нечто такое, что заставило его от двери отпрянуть и в ухе недоверчиво поковырять. Когда же партизан вновь прильнул к незаметной щели между створками, до него дошелестело буквально следующее: «...так и так умрете. Это неизбежно, согласны? Так что риск нулевой. От вас требуется только выбрать себе новое вместилище, я понятно излагаю? Ну что вы, ей-богу, сразу прямо бледнеете! Просто скажите мне, в ком или в чем вы хотели бы воплотиться после смерти — делов-то! Мы оформим бланк-заказ, и наслаждайтесь себе дальше, сколько Бог даст! — И после тягостного молчания еле слышно: — Я понял, дорогой. Вижу, не врешь... Но надо подумать, бичо, нет? А ты вот что. Ты приходи-ка завтра. Придешь?» И этот ответил, хмыкнув: «А как же...»

Валя, вздернув челюсть, застыл в шаге от двери. «Все слышал, подлец криворожий», — покосился Юлик, но тут же и забыл о чудище обломе. По лесенке, ведущей на второй этаж, поднималась, безо всякого стеснения раздеваясь на ходу, девчонка с такими ногами, что агент невольно крякнул. Девчонка оглянулась, близоруко скользнув по мужикам сонным тринадцатилетним взглядом, переступила через шорты и босиком, в узеньких трусиках и маечке, уронив с тощего плеча одну бретельку, пошлепала дальше. А с улицы входил в холл дядька, прижав к груди, как драгоценность, спящую рыжую малышку. Проходя мимо Юлика, зыркнул со свирепой угрозой медведицы. «Такой зарежет, как пивка попьет», — вздрогнул агент и поскорее вышел вон, чтобы больше не возвращаться в этот безнадежный дом. Бедная Магда, понимаю ее, — заставила я Юлика подумать, поравнявшись с ним на залитой предвечерним солнцем Пречистенке, тогда еще Кропоткинской. И вела эта дорога не к храму, а к бассейну. Храм, скажите пожалуйста, ишь!

Глава седьмая

Нажатием панели, спрятанной за мандариновым деревцем, открывался проход в тайную обитель, где Гудза вел свою вторую и главную жизнь. Очень удачно, замечу в скобках, что прелестный Ладо так и не родился, ибо нес в себе папашин ген шизофрении, о котором никто не догадывался, даже несчастная Гудзина мать Медея, чья душа теперь цвела и плодоносила в этом самом мандариновом деревце в углу роскошного кабинета, кругом лепнина, бронза, гобелены, все такое. Чем плохо? Вот деревце Медея и радовалось, и цвело, и плодоносило, истово, во всякое время года. А что там делалось за его ветвями — знать не знало, ведать не ведало. Растение же, без мыслей и жизненных наблюдений, одно плодородие.

Итак, Гудза, обеспокоенный и даже напуганный, скользнул в свое подполье и лаз за собой задраил. И вздохнул, наконец, словно сбросив тяжкие латы.

Келья Гудзиной свободы располагалась в подвале, куда вела бывшая черная лестница, и представляла собой тоже кабинет, но другого рода. Потрепанный канцелярский стол (однотумбовый), венский стул, эбонитовый телефон образца 1950 года (без кабеля), черная настольная лампа на гнутой ноге тех же времен, поверх линолеума — вытертая до дыр ковровая дорожка, книжный шкаф со стеклянными дверцами, уставленный одинаковыми багровыми корешками, и еще один шкаф типа шифоньер. По оштукатуренным, до половины крашеным кубовой краской стенам: обычный уличный почтовый ящик «почта СССР»; на деревянных плечиках — галифе и френч без погон, на гвозде — фуражка без кокарды; портрет над столом (треснувшее стекло, рассохшаяся рама). На столе — единственная роскошь: массивный письменный прибор с двумя чернильницами толстого стекла на базальтовой подставке. Кроме того — остро отточенные карандаши и перьевые ручки в деревянном стаканчике, пачка бумаги, конверты. А также — курительная трубка и медная пепельница. Ни спичек, впрочем, ни табака. Нет и окна, поскольку подземелье. В углу — раскладная кровать, покрытая серым шерстяным одеялом, рядом — мягкие сапоги на плоской подошве.

Гудза сел за стол, закурил черную сигарку, взял листок из пачки, карандаш и начал.

«Мой дорогой и уважаемый Сосо! — писал он по-грузински. — Прости, что задержался с ответом. Ездил на нашу с тобой родину, был в Батуме, заезжал, конечно, в Гори. Там все тебе низко кланяются. Сосо, мне нужен твой совет — драгоценный совет старшего друга и брата. Сегодня ко мне приходил один человек». Гудза подумал, достал из ящика ластик, стер последнее слово, вписал: «подозрительный». «...подозрительный гражданин с документом сотрудника Комитета. Хотя не думаю, что это провокатор или диверсант, но бдительности, как ты учишь, не теряю и врага ищу в каждом. Этот посетитель обратился ко мне с предложением настолько нерядовым, что я ему поверил, так как не вижу, где там может крыться провокация. Возможно, я удивлю тебя, дорогой Сосо, хотя, как я знаю, ты с твоим великим умом и мудростью умеешь ничему не удивляться и находить объяснение любому явлению. Этот человек предложил мне зарегистрировать у него в виде страховки мою душу. Которая якобы бессмертна, в чем я вообще-то сомневаюсь, потому что бессмертная душа может быть только у такого великого человека, как ты. Он сказал, что моя "бессмертная" душа после смерти будет искать себе новое тело. И чтобы облегчить, как он сказал, работу его ведомства, я могу сам выбрать себе новое воплощение. Я не дал ему ответа, так как хочу обсудить этот щекотливый вопрос с тобой. Дело в том, Сосо, что после смерти мне бы хотелось быть вечно с тобой и никогда не расставаться. Другими словами, прости меня, дорогой брат, я мечтаю поселиться в твоем теле. Слиться с твоей великой душой в одну. Если ты сочтешь это дерзостью или, не дай Бог, оскорблением, скажи прямо. Я не обижусь, наоборот, буду всячески стараться загладить свою вину. Не губи меня, великий Сосо, и прости навязчивость. Поверь, что только горячая и пламенная любовь к тебе, восхищение твоим гением и горе однажды покинуть тебя заставила меня поделиться с тобой моим неугасимым желанием. Верю, благословенный мой брат, что ты не оставишь мое ходатайство без ответа. Поверь и ты, что я чист перед тобой, и ничего от тебя не скрываю.

Храни тебя Господь и будь здоров.

Остаюсь преданный тебе друг и брат Гудза Беидзе».

Гудза вложил письмо в конверт, заклеил и бросил в почтовый ящик.

Теперь смотрите, что он делает, этот безумец.

Он снимает джинсы, натягивает галифе, сапоги, на майку надевает френч, берет трубочку и начинает прохаживаться по ковровой дорожке. И я понимаю, наконец, кого он так напоминал мне все эти годы! Не того, конечно, истинного беса, на роже которого черти горох молотили и ручку чью, в детстве копытом придавив, засушили, — а который из кино с красивым грузинским мужчиной Михаилом Геловани: надежду мира и сердце всей России. Плечистого красавца с орлиным взором и настоящими белыми зубами.

Гудза номер два открывает ключиком дно почтового ящика «почта СССР», в руки ему падает письмо. Вскрывает, читает, усмехаясь и качая головой. «Бэдняга! — вздыхает. — Савсэм рэхнулса!» Акцент сильный, гораздо сильнее обычного, и голос, надо признать, чужой. Этот Гудза-Сосо усаживается за стол, берет карандаш. Подумав, ставит обратно, достает ручку: «Нэлзя, чтоб бистро стьорлось!» Новым, размашистым почерком пишет по-русски.

«Гудза! Не будь ребенком. Твой "ловец душ" идиот или порядочная гнида. Лаврентий чуть не умер со смеху. Если бы я не знал тебя с рождения, подумал бы, что ты замышляешь какую-то дурацкую провокацию. Советую к его приходу устроить засаду и взять с поличным. Таких "страховых агентов" мы будем давить к чертовой матери, как нас учил Ленин. В семинарии я наслушался бредней про всякие дьявольские искушения. Все эти так называемые "искушения" есть прямое вредительство и подкоп под нашу партию. Насчет бессмертия мы узнаем с тобой на том свете. Впрочем, мой дорогой брат, я ничего не имею против твоей души, вдвоем веселее. Шучу. С партийным приветом». И подпись, как разряд молнии.

Когда Гудза, скинув френч, прочитал письмо, ему стало совсем худо. На словах «замышляешь дурацкую провокацию» он заплакал. Зачем отпустил мерзавца? Надо было расправиться немедленно! Обещал прийти — чушь собачья, дурак он, что ли! Ох, ушел, ушел, видно, что ушел, а чего вынюхивал? Да, так и стрелял по углам свинячьими глазками...

Гудзу сковал страх. Не фигурально, а физически — он не мог шевельнуть пальцем, как зарытый в песок или засыпанный по рецепту древних японских хирургов рисом. На этот случай он всегда носил при себе шприц, наполненный розовой взвесью. Лекарство научил его добывать из корня красного ясеня один припадочный вор, лагерный кент. Футляр со шприцем на два кубика был недалеко — висел на шее в холщовом мешочке. Но донести до него руку было как путешествие в Китай или ту же Японию. И тут Сосо с портрета сказал строго, однако с затаенной лаской: «Надо, дорогой, лично прошу». И закусив до крови губу, чувствуя, как трещат от напряжения сухожилия, бедный псих дернул шнурок, выпростал шприц и всадил иглу в левый бицепс. И поползло от пальцев ног вверх тепло, налилось все тяжестью, страх растворился, барона качнуло к койке, взвизгнули пружины, и мгновенно уснул барон, он же князь, — как насосавшийся младенец.

...За десять лет до своей, как считается, мучительной смерти от лимфогранулематоза Николай Михайлович по дороге к азиатской границе направлялся к Кавказскому хребту. Ночь застала экспедицию в маленьком селении Гамбареули, предместье городка Гори недалеко от Тифлиса. На постоялом дворе русским путникам прислуживала местная красавица Кеке.

Два года назад восемнадцатилетняя Кеке вышла замуж. Сапожник Бесо Джугашвили славился по всей округе. Подрядившись обувать горийский гарнизон, жирный барсук Барамов выписал к себе Бесо из Тифлиса как лучшего мастера. До свадьбы Кеке никогда не видела своего жениха.

Муж Кеке был грамотный и заметный мужчина, с сухим острым лицом и густыми усами. Всегда мрачный и с вызовом одетый в короткий архалук и длинную карачогельскую черкеску, опоясанную узким наборным ремешком. Шаровары заправлял в сапоги собственной выделки, шапку носил с козырьком, из-под которого страшно сверкали две раскаленные головешки. Сплошная линия черных бровей уходила за виски, крупные ноздри то и дело раздувались от страсти и гнева. Кеке боялась его. Когда Бесо грубо брал ее за подбородок и грозно спрашивал, обжигая лицо запахом перца, лука, мяса и уксуса, в котором вымачивали кожи: «Любишь меня?» — бедная Кеке искренне отвечала, потупясь: «Да, хозяин». Что могла ведать про любовь бедная девочка?

Уже двое сыновей померли у молоденькой Кеке — Михаил прожил всего неделю, полугодовалого Георгия унесла корь. После этого Бесо впервые сильно напился и побил ее. Екатерина однако не теряла надежды и красоты. И глубоко в душе шевелилась догадка, что их дети — не жильцы, потому что они — дети Бесо. Кеке тоже знала грамоту и понимала по-русски. И знала, с каким русским словом созвучно домашнее имя ее мужа Виссариона.

Из дверей кухни Кеке засмотрелась на русского генерала: мало не в сажень ростом, мундир внакидку, блики от эполетов играют на гладко выбритых щеках, темно-русые, порыжевшие от гнутой трубочки усы, ровные зубы в широкой улыбке. Не то что щербатый, погнивший от вечных гвоздей, рот Бесо... Генерал шлепал картами по дубовому столу и громко хохотал, выигрывая. Везучий. Горячий. Красивый. Ученый. Добрый. Богатый. Властный. Вот какой будет у нее сын.

А генерал оглянулся вдруг, словно его окликнули, и увидел, как сигналят из мглы два золотистых кошачьих глаза. Подмигнул — и вновь кинулся в игру. А когда под утро поднимался к себе в комнату — девушка уже ждала наверху: с кувшином горячей воды и керосиновой лампой. Повернулась и пошла по коридору вперед, светя. Две длинные косы струились по черной спине из-под белого платка замужней женщины.

Проснувшись от апрельского солнца, что било сквозь небольшое окошко плотным густым лучом, Николай Михайлович нашел на подушке рядом с собой лишь длинный черный волос. Легкий запах пота и сладкого мыла все еще витал в низкой комнатке. Участники экспедиции расселись по повозкам, Николай Михайлович сам хлестнул первую пару лошадей, и, не провожаемый никем, великий исследователь Азии с веселым ознобом в паху вынесся на пыльную дорогу в горы.

Такой вот непонятный сон увидел Иосиф в ночь на 3 января нового 1904 года, уснув в жарких объятиях тетки Матрены, в ее жарко натопленной избе на краю глухой, заваленной снегом чуть не по застрехи, деревни Новая Уда, при том, что никакой старой и помину не было в Балаганском уезде Иркутской губернии, где шел четырнадцатый месяц его легкой и сытной ссылки. Матрена пять лет как вдовела через медведя-шатуна, что задрал ее мужика в тайге, и присохла к молодому грузину исстрадавшейся сорокалетней маткой, кормила его медвежатиной, поила парным молоком, любила большим телом.

Между тем третьего дня, аккурат под Новый год прибежала по твердому насту мохнатая почтовая вяточка, что раз в четыре-пять месяцев добредала до Новой Уды: дождался, наконец, Сосо заветной шифровки из Батумской жандармерии, от самого господина Авхледиани, шефа губернской охранки. Константин Зазаевич давал Иосифу, уже хорошо к своим двадцати пяти годам известному в третьем управлении двойному агенту, отмашку на побег: деньги переданы верным людям и ждут Кобу вместе с перекладными на почтовых станциях. Под этой кличкой, чтоб не путаться, рисковый Сосо фигурировал и в подполье, и у голубых фуражек.

За три дня он незаметно подготовился, припас медвежьего сала и солонины, сухарей и самогону. Тихо оделся, прихватил на обмен двух песцов, хранившихся у хозяйки в сенцах на черный день, и ушел своим впоследствии знаменитым кошачьим шагом, не скрипнув половицей. Прощаться с Матреной Коба не стал.

В Иркутске Иосиф, как было указано в шифровке, ровно в полдень пришел в церковь Петра и Павла. Рождественская заутреня кончилась, небольшая толпа теток в праздничных белых платочках поверх пуховых шалей ждали исповеди. Справа от алтаря у иконы апостолов стояла высокая женщина, склонив голову в меховой шапочке. Длинный подол пелерины с меховой оторочкой скрывал ноги до самых каблучков, однако Сосо сразу догадался, какие у нее должны быть тонкие лодыжки при полных икрах и круглых коленях.

Сосо вошел, как всегда, неслышно, но женщина тут же обернулась и направилась к выходу. В руке, затянутой в высокую меховую перчатку, она несла небольшой саквояж. Не останавливаясь и не глядя в лицо, вполголоса приказала: «Следуйте за мной». Это «следуйте» вместо простого «идите» очень понравилось Иосифу. Но в то же время странный холодок пробежал от затылка по позвоночнику, когда по семинаристской привычке Сосо поднял руку, чтобы перекреститься на икону. На мгновение явственно увидел Коба, как Петр отвел глаза, а Павел огрел его таким взглядом из-под мрачных бровей, что, вздрогнув, Иосиф опрометью бросился вон из храма. И *последовал* за дамой. Ибо высокая богомолка эта была, несомненно, настоящей дамой, каких мало знал Сосо в своей убогой и лживой жизни.

Дама привела его на вокзал, прямо к петербургскому экспрессу, и знаком велела подниматься в вагон. Расположившись в купе первого класса, дама, наконец, улыбнулась и, не снимая перчаток, протянула руку: «Александра Федоровна». «Ва, — не сдержался Сосо, — как Ее Величество!» Дама вздохнула и заметила иронически: «Вы наблюдательны». Сосо нахмурился. Он не любил, когда над ним смеялись. Спустя тридцать три года он найдет эту Александру Федоровну, члена семьи изменника родины, вдову одного оборотня-военачальника из спецов. Отправляясь в телячьем вагоне в сторону того же Иркутска, она вряд ли вспомнит молодого простоватого усача, которого зимой 1904 года патроны поручили ее заботам...

К вечеру к ним в купе зашел сосед. Молодой кавказец, представился князем Беидзе. О таких князьях Сосо не слышал, но юноша был прекрасно воспитан, одет в отличное европейское платье и смотрел с обожанием — нет, не на красавицу-тезку императрицы, а на него, Иосифа Джугашвили, сына сапожника и поденщицы Кеке из Гамбареули. Гудза, наследник аджарских князей Беидзе, обладал тайным даром. Перед его бараньими глазами расстилалась огромная страна, утыканная циклопическими монументами этому коренастому рябоватому грузину, страна со снесенными церквами, где десяткам тысяч икон пришла на смену одна, занявшая место в каждом доме, школе, театре, во всех кабинетах и цехах, на фасадах самых высоких домов, в руках миллионов демонстрантов и на детских флажках. Провидел Гудза и бессчетные полчища гусениц-эшелонов, которые везли миллионы людей на Север и Дальний Восток, и эти люди мерли как мухи, и дети отрекались от них, как отречется бессмертный Гудза от князей-родителей, и сбежит в ночь перед их отплытием, но не успеет донести, потому что по дороге его настигнет первый в жизни приступ болезни, и он упадет в мелкий парковый пруд, распугав лебедей и едва не захлебнется, и только к утру больного провидца выловит охрана ревкома Аджарии, и на два месяца его заключат под стражу, пока Гудза не докажет своей преданности, сообщив бесценные сведения о каждом из круга друзей и родни, кишевшего царскими офицерами и врагами новой власти.

Гудза угостил соседей прекрасным французским коньяком, Александра Федоровна закурила папиросу в длинном мундштуке, и ночью лишь сонно забормотала, когда Иосиф, протянув руку со своего дивана, коснулся ее пепельных волос. Пролежав так около часа и любуясь голубоватым в свете ночника лицом попутчицы, Сосо захрапел, душа же его, выйдя через рот, в одно мимолетное мгновение достигла заброшенного монастыря в горах. Душа постучалась в дверцу из окаменевшего дуба, и к ней вышел древний отшельник, без волос, без зубов и без глаз. Душа спросила отшельника: как управлять страной? Тот ответил: «Нет ничего достойнее, чем управлять страной великодушно. Однако быть великодушным, управляя страной, очень трудно. Если действовать нерешительно, вскоре даст о себе знать попустительство. Лучше управлять строго. Быть строгим в управлении страной означает быть взыскательным до того, как произошли нежелательные события». После чего душа влезла назад в широко открытый рот Сосо, и он увидел глупый сон, как князь Гудза Беидзе в фуражке и френче, в какой-то бедной комнате кроличьей лапкой из золотой пудреницы Ее Величества Александры Федоровны чистит ему сапоги.

Проснулся Гудза в своем кабинете на любимом диване, обтянутом кремовой лайкой. Старинные напольные часы били шесть — он не понял, утра или вечера. Распирала пионерская бодрость, хотелось сию минуту предпринять что-то судьбоносное.

В спальне Магда улыбалась своим тайным снам. Значит, все-таки утро. Взглянул в зеркальную стену (как же Магда ненавидела этот гламурный дизайн!): галифе, сапоги, что за маскарад? Где он так напился вчера? Ничего не помнил бедный шизофреник. Всплывало какое-то курносое лицо, какая-то омерзительно ветхая канцелярия... Гудза отодвинул синюю портьеру. Ранний голубоватый свет лизнул лицо жены. «Алекс...» — прошептал ни с того ни с сего Гудза — и вновь уставился в зеркало, ничего не соображая. Какой еще, к едрене фене, Алекс?

Глава восьмая

Ознакомившись с биржевыми сводками, Юлик увидел, что вольфрамовые акции упали на 0,2 процента. Первое предупреждение. На платной стоянке, где он парковал свой, как позже пропишут его в криминальной среде, «бумер» масти «мокрый асфальт», — избили сторожа и поуродовали машины, в частности на «мокром асфальте» нацарапали гвоздем целую концептуальную фразу: «ХУЙ ВСЕМ» и сняли дворники. И это было дополнительным предупреждением.

Сердце у Юлика буквально ныло. С одной стороны, так хотелось уже вернуться в порт, к верному и надежному философу Косте, распить с ним припасенной в «дьюти-фри» текилы и перетереть, наконец, от души, разложив по полкам, всю свалку на чердаке. С другой же стороны, смерть как не хотелось снова идти в тот дом, что стерегут хищные морды, и под их присмотром бродят по лестницам сонные полуголые отроковицы.

Юлик слонялся по своей огромной квартире на набережной, оставшейся от прабабки, и, как мог, оттягивал любое решение. А бабуся с иронической усмешкой наблюдала за его брожением с портрета: молодая, бледная, с длинным мундштуком в пальцах, до колец прикрытых кружевными манжетами. Юлик прабабушку, конечно, не знал. Лет за десять до его рождения она, уже старухой, отправилась по известному маршруту. За ней вскоре последовала дочь с мужем Капланом Петром, майором МГБ. Остался внук-подросток на попечении домработницы — молодки Алевтины. Мальчишку хотели забрать в детдом, но тут неожиданно вернулась мама подростка и застала Алевтину беременной якобы от пятнадцатилетнего Шурика (названного в память бабушки-эсерки). Девушку уволили, а внук в сорок втором десятиклассником-добровольцем ушел на фронт и перед самой победой пропал без вести где-то на Западной Украине. А в первую мирную весну на порог заявилась некоторая девица с паспортом на имя Ядвиги Каплан и с курносым существом в объятиях, вылитый поросенок. Утверждала, что встретилась с Шуриком непосредственно перед форсированием Днестра, полюбили друг друга с первого взгляда и тут же расписались в штабе полка. И поросенок по имени Юлий в честь Юлия Цезаря, разумеется, — ихний, проше пани, сынок. Так.

Ну что тут возразишь. Делайте что хотите, отмахнулась предполагаемая бабушка Юлика, девицу прописала и к обедне, как говорится, умерла. А Юлий Цезарь с мамашей остались. В четырехкомнатных хоромах на набережной вместо закарпатской хатки с сортиром на дворе. Потом пожилая уже Ядвига засобиралась в Польшу, Юлик же — наотрез, чего он там забыл в этой сраной Польше. Ну и все. И кончилась временно семья. На Юлика-то теперь надежда слабая с его каменным членом. Тем более, фамилию он взял мамашину.

Итак, прабабушка Александра Федоровна иронически усмехалась с портрета, а на японском календаре сегодняшним числом значилось 26 августа (Дева), ее день рождения по старому стилю. Не сказать, что Юлий Александрович тут же рванул на кладбище, тем более никто не знал, где Александра Федоровна похоронена, на каком северном погосте. Но рюмку текилы, как положено, с лимоном и солью, не скрою, махнул. И еще. Да так полбутылочки любимого напитка мексиканских охламонов и усидел. И тут глаза прабабушки потеплели, губы сложились в трубочку воздушного поцелуя и длинным эмансипированным мундштучком эсерка указала на низкий лакированный стол, в числе прочего барахла привезенный из Японии последним самураем клана Кагэба-Курюками. В черной лакированной поверхности отражался горшочек с крохотной сосной-бонсай и «Книга самурая», из которой Юлик черпал всю свою авантюрную мудрость, толкуя великие трактаты воинов произвольно, как Тору.

Раскрыв книгу посередине и быстро скользя по иероглифам сверху вниз, Юри прочитал, как Юй Сёсэцу, автор трактата о воинской доблести «Путь Трех Начал», получил устное наставление о восемнадцати принципах Великой Смелости. Юй никогда не записывал эти принципы и не пытался запомнить, а сразу же забыл их все. Оказавшись в реальном бою, он действовал по наитию, и тогда все изученное им стало его собственной мудростью. «Вот что такое природа кармы». Юлик пожал плечами: и что? Прабабушка ласково кивала: дальше, дальше...

«Чтобы успокоить разум, — читал Юлик, — надо проглотить слюну. В этом секрет. Если смазать слюной лоб, это тоже помогает. В школе стрельбы из лука мастера Ёсида глотание слюны — это ключ к секретам мастерства». Юри взглянул на оставшуюся текилу и сглотнул. «Если, столкнувшись с неприятностями, человек смажет мочку уха слюной и глубоко выдохнет через нос, он легко справится с ними. Это средство следует держать втайне от других». Юлик перевернул страницу. «Разум имеет четыре угла и не будет двигаться даже в случае смертельной опасности. Женщина же кругла. О ней можно сказать также, что она не ведает различия между добром и злом, между хорошим и плохим, и может закатиться куда угодно».

— Я понял! — вскричал протрезвевший Юлик. — Магда!

Но загадочная Дева уже снова неподвижно иронизировала, что можно было расценить и как молчаливое согласие, и как насмешку над природной глупостью Юлика, усугубленной неумеренным потреблением варварских напитков (кактусовый самогон, не угодно ли!) в столь жаркую погоду.

♍

Открой гараж, жена чужая,
Я двести лет спускался с гор,
Я не убийца и не вор,
Я не змея и не ужалю.
Дай теплого вина, пожалуй,
Не прогоняй меня на двор!
В раю солярки и бензина
Поверь, твой гость не нашалит.
Кишки терзает мне колит...
Давай же, не тяни резину.
Мне адресок дала кузина
Твоя, по имени Лилит.
Ну, дева честная, благая,
Ты уложила свой помет?
А Бог простит, и муж поймет,
Когда ты явишься нагая...
Ведь в наготе, я полагаю,
Тебе спасение не жмет.

Глава девятая

Юлик объявился с приветом и посылочкой якобы от Марка из Америки. Встретились у музея Пушкина, что на Волхонке. Где-то Магда видела этого курносого мужика с плешью, прикрытой детской панамкой... Эх, да мало ли их крутилось в той сумасшедшей компании, в лихие, пьяные и счастливые ночи!

— Вот, — протянул Юлик пакет, куда спешно запихнул духи «Пако Рабана», часики от Laurier, джинсы-клеш на тинейджера и кокетливое удлиненное платьице для малышки.

— Надо же, — удивилась Магда, — всем сестрам по серьгам, никого не забыл. Что это с ним?

Юлик скромно пожал плечами.

— И что, никакой записочки?

— Пардон, чуть не забыл! — Юлик достал из внутреннего кармана незаклеенный конверт. — Не стесняйтесь, читайте. Может, сразу и ответите? Я подожду.

Магда вытащила листочек с набранным на компьютере текстом.

— «Дорогие мои девочки!» — прочитала Магда и весело взглянула на Юлика: — Ну не сукин сын? «Очень скучаю...» Так, это неинтересно... «мой бизнес...» да пошел ты... вот. «Я разговаривал с Гариком и понял, что тебе с твоим грузином живется довольно мрачно. Мой друг Юлий Потоцкий — опытный лоер, адвокат с международной лицензией и готов, если хочешь, помочь тебе развестись с минимальным ущербом. Этот твой грузин, как я понял, парень небедный, и его можно хорошо подоить. Для этого нужен компромат. Понимаешь? Доверься Юлику, делай как он скажет, и все будет чикитрали. Просто мне тебя очень жалко, родная моя девочка».

— Это вы, что ли, — лоер с лицензией? — Магда вздернула подбородок и прищурилась. — И вы с этим мудаком думаете, что я позволю шпионить за своим мужем?

— А почему нет? — осклабился Юлик. — Вы же хотите развестись?

— Да с чего вы взяли! Вот же наглость, ей-богу, ну прям...

— А разве нет? Не хотите? — Юри Кагэба с любезнейшей улыбкой заглянул Магде в лицо, отчего его глазки совсем пропали в припухших веках.

«На кого ж он, блин, похож? На какого-то что ли...»

— В Японии, вы знаете, говорят: женщина должна быть предана своему мужу, как он своему господину. Но вы же не преданы, правда?

— Не ваше дело, — нахмурилась Магда и вдруг вспомнила: на Мао Цзе-Дуна он похож! И фыркнула. Теперь она не могла смотреть на Юлика без смеха, и хохотала в ответ на всю, и в самом деле, ахинею, которую он нес.

— Ничего смешного, — обиделся Юлик. — В Японии еще недавно, в начале этого века, неверных жен казнили.

— А неверных мужей? — смеялась Магда.

— Вот об этом я и толкую! — обрадовался Юлик. — Мы скомпрометируем вашего мужа, и у вас будет хороший повод требовать развода и самого выгодного раздела имущества.

Магда молчала, отчего аферист Юлик воодушевлялся все больше.

— Для этого мне надо только получить доступ к его бумагам, понимаете, к его частной жизни... Найти рычаги воздействия...

— Ну ладно, все. — Магда поднялась и отряхнула юбку. — Передайте Марику, что я не нуждаюсь ни в его *лоерах*, ни, кстати, в его подачках.

С этими словами прекрасная грузинская жена Магда Беидзе сунула в руки Юлию (своему, как я намекнула, единокровному братцу, такой же безотцовщине, как и она сама) американский пакет, сформированный, безусловно, собственноручно Юликом, как и совершенно дикое, с учетом всех нюансов, американское письмецо.

Но не такой уж, в самом-то деле, дурак наш Юлик. О нет, совсем не дурак, а очень даже хитрый и коварный авантюрист, в чем мы имели не один случай убедиться. Он, изволите видеть, установил слежку за князем и бароном в одном флаконе. Снял комнату в коммуналке аккурат напротив окон кабинета этого несчастного психопата Гудзы. И пялился туда день и ночь, используя двадцатикратный цейсовский бинокль и прибор ночного видения. И обнаружил-таки, как время от времени грузин шарит за мандариновым деревцем и проходит затем как бы сквозь стену.

Теперь перед Юликом встала практически невыполнимая задача — незамеченным проникнуть в эту мандариновую цитадель и открыть тайну князя Беидзе.

Десантник Тумеля предан был хозяину всем отлаженным ливером, хотя и догадывался, что тот маленько ку-ку.

Гудза приметил одноглазого партизана на посту вышибалы в казино, где Валя получал пятьсот баксов в конверте плюс каждую ночь рисковал получить пулю в этот свой добротный ливер некурящего трезвенника. Огребя однажды в рулетку четверть лимона и крепко приняв по этому случаю любимого «Карвуазье» (семьдесят гринов пятьдесят грамм), князь дал герою Чечни сто долларов на чай и, едва вышел за порог, подвергся «десерту от заведения»: двое мордоворотов с профессиональным проворством заломили Гудзе руки и беззвучно куда-то поволокли. И тут в ливере у Валентина что-то щелкнуло, какое-то полузабытое чувство так называемого локтя и товарищества. Он рысью прыгнул на спину одному мордовороту, вырубил ударом по основанию черепа, ногой же одновременно свернул челюсть второму и прошипел в ухо спасенному богачу: «Ходу, ходу!» Втолкнул Гудзу в его джип, прыгнул следом — и с этой ночи принял новый пост. Не в малину же возвращаться на верное перо.

Гудза положил спасителю полторы штуки плюс кошт, сделал московскую прописку, купил квартирку у метро «Спортивная», трехлетнюю «мазду» с ничтожным пробегом и обещал вставить глаз, лучше прежнего. И Валя скорее умер бы, чем трепанулся хоть кому, что у хозяина есть куток, сокровенная хаза, куда он, Валя-партизан, проник однажды по недосмотру благодетеля и прокнокал, как там все отчиняется-зачиняется, только одного не понял: на кой хозяину это дупло с портретом усатого? Может, бомбоубежище?

Валя сильно рисковал, перетаскивая тяжелого Гудзу наверх. Но и оставить в подполе не мог. Опасался, как бы не помер во сне от передозировки: что хозяин втихую ширяется, после чего ни хера не помнит, Валя тоже просек орлиным глазом плюс чутье.

Теперь предстояло аккуратно выяснить, что делать с этим баклажаном на будущее. Если, конечно, в несчастной башке Нодарыча вообще что-то зацепилось.

Однако наивно думать, что баклажан, он же лоер, он же последний самурай клана попрется в объятия одноглазому примату или вообще кому-либо из обитателей желтого во всех смыслах дома. Зря, что ли, Юлик торчал столько лет в этой ядовитой Японии и трахал своим сталагмитом чертову черепашку.

День он посвятил поискам черного хода — и нашел. К сожалению, замурованный. Рядом, однако, болталась на ветру дверь котельной, или бойлерной, где сидел на сквозняке синий истопник в пенсне и дышал свежим воздухом. Он радушно улыбнулся Юлику заросшей копотью мордой и отрекомендовался как «Боречка, работник горячего цеха, художник слова и кисти». Вы, конечно, догадываетесь, что в этой иссушенной груди томилась и искала выхода трудовая душа в прошлом бессмертного кузнеца Гефеста: да, помер, в конце концов, работяга, сражаясь за свободу Греции плечом к плечу с иноземным поэтом, тоже, кстати, хромым, которого полюбил всей душой за великую бесшабашность и общую красоту.

Самурай подарил Боречке целую бутылку польской водки «Выборова» и стал с ним дружить. Истопник действительно имел два образования, одно из которых — незаконченное высшее, истфак МГУ, второе — специальное среднее — театрально-художественное училище, бутафорское отделение. Но работа как-то вовремя не подвернулась, полгода препрепадавал в сельской школке историю и рисование, запил с тоски и безнадежности русской жизни и вернулся в Москву. В своей бойлерной истопник Боречка развлекался тем, что ловко лепил из пластилина различную утварь, а также на маленьком станочке вытачивал и раскрашивал матрешек с лицами русских царей и цариц, сверяясь по специальной монографии. Одновременно он разрабатывал теорию, что все они, начиная с Ивана Калиты, были евреями. И поэтому так целенаправленно губили и спаивали Русь, а впоследствии Россию. Евреем был и старец Распутин, почему и убит лидером черносотенцев Пуришкевичем, за что ему большое спасибо. И все дальше пошло бы путем, если бы не еврей Ленин, которого сменил грузинский еврей Сталин, не говоря уже о Берии. Сам Боречка, надо заметить, тоже был евреем, причем по матери, то есть *настоящим* иудеем. О том, кто споил его, работник горячего цеха умалчивал. Пенсне Боречка нашел на помойке и полюбил всей душой, носил, не снимая, как бы сросшись с оптическим изделием. При мытье оно ему не мешало, так как художник слова и кисти не особенно блистал на этом поприще. Говоря откровенно, Боречка не мылся уже лет шесть. В настоящий момент он готовился принять православие, но все руки не доходили. Об этом он и поведал Юлику в первый день дружбы. Юлик заверил его, что он, Юлий Потоцкий, с евреем на одном поле, как говорится, и не сядет, а лично сам — поляк с примесью японской крови.

— А правда, Борь, что особнячок весь принадлежит какому-то еврею? — начал прощупывать Юлик на второй день дружбы.

— Сам ты еврей! — обиделся истопник. — Служил бы я у еврея. Грузин тут хозяин, считается как князь.

— Что, прямо весь дом?

— А чо такого? Это бабаньки его дом. Реституция, старичок!

— Небось, сокровищ по стенам напихано...

— Не исключено, — солидно согласился еврей-антисемит Боречка.

— Простукивал, поди? — с жестокой хитринкой усмехнулся Юлик.

Тут заросшее лицо Гефеста озарилось вдруг радостной идеей.

— Слышь, японец, а давай это... ну типа эксперимент, а?

— Да чушь собачья... — Юлик притворно зевнул.

Но Боречка, азартный человек, верящий в реституцию, уже заглотнул блесну (или мотыля, это как посмотреть) и немедленно пополз вдоль стены, выстукивая ее монтировкой.

Назавтра Юлик получил известие, что стены — глухие, как целка, только за дверкой пусто, но это так и положено, потому сообщение с черным ходом. Боречка постучал по металлической лилипутской дверце, запертой на какой-то средневековый замочище. Отозвалось, действительно, гулкой пустотой.

Когда пристрастившийся к польскому пойлу работник горячего цеха мертвецки в своем цеху заснул, Юлик без особого труда сбил замок вместе с проржавевшими дужками и спрятал в портфельчик, ошибочно полагая, что озабоченный судьбами России поклонник Пуришкевича ничего не заметит.

Прямо за дверью находился узкий деревянный чулан с мутным граненым окошком на уровне человеческого роста. В окошко проникал свет, сквозь тонкие, судя по всему, фанерные стенки — голоса. Очень скоро Юлик понял, что находится в шкафу без задней стенки. Шкаф пуст, если не считать какого-то светлого то ли пиджака, то ли пальто. Ощупав мануфактуру, хитрожопый самурай определил погоны с витым шнуром, похоже, маршальские, а также ряды медалей или, скорее, орденов.

Беседовали двое — один с мало заметным, другой с сильным грузинским акцентом. Вглядевшись через неровное стекло, Юлик обнаружил Гудзу, то снимающего, то надевающего френч. Сняв френч, Гудза становился на колени и обращался к кому-то с мольбой: «Поверь, Сосо, я не замышлял ничего плохого! Не оставляй меня, брат! Я сделаю все, чтобы найти подонка!» Потом Гудза надел френч и, прохаживаясь по ковровой дорожке, долго молча посасывал трубку. «Харашо, дарагой. Верю. И лично прошу: вазми падлеца живим. Разберемся, каких он там душ наловил и для кого!» Гудза номер два тихо засмеялся и погрозил пальцем, отчего Юлику в шкафу стало не по себе.

Князь снова переоделся и, пошатываясь, покинул подземелье. Юлик быстро обследовал кабинет. Грузинские послания Гудзы расшифровке на месте, конечно, не подлежали. Зато письма, подписанные Сталиным, картину проясняли абсолютно.

Накануне Юлик получил, кстати, третье предупреждение. Его ограбили, хотя и щадяще, без членовредительства. Ночь, двор, бригада шпаны, покрутили ножиком, сняли отличные швейцарские, по их омерзительному выражению, «котлы», о настоящей ценности которых и не догадывались, содрали с пальца Тоекин свадебный подарок: перстень с изумрудом, небольшим, каратов в пять, но зато чуть ли не императором пожалованный. И что особенно неприятно, забрали, болваны, мобильник, которым и пользоваться-то не умели, вот что обидно. Функций у телефона была хренова туча, и жизнь страхового агента теперь серьезно осложнялась. Была, разумеется, запасная трубка, но совсем простая, какие вскоре появятся у населения вплоть до пенсионеров и школьников.

Удача, удача... Что может быть надежней в земной жизни, моя любимая, миленькая моя удача, вернись, ну, давай, золотая моя... Так приговаривал Юлик, набивая на простеньком своем средстве спутниковой связи домашний номер князя Беидзе.

— Кто спрашивает? — прогундосил, вероятно, Циклоп.

— Скажи, дарагой, Сосо гаварит, — с улыбкой в голосе сообщил Юлик.

Из подвала ловилось плохо. Гудза кричал: «Алло! Алло! Не слышу тебя, брат! Алло! Зачем молчишь, Сосо!»

— Зайдите ко мне, товарищ Беидзе, — пробился, наконец, Юлик, чем полностью деморализовал бедного психа.

Буквально через минуту Гудза на ватных ногах стоял перед Юликом, облаченным в форму генералиссимуса и с усами, попросту намазанными под носом фиолетовыми чернилами с помощью пальца.

— Паздравляю, генацвале, — сказал Юлик. — Сволочь уже у Лаврентия. Вот здесь подпиши.

Он сунул под нос несчастному ваучер, где душа Гудзы отписывалась после смерти Сталину Иосифу Виссарионовичу в том его состоянии, в каком пребудет тело диктатора на тот прискорбный момент. Гудза в полуобмороке поставил ветвистую загогулину; Юлик зафиксировал сделку в журнале под номером 2148883; обмакнул кисточку в тушечницу и, с минуту подумав, заклял больную душу князя Беидзе: «Даже если у человека сломан нос, но он может им дышать, все в порядке». Гудза с изумлением смотрел, как Сосо, ни с того ни с сего одетый в парадный мундир, чертит непонятные знаки кистью в большой книге. Он понял, что в их отношениях произошли великие перемены, что Сосо наконец открылся ему, и он, Гудза, причастился высших тайн. Теперь их связывает нечто большее, чем дружба и даже родство, вот почему Сосо — в праздничном убранстве, как страна в День Победы или коронации. Божество передает ему, Гудзе, власть над страной и миром, наделяя его полномочиями наместника. Гудза вновь упал на колени, поцеловал у Юлика руку и башмак и от трепета перед собственным величием лишился чувств, — на этот раз даже не дойдя до койки под солдатским одеялом.

Глава десятая

У Магды остался гадкий осадок от встречи с так называемым лоером. Она сильно подозревала, что негодяя подослал сам Гудза, за которым знала кое-какие странности, в частности, припадки зоологической ревности с битьем посуды и потрошением шкафов, карманов и сумочек. Отметим со своей стороны, что Гудза, как-никак, имел основания. И про Гарика, про его, так сказать, существование (в которое, признайтесь, поверили и вы, не говоря уж обо мне) — безумный, но проницательный князь не забывал. Вот досадно, что он его никогда не видел. Зрелище этого чуда — лысого, редкозубого, «на тонких эротических ножках» и ростом с Венеру Милосскую, а именно 166 сантиметров, — красавца Гудзу, несомненно, успокоило бы раз и навсегда. Но не довелось. Магда конспирировала преступную связь с той же тщательностью, с какой сам Гудза скрывал свои непростые отношения с великим Сосо. С какой, добавим, и сам Коба запудрил мозги всему миру в части батумского периода, когда озорничал на горных дорогах, добывая деньги для подполья, а после по-тихому сдавал своих ребят кому следует.

Господи помилуй, сплошное вранье, коварство и при этом любовь! И как прикажете жить в таких условиях? Но жили и живут. Вернее, живем. Благодаря, видимо, аккумуляторам мудрости, она же опыт, заключенным внутри каждого из нас в виде сонма бессмертных душ.

Вот еще какая неглупая мысль посетила мою Магду. Если этот тип так запросто предложил пошпионить за ее мужем, — что мешает этому мужу нэнавязчиво попасти ее? И не началось ли уже это мероприятие? Не под колпаком ли она у Мюллера? А если да — сколько времени? И что ее ждет? Не убьет ли Гудза Гарика? Не придушит ли ее, скажем, во сне? Не отравит ли? А дети?

Охваченная рассуждениями такого рода, Магда опять пробиралась в пробках по известному маршруту. Мысль о детях — двух славных девчонках, старшая из которых борзела прямо на глазах, иногда по два-три дня кряду не разговаривая ни с ней, ни с отчимом, если же обращалась к нему изредка, то примерно так: «Послушайте… э… дайте сто рублей» (небольшие в те смутные годы деньги) — да, так вот, мысль об этих детях вдруг шарахнула Магду как бы током. Гудза имел все основания не любить — во всяком случае, Агашу. При его своеобразных мозгах — черт его знает, что придет ему в голову. Перед Магдой замелькали довольно неприятные кадры криминальной хроники, она громко выругалась матом, выехала на встречную и, круто свернув в пустынный переулок, газанула домой. Где застала картину в духе, прямо скажем, беззастенчивого сюрреализма.

Гудза в майке и трусах, в белом, типа маршальского, кителе внакидку, сплошь увешанном орденами и медалями, и впридачу в белой фуражке с красным верхом, со сверкающей кокардой, сидел в кресле под мандариновым деревцем. Напротив в таком же дивно обтекаемом кресле из общего с диваном лайкового гарнитура развалился, как мхом, заросший грязью персонаж в ватнике и галошах на босу ногу, но в пенсне. Господа были на достойном веселе, столик между ними уставлен взаимоисключающими напитками, такими, как водка «Выборова», розовое анжуйское, ликер «Амаретто», ром, чача и четыре бутылки «Хванчкары». Мандарины Гудза срывал прямо с деревца. Домашних, столпившихся в дверях кабинета, в лице Валентина, Степаныча и обеих девочек, как и вошедшую Магду, князь не замечал.

Мужчины непрерывно чокались, хохотали и произносили тосты довольно нетривиального содержания. «За Пуришкевича!» (пенсне). «За полное и окончательное искоренение троцкизма и смерть батумской наркомафии с их отравленными мандаринами!» (князь).

— Слушай, Лаврентий, — смеялся Гудза, — я давно подозревал, что ты еврей! Зачем наливаешь мне эту дрянь! — Гудза выплеснул полный стакан водки в кадку с мандарином, отчего деревце тяжело вздохнуло. — Знаешь ведь, падлец, я пью только «Хванчкару»!

— Сказки, Сосо! — поправлял тот пенсне. — С твоего виноградного сока десять миллиончиков не пришьешь!

— За дело, Лаврентий, всех за дело... Быть строгим в управлении страной означает быть взыскательным *до того*, как произошли нэжелательные события, — улыбался князь.

...Продрав глаза и прочистив мозги стаканом все той же шляхетской слезы, Боречка наткнулся взглядом на знакомую дверку — с непривычным отсутствием замка. Естественное любопытство заставило его проникнуть в неведомое зазеркалье, где работник вечного огня обнаружил героя реституции, в одном белье раскинувшегося навзничь на голом полу небогато обставленной канцелярии. С бодуна Боречка напугался было, что грузин помер, но подойдя ближе, увидел, что глаза у того открыты, и он весьма живо следит за движениями нежданного гостя. «Гамарджоба, Лаврентий, — неожиданно сказал грузин. — Харашо, что пришел. Надо кое-что потереть...»

Ну а дальше был выход на поверхность, столик под мандарином и шикарный выпивон. Боречка отнюдь не возражал, что Гудза называет его Лаврентием, игра ему нравилась, хотя неглупый человек с двумя образованиями догадывался, что счастье — недолговечно, и с минуты на минуту его вышвырнут. То, что люди под банкой несут, бывает, чушь самую изощренную, он знал по опыту.

— Пошли-ка отсюда, — сказала Магда челяди и детям и, с содроганием проследив напоследок, как эти двое, обвивши друг друга, словно гуси, пьют брудершафт, первой пошла прочь.

Потом Гудза отмокал в ванне; Валентин застыл на дежурстве у открытых дверей, чтоб хозяин, не дай бог, не утоп; «Лаврентий», как и ожидалось, был вышвырнут на улицу и на автопилоте добрался до своего горячего цеха; дети упакованы по спальням; Степаныч по складам читал перед сном бессмертную книгу Алексея Толстого «Приключения Буратино, или Золотой Ключик». Магда же всерьез призадумалась о госпитализации мужа, внутренний мир которого, как она давно подозревала, а сейчас убедилась окончательно, искажен лихими бредовыми сюжетами.

Ну а Юлик, проинформированный, что падение вольфрамовых акций не только приостановилось, они даже поползли вверх, хоть и едва заметно, — решил закрепить успех (удачу) и дождался Боречку в горячем цеху. Сезам нараспашку заприметил сразу и действовал как просто, так и гениально. Приклеил штемпелеванную бумажку и сверху — пластилиновую блямбу с веревочками (пластилина у ваятеля матрешек было навалом). Опечатал. Ноу-хау, впрочем, старое, рожденное задолго до авантюриста Юлика другими авантюристами, куда покруче.

— Глянь-ка, Боря, — потряс он за плечи бухого прожигателя жизни, — тебя менты пасут. Ты смотри, того... поосторожнее.

— Ну, допустим, пасут! — гордо притопнул тот галошей. — Как не пасти, я ж какой элемент? Оп...оп...зиция! Партия «Черная сотня», спасение России, пойми ты, полячишка, черт нерусский! Без меня Сталин, Иосиф наш Виссарионович — ни шагу. Жалко, помер, сукин сын, а то б я ему мозги-то вправил. С евреев надо начинать, старичок, с жидков. А не с генералов и товарищей по партии. У меня знаешь какой план? Смотри вот.

Юлик напрасно пытался вклиниться со своими предложениями. Идея давно овладела спасителем России и стала, таким образом, материальной силой.

— Где у нас основное скопление евреев? На телевидении, точно? Значит, надо захватить — не почту и телеграф, и не мосты, что глупо, потому что по мостам ездят троллейбусы и автобусы, а все евреи имеют собственные машины. Надо захватить Останкино. Я уже все продумал. У меня есть дружок, сидит в колонии под Ярославлем за взлом ларька. Под моим руководством он организует массовый побег, разоружает охрану, занимает город. Ярославский мятеж-2. К нам примыкают военные части Ярославского гарнизона под командованием моего одноклассника Юрки Токарева, и мы двигаемся на Москву. Конкретно — на Останкино. Патриотически настроенные офицеры танковых дивизий поднимают свою технику и вливаются в колонну по дороге. В Мытищах делаем привал и собираем народное вече. Там провозглашаем меня премьер-министром временного правительства. Ты будешь у меня министром иностранных дел. Дружок мой из колонии, Гоша Куценко, десантура, возьмет на себя силовые ведомства. В Мытищах у меня баба. Не баба — кобыла с яйцами. Росту — два метра, спина — как вот этот котел. Ядро толкала в молодости. Любит меня аж до трясучки. Посылаю ее в разведку с другими девками — типа женский батальон. Сами по-тихому пробираемся вдоль шоссе, танки маскируем под трактора. Назначаем время «Ч», сами на расстоянии артиллерийского залпа. Верка по рации дает отмашку, армия у меня уже построена «свиньей», в центре танки, выходим, берем телецентр в кольцо — и пиздец. Евреи — в заложниках, вещаем на страну, чтоб сдавались остальные, формируем конкретно русское правительство, я провозглашаю президентскую республику со мной во главе, всех евреев ссылаем в Израиль и на Аляску. Ну?

Юлик пожал плечами.

— Нехило... А ну как узнают, что ты сам еврей по матери?

Боречка подозрительно покосился на министра иностранных дел:

— Исключено. Матушка померла в Саратове под фамилией Салова, паспорт чистый, дед и бабка расстреляны по ошибке как кулаки, а после признали бедняками, и лошадь не ихняя, взята у соседа в долг, а сосед сгорел на пожаре, и мать маленькая ушла в город, там ей выдали пособие как Саловой, потому документы все потеряла, и пошла в прислуги, потом я вдруг родился, а отца вовсе не было, я смышленый был, в Москве учился как Салов и мать похоронить даже не успел, потому адреса моего никто не знал, и связей не поддерживал. Вот такой я человек, считай, русский патриот, за Россию болельщик и бескорыстный президент.

— Вот и отлично, — проснулся Юлик. — Проблема, чтоб тебя при взятии Останкино не кокнули.

— Легко, — согласился русский философ и стратег.

— Поэтому я как глава международного ведомства предлагаю тебе страховку. Дело верное. В случае безвременной кончины твоя русская душа переходит в любое тело по твоему личному выбору.

— Любое? — деловито уточнил Боречка. — А, допустим, растение?

— Да хоть тунгусский метеорит.

Тут патриот потупился, затуманился, почесал под мышкой и смахнул локтем набежавшую слезу. И молвил еле слышно:

— Русской березкой хочу быть... Это можно?

— Дуся ты моя! — обрадовался Юлик. — Вот все бы так! А то наворотят херни, Слово какое-то... На, подпиши, золотце.

277

В своей амбарной книге под номером 2148884 Юлик заклял мятежную душу Гефеста, погибшего при осаде Афин, а позже при взятии Останкина, довольно длинным столбцом иероглифов, означавших: «Один мастер отличался от других людей тем, что от рождения выглядел немного слабоумным. Не все видимое глазом соответствует природе вещей».

Глава одиннадцатая

Магде опять приснился этот ужасный сон. Будто бы она просыпается, а на постели рядом с ней, как в одном экзистенциальном рассказе, корячится жуткий скорпион.

Это очень ядовитое насекомое,

Рожденное в конце начала зимы.

Яд у него сосредоточен в хвосте —

Так мы думаем, и ошибаемся.

На самом деле он весь пропитан ядом,

С головы до хвоста, на котором расположены шипы.

Если скорпион встанет на свой хвост,

Воткнув шипы в землю для равновесия,

Земля будет отравлена в радиусе трехсот километров.

Так возникли города под номерами:

Челябинск-90 или Горки-2.

У него огромный рост, у скорпиона.

Версты четыре вместе с шипами и усами.

Он мог бы превратить нашу Землю в пустыню,

Но ограничился пока одной шестой частью суши.

Не в смысле — японская рыба, завернутая

в виде блинчика.

Суша — это просто грязь.
Когда скорпион умер,
Стало намного веселее.
Земля, превращенная в грязную пустыню,
Даже кое-где зацвела.
Но разложение огромной туши этого ядовитого

слепого жука,
Так и не похороненного и не взорванного,
И не аннигилированного, не сожженного,
И не засыпанного известью,
А также не растворенного в кислоте,
И не залитого жидким азотом,
И не отданного на съедение гигантским красным

муравьям,
После чего их тоже следовало бы как-нибудь

бесследно уничтожить, —
То есть сохранение останков этого скорпиона

и памяти о нем
Представляет собой серьезную экологическую

опасность,
Которая уже дает о себе знать
Целым рядом катастроф типа наводнений,

схода лавин
И землетрясений,
Не говоря уж о терактах и войнах.

Вот что такое скорпион, и потому можно представить себе ужас Магды, когда она видела его во сне рядом с собой на постели вместо мужа Гудзы, тоже не выдающегося обаяшки, но все-таки человека, хоть и полоумного. С трудом, как обычно бывает во сне, вскрикнув, Магда проснулась и увидела сначала Гудзу. Голый по обыкновению, пасть раскрыл и храпит, что отбойный молоток. И только спустя несколько мгновений, придя в себя после кошмара, Магда ощутила, что джинсовая простыня под Гудзой и, следовательно, под ней — мокра! Мокрая простыня, ясно вам, обоссанная, говоря проще и нелицеприятней!

Сперва Магда долго и тщательно мылась, чуть не сдирая кожу. Потом, шепотом ругаясь самыми грязными словами, быстро оделась во что попало, со скоростью пожарника слетела в гараж и погнала на запад. Ну, понятно, к кому. А куда ей еще деваться, немолодой жене нелюбимого мужа, который посреди ночи обоссался, как щенок, а дети, по случаю летних каникул, резвятся в элитном лагере на берегу Адриатики? Заметим в скобках, что тинейджер Агата в возрасте своих тринадцати карамельных лет именно там, на древней земле Эллады потеряет невинность, да и бог с ней. Жалко, что ли? Мальчик хороший, местный, по имени, что смешно, Язон. Из почтенной, уважаемой семьи торговца скотом, сам же поэт и яхтсмен. В первый вечер знакомства, на пляже, в оперных декорациях пылающего заката прочитал ей непонятные стихи, после чего удивительным образом поцеловал, раздвинув языком зубы, и сказал на хорошем английском: «I love you, I want you, I need you», что выдавало в нем также и знатока культовой музыки 60-х, а нам, ветеранам, это, не скрою, приятно. Язон учился в частной школе в Лондоне, проводил каникулы у родителей и готовился к поступлению в один из английских университетов. Больше они с Агатой не увидятся, ну так что ж. Зато какое красивое, запоминающееся начало...

А Магда эта безумная гнала по ночной Москве к своему безысходному любовнику, совсем уж старому сукину сыну — 56, а то и все 58 обалдую, я уж со счета сбилась, — и на светофорах била кулачком по рулю, отчего повизгивал сигнал, и редкие водилы оборачивались на нее и крутили пальцем у виска.

Заспанный Гарик не мог врубиться, чего эта бешеная рыдает, пав к нему на цыплячью грудь, и что там бормочет, утопая в слезах и соплях. А когда въехал — заржал так, что не устоял на эротических ножках, повалился на пол, увлекая за собой рыдающую Магду, и долго еще корчился от смеха, утирая слезы, что вполне концептуально рифмовалось с женскими воплями: «Он обоссался, мама дорогая, обоссался, ты понял, это конец, я ухожу, к ебене матери... Обоссался!» При этом, заметьте, оба валялись на грязном полу, старый хрен Гарик в длинных цветастых трусах и не первой молодости Магда, тоже черт те в чем, в каких-то кальсонах, считавшихся невероятно продвинутыми летними брюками системы «банан». Картинка не из постных.

Гудза, тоже в какой-то момент почуяв дискомфорт, продрал свои бараньи глаза и был неприятно удивлен и даже сконфужен. Валентин, явившийся, как лист перед травой, не моргнув единственным глазом, рявкнул: «Быват, Нодарыч, не ссы!» Что прозвучало двусмысленно.

— Где Магда?

— Не могу знать!

— А чуять — можешь?

— Так точно, чуять могу!

— Ну так чего стал? Иди, заводи «кадилу»!

— Извиняй, Нодарыч, на «кадиле» сама уехали. Я так полагаю, из соображений скорости. Сильно, видать, спешили.

— Тебя спрашивали, козел? Твоих соображений?! Заводи, сказано, и давай к воротам!

Валентин, играя желваками и бормоча: «За козла ответишь, мудила», — выкатил гладенькую «шкоду», красную, как пасхальное яичко.

Ну что сказать? Верный своему чутью, Партизан рассекал, как по лоции. С Арбата на Кутузовский, по Можайке, мимо Кунцева, сквозь Фили... Берегитесь, друзья мои, еще минут десять у вас есть, но пора, пора, сматывайте удочки, оба, бегите куда глаза глядят, я буду ждать на Дорогомиловке, дорогой и милой, отведу в одно верное место, есть такой дом, там не гасят огня, там друзья меня ждут, — да вы знаете, Магда, Гарик, как не знать, там прошла ваша молодость, наша с вами юность, господи, что же так весело-то было, кругом мрак, скорпионы, гигантские муравьи, красные, как кирпичные стены питерских «Крестов», а мы до утра, и весь день потом до ночи, и опять до утра, и так любили друг друга, Магда, ты ж любила этого Марка, разве нет, дочку родила... а помнишь, три недельки ей было, стрельчонку, упаковали и повезли в колясочке через весь город в тот дом, на Дорогую Миловку, на Новый год, ввалились впятером, ты, она, Марик, Гарик и Юлик; тебе немедленно набухали шампанского, ты пила и тут же кормила — кнопочки расстегнешь и, никого не стесняясь, тут же и титьку в жадный ротик, ах, Магда, Магда, как я тебя любила, когда ты была молодая и счастливая! Как я любила вас всех, бедные мои...

Нет. Ничего не чухают, старые идиоты. Обнялись, оба седые уж, лупоглазые как рыбы, минус восемь на двоих... И уж ничего не надо, обняться, не снимая кальсон, и лежать, медленно целуя друг другу брови и носы. И никакого такого раздвигания языком зубов... Беда. Счастье. Равновесие любви.

А Валя-партизан подрулил прямо к подъезду, как знал. Будто бы вообще тут вырос, а не в деревне Червона Писка или Чорна Былка под Брестом. Никакого чуда тут искать не надо. Валентин Тумеля, истинный партизан в душе и навыках, неоднократно по собственной инициативе сидел у Магды на хвосте в своей незаметной серенькой «мазде» и знал ее маршрут вплоть до квартиры, куда и подниматься-то не надо, благодаря расположению площади на первом этаже. Валя даже и в окошко заглядывал, авось пригодится.

Так что был целиком и полностью в курсе событий, однако, будучи бывалым мужиком и партизаном, временно помалкивал.

Про «козла» десантура помнил, и дверь хозяину открывать не стал. Кивнул только, подмигнув, что выглядело малосимпатично. У Валентина, если честно, вызрел собственный личный план, поскольку все он мог простить хозяину — но не «козла». Нет, братаны, не «козла»!

— Ну, Нодарыч, вперед, как говорится, и выше! — подтолкнул Валентин Гудзу. — Я прикрою...

Грузин, дико выкатив сумасшедшие глаза, облапив мокрой ладонью пистолет, с силой навалился на дверь — и, влекомый силой инерции, пропахал мордой весь коридор, выстрелив от неожиданности в дверь совмещенного санузла. Там взвизгнули, из комнаты выскочил лысый носатый шпиндель в длинных трусах и с изумлением воззрился на лежащего ничком красавца с пистолетом в поднятой руке (так бойцы форсируют реку, держа над водой оружие).

— Дверь, сука, зачэм не запираешь! — с обидой крикнул налетчик с лицом кавказской национальности.

Из туалета вышла Магда, увидела лежащего и при этом вооруженного Гудзу с кровавым носом и, как ей почему-то показалось, дыркой в голове, и утомленно закрыла рукой глаза.

— Господи, идиот несчастный... Зачем ты убил его, кому он мешал?

— А ты что здесь делаешь, шалавая женщина?! — обернулся павший в бою Гудза, по-прежнему валяясь в прихожей и держа всех на прицеле.

— Жалко, кретин, что тебя не пристрелили, — легко сменила Магда концепцию и, перешагнув в своих кальсонах через крупное тело мужа, проследовала в комнату.

Валя Тумеля, подпирая входную дверь могучим плечом, откровенно веселился. Месть, в сущности, состоялась, и можно было ехать.

— Слышь, Нодарыч, — позвал партизан от дверей, — бери шинель, пошли домой... Чего зря елозить.

И развернулся, и собственно пошел, не дожидаясь благодетеля! Валя! А чувство локтя, оно же товарищества? А квартирка на «Спортивной»? А «мазда» с микроскопическим пробегом? А баксы, наконец, баксы, жизнь безбедная и сытая, другие вон по метро побираются за вшивый процент, Валя!

А «козел»? — ответил бы Валя-партизан.

И кто из нас прав?

Необъяснимая штука — гордость. Служить бы рад, прислуживаться тошно — практически пошлость, но, согласитесь, исчерпывающая. Разве нет? Разве не сверкающая в математической необходимости и достаточности формула гения? О нем тоже, кстати, надо бы сплести кой-какую былину, о гении об этом. Вот о ком! О самой странной загадке русской культуры и словесности. Потому что без него, без великого царедворца, ироника и мученика, любовника, мудреца и воина, то есть настоящего самурая — обзор космических странствий души будет, конечно, неполным.

Но сперва закончим с нашей лихой семейкой.

Короче, сел Валя-партизан за руль, надо отдать ему должное, не «кадиллака», припаркованного тут же, а кругленькой-гладенькой «шкоды», красной, как гемоглобин, и уехал себе. А Гудза с пистолетом остался один против двух любовников. Но с пистолетом. Но один. И Магда сказала ему тоном просьбы и одновременно приказа:

— Масик, отдай-ка пистолетик.

— Да, — согласился шпиндель. — А то еще шмальнешь сдуру, геморроя не оберешься.

— Почему ты молчишь, Сосо? — неизвестно к кому обращаясь, печально молвил Гудза. — Видишь, как меня обижают... Арестуй их.

Гарик осторожно вынул из безвольной руки Гудзы оружие, и князь повалился ничком и затих.

— Может, «скорую»? — озадачился Гарик.

Магда пощупала запястье, похожее на рыбье брюшко. Пульс капал, как вода из недокрученного крана. Редко и раздражающе.

— Сможешь нас отвезти? — Гарику.

— Обалдела? Я и водить-то не умею...

— Ладно, я сама. Помоги только. И пожалуйста, не оставляй меня сейчас.

— Но Маша, чем я могу тебе помочь? Ну заломают меня менты, тебе легче будет?

Магда вдумчиво вгляделась в это беспричинно любимое, весьма уродливое лицо, в этот сосуд имморальности и бессмысленной свободы... Ответила полным ответом:

— Да, бесценный. Если тебя заломают менты, мне, безусловно, будет легче.

Они выволокли Гудзу через окно, как поднимают и спускают иногда рояли, разложили на заднем сидении. Гарик сел рядом с Магдой, хмурясь и пожимая плечами. Медленно-медленно поехала Магда по ночной Москве. Вернее, уже предрассветной. Точно такой, какая была в то невероятное утро, когда светало сиренью, и девушки, забыв под чужой подушкой влажные трусики, возвращались со свиданий, и Гарик вновь познакомился со Сталиной. Талой. Своей первой и единственной любовью.

Очень осторожно ехала Магда, но, уже въезжая на свою улицу, будущую Пречистенку, а ныне Кропоткинскую в честь князя-анархиста (тоже непонятно, почему) — от пережитых за долгие годы волнений, разочарований и горестей — заснула за рулем. И здоровенный КамАЗ-мусоровоз, вывозящий в этот ранний час все говно из дворов, задом, тоже неспеша, наехал на низкий капот шикарной, длинной, как байдарка, машины и расплющил в блин всю ее правую часть. Ту, где сидел и тоже дремал Гарик Ольшанский и покоилась больная голова князя Гудзы Беидзе.

Глава двенадцатая

Магде, хранимой ее ангелом, ведьмой Алевтиной, смяло под обломками ногу и руку. Оперировали в два приема, первая операция — восемь часов, вторая — девять. Спасли с помощью искусственных суставов: сплав вольфрама и титана, огромные деньжищи. Гудза завещания не оставил, но Магда так и так была единственным наследником по причине нерожденного Ладо. Кое-чем анонимно помог Юлик, специально вызванный для собеседования демоном Петухом, постигающим природу добра.

Прожить Магдалине суждено было до глубокой старости, оставшись навсегда хромой. Беда, конечно, но не катастрофа.

Рисовать мелкие ботанические детали она больше не могла. Зрение упало до минус девяти. Плюс Магда почти не различала цвета. Правая кисть практически неподвижна. Магда изобрела свою технику: стала работать пеплом. Смешивала чистый березовый пепел из камина с подсолнечным маслом и заливала этой массой лист картона, лежащий горизонтально. По бархатистой фактуре, по сырому, Магда пальцами левой руки «лепила» некий рельеф, добавляла в складки белил без разбавителя и тоже слегка разгоняла их пальцем. Кое-куда вминала сухой пепел. На выходе получались удивительной изысканности декоративные вещи, сделавшие художницу-инвалида (плюс отказ от интервью и светской жизни, никаких фотографий, абсолютная замкнутость под охраной одноглазого великана, о любовных оргиях с которым желтая пресса сочиняла до идиотизма нелепые репортажи) — одной из самых модных персон Москвы. Когда на Сотби один из листов со спекулятивным названием «Немного солнца в холодной воде» приобрела за 80 тысяч долларов Франсуаза Саган, Магда поверила в свое выздоровление и решила нарушить затворничество.

Без капли косметики, с короткой седой стрижкой, в длинном вязаном балахоне фиолетово-сине-бордовой гаммы и кучей роскошного серебра: в ушах, на пальцах, на шее, на запястьях, опираясь на черную трость с серебряной ручкой в виде рыбы с круглыми агатовыми глазами, в сопровождении двух чудесных, совершенно непохожих девочек, ярко-рыжей плотненькой пловчихи и расцветающей брюнеточки с чистейшей кожей, широко улыбаясь, великолепная хромоногая дама вошла в зал, где открылась в этот день ее персональная выставка. Толпа, словно по команде развернулась, и грянула — что? Ну разумеется, *овация*.

За пару лет с этого момента к Магде раз пять подъезжали женихи. Пожилые вдовцы, молоденькие карьеристы, милейший дед-гомосексуалист, известный в дизайнерских и театральных кругах. Еще года через полтора московской жизни с ее однообразно смутными вечеринками, где на хромую тусовщицу по прозвищу «Лотрек» (злые языки страшнее пистолета) уже мало обращали внимания, Магда заскучала. Агата к тому времени укатила в Америку с бой-френдом, а именно очень хорошим ученым мальчиком, психологом и генетиком Васей Гуревичем, защитившим диссертацию на тему «Реинкарнация как воспитание генотипа» и приглашенным на работу тремя университетами. И вот «Лотрек», как в былые годы, взяла под мышку на этот раз Яну, тоже, кстати, десятилетнюю троечницу, и рванула в любимую Пицунду, где, собственно, началась вся наша история. На косе было пустынно, за время войны популярный курорт обнищал, одичал и потерял актуальность. Любое жилье сдавалось за гроши, они с Яной выбрали маленький белый дом на самом берегу. Хозяйка сказала: ничего не бойтесь, у нас теперь тихо, спросит кто, где живете, скажете — у Тамрико Ашба, вдовы Даура, никто не тронет.

Раздеваться Магда не решалась даже на безлюдных пляжах, купалась в бухте, куда ее отвела Яна, среди белых известковых плит, не снимая широкого льняного балахона. На солнце и воздухе от ходьбы, плавания, вдали от надоевших рож Магда помолодела и окрепла, мир вновь обрел цвет, хотя и бледный, как бы сквозь клубы пыли, пепельную мглу. Она опять много работала, легко и с удовольствием перешла на пастель. Странно: ни Гудзу, ни Гарика не вспоминала. Словно лазер, с помощью которого ей лечили глаукому, выжег их обоих из памяти.

Магда могла бы оставаться здесь хоть до зимы, так прекрасно и спокойно было ее легкое одиночество, окрашенное бледным небом, слоистым морем и радостным Янкиным чириканьем. Но, забравшись в дождливую ночь к ней в постель, Яна вдруг заплакала, сказала, что вспомнила папу, и вообще ей здесь страшно и надоело. Давай, мамуся, уедем... В Москву? — испугалась Магда-Лотрек. Да все равно, хоть куда, — всхлипнула бедная девчонка.

А назавтра к Тамрико нагрянули друзья, а то ли родня из Тбилиси. Потому что была абхазская вдова грузинкой, что вообще звучит довольно бессмысленно, потому что на этой цветущей и щебечущей земле все — грузины, ибо земля называется Грузия со времен царя Давида-строителя, это уж потом люди разрезали ее на ломти, как пирог, и назвали каждый своим именем: Абхазия, Аджария, Кахетия, Сванетия, Мингрелия... Оставаясь при этом грузинами.

Гости ввалились шумной компанией, с вином, арбузами и мясом. В пламенном застолье пили за хозяйку, за всех по очереди гостей, за Магду и за детей, за родину, за мир и счастье этому дому (Магда со страхом ждала, что будут пить за Сталина — но нет, не пили!). Красавица Нана пела дуэтом с Тамрико, и Яна стала подпевать, а Магда заплакала.

Тамада, веселый скульптор Котэ Чавчавадзе, быстро обсудив что-то по-грузински (все закивали, закричали, заголосили), — сказал, что они, артисты и художники, бросили на неделю дела и путешествуют. И приглашают калбатоно Магду с дочкой к ним присоединиться. «Не беспокойтесь, — сказал Котэ, — где будет трудно, мы вас понесем на руках». И это было совсем не обидно, совсем-совсем не «Лотрек».

— Поедем, мамуся! — взвизгнула Яна.

— Ну, если мы не будем обузой...

— Вай мэ! Какая обуза! Вы будете наша радость! — засмеялся Котэ Чавчавадзе. Князь? А то. Еще какой.

Миновав Кутаиси и направляясь Кутаисским шоссе в сторону гор, в гости к настоятелю маленького монастыря отцу Автандилу, другу Котэ по театральному институту, где оба учились создавать искусственный мир на маленькой сцене, населенный блуждающими душами, — ровно в полдень они увидели жуткую картину. Над шоссе под близкий бой курантов поднялась гигантская фигура в знакомом френче и приветствовала их плоской ладошкой.

Дато Кипиани (уже знаменитый Чацкий в небольшом молодежном театре в стенах старого храма над Курой) притормозил и рассказал испуганной Магде известную всей Грузии историю.

Глава тринадцатая

В деревне недалеко от Кутаиси живет художник Георгий. Также он кузнец, плотник, часовщик, понимает и в других механизмах. Например, выкопал у себя во дворе прудик и сделал в нем фонтан. Была у Георгия старуха-мать, а больше никого не было. Не считая, конечно, отца. Отцом же Георгия, как и всех остальных людей в стране, является Сталин. Когда Сталин умер, а именно в 1953 году, Георгий только родился — в этот самый день, 5 марта. То есть на тот момент, когда при штурме Останкина погиб от еврейской пули работник горячего цеха Боря Салов, и его душа, согласно договору, немедленно всосалась в белобрысую березку на берегу лесного озера в Переславле-Залесском Ярославской области, — мастеру Георгию сровнялось сорок лет.

К этому времени Георгий уже прославился не только в своей деревне и Кутаиси, но и по всей республике Грузия, и даже за ее пределами. Потому что создал своими руками небывалый мемориал Иосифа Сталина — то есть именно небывалый: такой, какого еще не бывало нигде в мире.

В большом саду, где стоит его дом, он построил мавзолей — точную копию московского в масштабе один к четырем. Сложил из дерева, обшил фанерой и раскрасил под гранит. Внутри мавзолея, как и в самом доме, где жил с матерью, он разместил музей.

Матери выделил при этом самую маленькую комнату рядом с зимней кухней, себе же выгородил угол в одной из комнат музея. В музее выставил портреты Сталина, которые рисовал и чеканил сам, гипсовые бюсты (также собственноручно отлитые), подшивки старых газет со статьями вождя, полное собрание его сочинений, фотографии, которые присылают Георгию архивисты и старые большевики со всей страны, вышивки грузинских мастериц, ковры с портретами Иосифа Виссарионовича, вазы, трубки, которые он якобы курил, и даже его пистолет, из которого, как рассказывал Георгий экскурсантам, Сталин лично застрелил Гитлера.

В день у Георгия бывает до десяти экскурсий. Он работает без выходных, а если люди издалека приезжают ночью, то водит и по ночам.

Гвоздь музея — часы. Два раза в сутки, в полдень и в полночь, приводимая в действие часовым механизмом, над трибуной мавзолея медленно поднимается гигантская фигура вождя и помахивает перед лицом ладонью, ровно двенадцать возвратно-поступательных движений одновременно с боем курантов. Дом Георгия стоит недалеко от трассы, и все, кто едет в это время по кутаисскому шоссе, машут Иосифу Виссарионовичу в ответ.

В мавзолее на подиуме, задрапированном черным сатином, возвышается большой гроб из плексигласа. Там лежит Сталин, как живой, а вернее, как труп, то есть, я хочу сказать, настоящий живой труп — ну, словом, понятно. Также смастыренный золотыми руками Георгия из воска, автомобильных покрышек и кровельной жести. Одухотворенное лицо покрывает свежий румянец, Сталин будто бы спит с чуть приоткрытыми глазами: жутковатое впечатление, будто Сосо подсматривает за текущим моментом.

В день смерти вождя (совпадающим, как было сказано, с днем рождения Георгия) приходят только близкие друзья, истинные последователи вождя. Два восьмидесятилетних ветерана; руководительница детского ансамбля песни и пляски «Чурчхела» Мака Амиранишвили; старый киномеханик, ежегодно даривший музею истертую и местами рваную копию «Падения Берлина» и столь же неукоснительно ее забиравший «для реставрации». Еще три-четыре соседа, в том числе председатель сельпо, а также почетный гость — директор кутаисского мясокомбината, аккуратно приезжает, сам за рулем, с огромным тазом маринованного мяса.

В этот день гостей встречала мать Георгия, старая госпожа Нино. Она торжественно провожала гостей в мавзолей, где вместо прозрачного (его мастер нажатием кнопки опускал вместе с чучелом внутрь полого подиума) стоял простой деревянный гроб. Там во всем прикиде: френч, галифе, сапоги, подушка с орденами — лежал сам Георгий. Гости возлагали венки и букеты, Георгий открывал глаза, пожимал всем руки, поднимался, и компания в подобающей тишине рассаживалась за стол на веранде.

Первый тост произносил кутаисский директор-тамада, за отца всех народов. Алаверды обычно брал Георгий. С сухой страстью сжимая кулаки и сверкая глазами, восклицал: «Никто не вправе смириться со смертью человека, который весь мир поставил на колени! За тебя, отец, знай, ты вечно с нами!» В эти минуты Мака Амиранишвили, девушка тридцати семи лет, смотрела на Георгия с собачьим обожанием. Потом пили за маму, госпожу Нино. Потом — за Георгия. Потом Георгий читал стихи собственного сочинения.

Погасло солнце на восходе,
Объятый тьмою мир взрыдал,
И горе разлилось по всей природе!
Ты нас покинул, но ученье дал.
И мы верны твоим заветам,
Повсюду с нами твой орлиный взор.
Весь мир и вся страна Советов,
Все верят, что проснется сокол, вознесет топор
Над миллионами врагов на свете,
Над миллиардами предателей тебя!
И вспыхнет солнце на рассвете!
Мы ждем тебя, учитель, ждем тебя!

(*Авторизованный перевод мой*).

И снова Мака Амиранишвили, не утирая слез, обжигала Георгия антрацитами, так скажем, очей.

Ну, само собой, через короткое время Георгий женился на Маке Амиранишвили, и у них родился чудесный малыш. Вот его-то, наконец, мы и назовем Ладо. Ладо полюбил играть у фонтана, изображавшего Сталина в полный рост; вождь держал в руке рог, как бы произнося тост, из рога сочилась вода, изображающая вино, вокруг сапог вождя плавали золотые рыбки, изображающие счастье, которое отец народов им (народам) дарит.

Однажды, когда Мака ушла на занятие со своим хором, а Георгий мастерил мельницу, с которой надлежит сражаться Сталину верхом на толстой кобыле, бабушка же Нино, как обычно, в этот час спала, — Ладо играл с любимыми рыбками. Перегнулся через низкий бортик, — и не удержался, маленький. Свалился в мелкий прудик — а много ли ему, двухлетнему, надо...

...Отвыли женщины, изорвала Мака свою косу на пучки мигом поседевших волос, неумело, как бы рыча, отрыдал Георгий, и в одночасье умерла госпожа Нино, похороненная рядом с внуком на маленьком погосте. Люди побрели в дом, на поминки. Столы соседки накрыли на двести человек, из двора во двор. И встал над плачущим народом несчастный Георгий и, держа в руках рог, сказал:

— Я хотел воспитать сына настоящим борцом за дело Сталина. И я знаю, что другим он бы и не мог вырасти. Мы потеряли нашего мальчика, и горе наше безмерно. Но я счастлив, что он отдал свою маленькую жизнь за великое дело Сталина.

И в миг, когда упали в мягкую землю Мингрелии страшные слова и стали прорастать там, как растет и зеленеет воткнутая в эту землю лопата, люди, сидевшие спиной к мавзолею, обернулись, потому что их накрыла тень, и раздался первый удар курантов. Фигура вождя вырастала над крышами и деревьями сада, росла и росла, и куранты били в такт деревянным движениям ладошки. А потом со скрежетом раскрылись двери мавзолея, и Отец Народов, собранный, как терминатор, из покрышек, кровельной жести и воска, медленно двинулся, грохоча при каждом шаге своими сочленениями и жадно глядя на застолье полоумными голубыми глазами князя Беидзе.

Но об этом, конечно, ни Дато Кипиани, и никто другой в расчлененной стране Грузии и за ее пределами, вообще никто, кроме меня, не догадывался.

Глава четырнадцатая

В машине, которую вел Дато Кипиани, штурманское место князь уступил гостье и пожилому инвалиду Магде. Сзади теснились четверо. Сам князь Чавчавадзе, красавица Нана, счастливая Яна и тонкий длинноносый отрок в лохматой шапке с белым верхом, племянник Котэ (стало быть, тоже князь), Леванчик. Шапку Леванчику подарил знаменитый футбольный комментатор и артист, сам Котэ Махарадзе, и мальчик никогда ее не снимал, даже в самую жару, даже в школе, в связи с чем его мать (сестра Котэ, княгиня) Цицина Чавчавадзе, профессор консерватории по классу скрипки, уже трижды получала записку от директора: «Прошу посетить школу для маленькой беседы». Цицина, замечательный воспитатель скрипачей, от одного из которых четырнадцать лет назад она родила Леванчика и поскорее пристроила талантливого (еврейского) юношу в хайфский филармонический оркестр, поскольку была очень умной скрипачкой, — Цицина Чавчавадзе, получив четвертую записку из школы, пошла и перевела солнце свое Леванчика в его знаменитой шапке в школу к доброму учителю Шалве, известному во всем педагогическом мире своей добротой. Покой вернулся в княжескую семью. Цицина, кстати, тоже участвовала в паломничестве. Прекрасная и усатая, как царица Савская, с такими же прекрасными волосатыми ногами, она счастливо хохотала в другой машине, со своим третьим мужем, просто молодым лоботрясом, и своим же старым другом-реставратором, который с лихвой восполнял духовный вакуум ее нового брака. Цицина любила спать с мальчишками, для «маленьких бесед» же предпочитала более искушенный формат.

А также там всю дорогу неустанно пили два гениальных живописца, оглашая окрестности своим многоголосьем.

Так легко и весело было Магде лишь на Дорогомиловке, двадцать лет назад, когда никто не думал о душе и ее спасении, потому что все были здоровы духом а кое-кто — даже телом, еще не знакомы с горечью потерь и знали очень много, да все ерунду.

Горная ночь пала мгновенно. Машины летели по серпантину. Фонтанчики мелких камней, выбиваясь из-под колес и смешиваясь со звездами, срывались в пропасть. Леванчик сидел стройно, как смычок, боясь шелохнуться, чтоб не потревожить рыжую девочку, спящую на его остром плече. К монастырю шла непроезжая крутая тропка в зарослях ежевики и ореха. Котэ пошел вперед, осторожно, как Степаныч, прижав Яну к груди. Магда сделала несколько шагов, оступилась, подвернула ногу, вскрикнула. Дато Кипиани подхватил ее на руки, так и двинулись.

Уже у низких воротец, закрывших арочку в стене монастыря, узкий долговязый Дато с узкими бритыми губами и узким трепетным носом сказал вдруг — строго, без улыбки:

— Не надо так смотреть на меня, уважаемая.

— Как? — растерялась Магда.

— Вот так. Не надо ничего. Здесь святая земля.

— Да я вообще слепа как крот, Дато, мальчик. — Магда улыбнулась. — Вы что-то путаете. Заигрались в своего Чацкого, а?

Дато Кипиани немного смутился, но все же шепнул ей на ухо:

— Прекрасно ты все понимаешь. И глаза у тебя...

Но тут ворота заскрипели, зажурчал тихий разговор и смех, низенький, заросший до глаз черной бородой отец Автандил уже целовался с Котэ и брал у него с рук на руки маленькую Яну, и Магда слегка оттолкнула Дато, самонадеянного, как Грибоедов в иные дни своей ускользающей жизни, и он опустил ее на мягкую землю. Текстильные тапочки Магды вмиг промокли от росы. Она с усмешкой взглянула на Чацкого, ничего, впрочем, не разглядев, пожала плечами и, хромая больше обычного, пошла на густой бас настоятеля.

Вот, боги, мы и настигли нашего последнего героя.

В небольшой сводчатой трапезной длинный стол уставлен мисками с лобио, овечьим сыром и зеленью. И, конечно, кувшинами с кахетинским, месяц как из монастырской давильни — легким и радостным, холодным и мутноватым, словно рассвет, сон же от него — мгновенный и сладкий. Магда, и Цицина, и отец Автандил, и Дато Кипиани, и все князья выпили по стакану, даже Яне налили, и она сделала глоток, потом другой. Мозги у всех прочистились, и пробка, что запечатывает душу в том месте, где она упирается в сердечную мышцу, вылетела, и память прояснилась. Золотой сетью опутало всех, и мысли стали прозрачны. Только Ярославна уронила лихую кудлатую голову на стол и крепко уснула, как спят только в детстве, под гвалт и хохот. Что правда, то правда. Особенно на сытый желудок после долгой дороги. Особенно на даче или в горном монастыре. Ярославны пока не коснулись голод и холод ожидания.

Всего на три года старше была Нина с кротким и требовательным выражением детских глаз, когда полюбила этого русского. Средняя в княжеском выводке, отчего-то отданном ленивой княгиней на воспитание в русский дом — по соседству.

Никто не понимал его — лишь глупый Фаддей, да вульгарная танцорка Катрин, да маленькая тифлисская княжна, поглощенная послушным ожиданием. Одни лишь недоумки, пустые женщины и незрелые девочки понимали великого царедворца и автора гениальной пьесы, но самой простой и главной вещи не понял никто: никакой комедией там и не пахло. Пушкин недоуменно замолкал, когда его тезка с прямой выправкой придворного и в блескучих очках, волшебно камуфлирующих растерянность надмен-

303

ной иронией, выпятив накрахмаленную грудь, легким шагом почти вбегал в зало.

Не совсем уже молодым, полугода не доставало до тридцати, того же полугода, что и его милым друзьям — до виселицы («Горе» уже разошлось в списках по Москве и Петербургу, его цитировали, хотя и не печатали, и вовсе молодой Пушкин, опустив голову, неприязненным голубым глазом косился на тезку, когда тот в доме у Фаддея читал — уже не комедию, а новую трагедию, из кавказской жизни), — Александр сидел за столом под низким абажуром в доме среди мальв и груш, на окраине Киева, и говорил им о войне с горцами, что она опрометчива и опасна, ибо горцы хитры и мстительны и не боятся смерти. «Пушкин просится на Кавказ», — сказал Рюмин. Грибоедов промолчал. Пушкин любил Грузию и забрасывал ее, как какую-нибудь Истомину, букетами сверкающих строф, хотя и не знал тревожных тайн этой страны, как знал и понимал их он, советник Коллегии иностранных дел, впитавший сюртуками всю клубящуюся пыль кавказских дорог. Старший понимал, что стихи младшего — прекрасны, и опыт не нужен, когда есть знание, то есть гений. Понимал, но никогда не признавался в том даже себе. Трагедия была больше в его характере, но Бог отпустил ему гения на одну комедию, которая, впрочем, была истинно горем. Он терялся от балетной пушкинской легкости стиха, тот же говорил о его рифмах: «изрядно».

Изрядно. Оттого отношения с Пушкиным холодны, не сердечны. Каждый искал в другом скрытого червя, как говорят англичане и Чаадаев, dowble faced, двойное дно. «Его слишком берегут», — наконец процедил он с неприятной усмешкой. «Это правда, — весело подтвердил румяный Муравьев-Апостол. — А как не беречь? Он ведь горяч, под пули полезет всенепременно. И кто ж у нас останется?» Грибоедов скривился, как от боли. Впрочем, не «как». Простреленную на дуэли руку то и дело сводило судорогой. «Серж!» — укоризненно воскликнул Миша, молоденький бесстрашный подпоручик Бестужев-Рюмин, влюбленный в каждого из них, на Грибоедова же глядевший, как на божество, едва ли не как на самого Павла Ивановича.

— Я говорил с Пущиным, — смутился Муравьев. — Пестель ни в коем случае не хочет Пушкина... Ваня сильно расстроен.

— Правильно не хочет. — Грибоедов блеснул очками. — Болтун.

— Вы нынче в Тифлис? — покраснев, спросил Миша. Разговор не шел, отчего мучился Рюмин, хозяин маленького дома в мальвах.

— Нынче же, — отрывисто отвечал Александр — и вновь вдруг улыбался, вспомнив влюбленную девочку. Мала, что ж ты так мала, Нина, нельзя тебе со мною, вон бегают твои мальчики, тонкие княжичи, подпоручики, милая Нина... Дева гор.

По дороге на юг Александр заехал на хутор к Пестелю. Павел сидел в накинутой шинели, его знобило, несмотря на жару. Незнакомый смуглый капитан расхаживал по горнице, с малоросским выговором пламенно убеждал — Александр не понял, в чем, успев услышать лишь: «Вы слишком далеки от двора, полковник, там тоже есть честные люди...» Увидев Грибоедова, капитан замолчал и застыл с высокомерием на гладком лице. Внезапная ненависть поднялась и перехватила горло. Грибоедов дернул галстук, прохрипел: «Пестель, душа, жара на дворе, а у тебя могилой тянет... Прошу прощенья, господа», — и рухнул на стул.

— Да ты не болен, Александр Сергеич? — Пестель наливал ему домашнего вина.

Грибоедов отвел его руку, оскалился. Когда дверь за капитаном закрылась, спросил:

— Что за индюк, воняет от него, Павел, кислым прет...

В солнечный апрельский день 1826 года, стоя на эшафоте, прикрыв от слепящего солнца глаза, Павел Пестель вновь услышал хриплый голос поэта (лежавшего в тот день в горячке, в тифлисском флигеле). В одну секунду оба, один в бреду, другой в озарении, тихо прорычали, как псы: «Борода... кислым прет...»

Его не звали с собой, но и не скрывались. Была в коллежском советнике сила ума и страсти, и самурайский путь его лежал к смерти. Самсон-хан, дезертир и перебежчик, сказал, поравнявшись с грибоедовской бричкой на дороге в Тебриз: «Здорово, твое благородие, не надоело за смертью бегать?» Самсон был предателем, как Майборода, как персидские владыки, как англичане, и надо было его убить тогда на дороге, но за послом следовала, словно те, другие жены, его маленькая Нина, и не истек ее медовый месяц.

— Слыхал я, — сказал поганый пес, — есть такое Опоньское царство на Восходе, там тоже благородные господа со смертью любят баловаться. Тебе туда бы надо, а здесь мы не для смерти живем.

— А для чего, пес? — спросил самурай.

— А ты не бранись. А то у меня память длинная. А руки того длиннее. Мы, твое благородие, в раю живем. Для сытости, власти и золота. Власти же у меня столько, что тебя в денщики взять могу.

И тогда Грибоедов не выдержал, махнул слегка хлыстом и оставил поперек морды предателя красный рубец.

Нина тогда спала головой на коленях няньки. А Самсон ускакал, и память горела у него на лбу еще с полгода, и длинные руки достали Александра в Тегеране, где, словно в библейском городе Самаре, притаилась в ожидании смерть.

Цицина жила тогда в гареме шаха Аббаса под присмотром евнуха из армян. Евнух ненавидел Персию и шаха, чьи слуги пленили его в пустыне, когда шел он в сторону Тибета искать волшебную страну Шамбалу, которая дает вечную молодость и власть над временем. Скажу к слову, что Николай Михайлович Пржевальский, ученый генерал, все свои экспедиции на Восток, в горную страну Тибет, и в Монголию, и на памирские ледники предпринимал за тем же самым, прикрываясь отчетами Академии наук. Пытливого юношу Акопа, сына мудрейшего хранителя рукописей Матенадарана, в шахском дворце оскопили. Он не успел полюбить ни одной женщины, располнел и, раздеваясь в бане, куда ходил с другими евнухами, плакал без слез, рычал от гневного бессилия, и другие евнухи, такие же тонкоголосые, с гладким пахом, смеялись над ним. И Акоп вывел Цицину, гордую княжну, и они вместе пришли к русскому послу, когда пятнадцатилетняя Нина ждала его в Тебризе, беременная на третьем месяце.

— Господин посол, — сказала в ту ночь юная Цицина, когда они беседовали втроем в русской миссии, и Грибоедов поклялся не выдать обоих, потому что был самураем и искал смерти, но бежал предательства, много худшего зла. — Вы женаты на девочке из нашего рода, и для нас это большая честь. Я могла бы занять ее место, но вы не замечали меня тогда, я была совсем ребенок. Сейчас мне тринадцать, и я готова к любви, шах открыл мне много секретов в те ночи, что посещал меня. Но я не прошу вас, господин посол, осквернять вашу семейную честь, хотя моя кузина не так красива, как я, но мы нежно дружили в детстве, когда горести еще не коснулись нашей семьи.

Цицина скрестила маленькие волосатые ножки в прозрачных шальварах. Она и вправду была хороша, и по-детски любовалась собой. Александр вспомнил милую Нину. Как она плакала, навзрыд, бедняжка, в первую ночь! Наверное, шах обошелся с Цициной более умело. Впрочем, поговаривали, он не любил лишать жен невинности, это делали старые няньки с помощью тонких серебряных кинжальчиков. Александр сходил с ума от нежного пуха над верхней губой своей девочки, он баюкал ее всякую ночь, как дитя, и целовал эти усики и такой же тонкий пушок на переносице, и над сладким винным бархатом крошечного лона... Эти бровки и усатую излучинку губ он видел сейчас перед собой, на секунду ему показалось, что его новобрачная пришла к нему в кабинет и с детским кокетством предлагает себя. О господи, Нина! Строгая и покорная, послушная хорошая девочка, как она оттягивала эти минуты, как боялась всякий раз, вот уже третий месяц! Бедняжка тяжело переносила беременность, ее мучили рвоты и запахи, и он последние недели боялся к ней подступиться. А эта сидела, скрестив ножки, усмехаясь женским ртом и смелыми глазами — прозрачными, меняющими цвет, как аквамарин. Она и евнух Акоп-хан просят господина посла об убежище. Они хотят вернуться на Кавказ, под длань России.

В утро резни, когда Грибоедов в последний раз отказался выдать евнуха и кузину жены, и озверелая толпа, подстрекаемая взводом Самсон-хана, повалила через крышу сарая во двор миссии, где комната посла была самой дальней в доме, Цицина сказала:

— Ничего не бойтесь, господа. Индийский магараджа подарил нашему господину одну из своих жен. Ее мать, тоже жена магараджи, колдунья, открыла ей тайну перехода. А она...

— Перехода, милая Цицина? — перебил евнух Акоп-хан. — Я слыхал об этом... Поверь мне, дитя, поверь ученому. Сказки все это, никакого перехода не существует, душа обретает вечный покой согласно вере...

Грохот оружия и сотен ног уже сотрясал коридор в посольском крыле.

— Дайте ваши руки, — сказала бледная княжна.

— Лезь на крышу, глупая девчонка! — крикнул Грибоедов. — Там казаки еще держат оборону, прикроют, успеешь спрятаться в каретном сарае, там ход...

Но дверь уже ломали. Цицина издала гортанный птичий клекот и схватила за руки Александра и евнуха. И такая сила была в ее детских ручках, что толпа головорезов не смогла их расцепить уже после того, как всем троим одним ударом кривого меча снесли головы. Трупы изрубили на куски и бросили в яму, полную таких же обрубков.

А из окна кабинета вылетели три птицы: ласточка, журавль и голубь. Описав широкую траекторию над городом смерти Тегераном, где не будут люди знать покоя из века в века и из года в год, взяли круто на Восток, в сторону окруженной горами Индии, которую держала в рабстве Европа за ее несметные сияющие сокровища, но мало кто знал об истинном свете золотого зерна, хранящегося на горных мельницах, чьи жернова вращает вода, падающая с плотины, поставленной на реке любви, берущей начало из священного озера Маносавр. К жерновам же этим, возраст которых восемьсот веков, пятеро великих махатм из тайных обителей, скрытых в расщелинах горы Кайлаш, с неприступной вершиной, пять владык буддийского мира, получивших свое учение калачкары из рук самого Будды, допускают и допустят впредь мудрых и достойных, чтобы мололи они солнечное зерно покоя и раздавали муку небольшими горстями поровну старикам и детям, и воинам, и царям, и бомжам, и пьяницам, и проституткам, и румяным старушкам, пекущим сладости, и ничтожным и великим, которые равны перед лучистым лицом Шамбалы; всем, кто ищет покоя.

И три птицы, отдохнув на ступенях тибетского монастыря, продолжили путь к горной границе Индии и Китая и достигли вершины священной горы Кайлаш на окраине столицы Шамбалы города Калапа.

Когда Нина вернулась в Тифлис и дождалась гроба с какими-то останками, в которых не признала мужа, потому что рука с большим бриллиантовым перстнем была толстой и коричневой, а головы не было вовсе, она вышла вон со двора, бросив на ходу: делайте что хотите, мой муж жив, и я буду ждать его столько лет, сколько мне отпустит Господь.

И чужой прах захоронили в монастыре Давида, а у Нины родился мертвый мальчик.

Однажды утром кто-то постучал в окно усадьбы в Цинандали. «Александр?» — она отвела штору. На перилах балкона стоял, поджав ногу, серый журавль с белой грудкой и черным хохолком. Он поселился на крыше, прямо над окном ее комнаты. Каждую ночь он слетал к ней и садился на ее постель. Она не успевала заметить, когда и как он принимает обличье мужа, странное, нездешнее: в коротком халате с широкими рукавами, опоясанный кривым мечом, с волосами, завязанными на затылке. Самурай отстегивал оружие, сбрасывал кимоно, снимал круглые очки, и Нина Чавчавадзе уже не спала до самого рассвета. Заснув же с упоенной улыбкой, Нина не видела, как покрывались перьями руки, которые ласкали ее всю ночь, и крылатый поэт-воин выходил на балкон и поднимался в рассветное небо, мутно-золотое, как молодое вино.

Поэтому Нина никогда больше не вышла замуж, а в сорок пять лет умерла от выкидыша, у которого доктора с изумлением и страхом обнаружили вместо рук два еще не сформировавшихся птичьих крыла.

И легенда о том, что вдова Грибоедова зачала ангела, облетела всю Грузию. А Нина Грибоедова-Чавчавадзе упокоилась в Пантеоне, где лежат самые достойные сыновья и дочери гор.

Спустя лет тридцать, обсыпанный, словно мукой, раскаленной белой пылью из-под копыт лошадей и колес бричек, караван Пржевальского поднимался старой китайской дорогой к гребню хребта в провинции Куэнь-Лунь. На этот раз академик выхлопотал экспедицию на северный Тибет и был близок к цели своей жизни, как никогда. Никто из его сподвижников не знал об этой истинной цели. Никто, кроме странного японца лет тридцати пяти, русского происхождения, который в грязной китайской харчевне предложил свои услуги проводника. Он ничего о себе не рассказывал, даже имени не сказал, назвался «рёнином» — самураем, потерявшим хозяина. Лунными ночами сидел поодаль от лагеря и маленькой кисточкой, макая ее в крошечный пузырек с тушью, что-то писал. Николай Михайлович, гуляя раз бессонной ночью среди розовых и сиреневых теней, в желтом масляном свете луны увидел четкую фигуру сутулого спутника. «Что пишешь, рёнин?» — спросил генерал. «Что ищещь, сенсэй?» — в тон ему усмехнулся японец, блеснув круглыми очками. И поскольку генерал промолчал, рёнин повернул к свету страницу своей книжки, и путешественник прочитал русский текст:

Мельница скрыта горами.
Вода любви падает с плотины.
Древние жернова преображают зерно.
Ласточка лепит гнездо под застрехой,
Слюной любви преображая глину.

Так проводник и начальник экспедиции стали друзьями, и рёнин ночью отвел стареющего и уже неизлечимо больного ученого в город Калап.

А хребет ученики назвали хребтом Пржевальского и отвезли тело учителя, гниющее от некроза лимфатических узлов, в киргизский город Каракол, где и похоронили.

Глава пятнадцатая

Горные козы с рогами витыми
Мочат копыта в ручьях.
Здесь укрываются старцы святые,
Те, кто еще не зачах.
Братец мой Ванечка ласточкой вскормлен,
Сладким ее молоком,
Крылышки острые в спинке покорной
Режутся вместе с зубком.
Братец мой Ванечка, длинные корни
Держат на камне орех.
Братец мой Ванечка, ласточкой вскормлен,
Кушать орешки — не грех.
Щелка́й орешки, мой беленький братец,
Только не пей из ручья:
В э́той водице омыла копытца
Дикая козка ничья.
В горах гнездятся орлы да туманы,
Ваня, не пей, потерпи.
В горах таятся такие обманы!
Ласточка ждет нас в степи...
Станешь козленком, крылатенький Ваня,
Старшую слушай сестру!

Не подходи, эта струйка обманет,
Станешь козленком к утру!
Ванечка, горные реки коварны,
Вот уж я, неслух, тебе!
Ванечка, Ванечка! Где же ты, Ваня?
Тута, Аленушка, бе-е-е...

Что бы ты делала, безотцовщина Магда, кабы не метаморфозы, которые я для тебя и для всех вас приготовила? Что бы мы делали с вами, друзья мои, не награди нас боги даром преображений и перехода? Вот вы тихо поете за длинным столом в убежище, которое дышит покоем и благодатью, и послушник с черными пятками, сидя верхом на толстом суку грецкого ореха, обрывает зеленые плоды и складывает в лукошко, привязанное к перекинутой через черную шею веревке. Потом на них настаивают волшебную монастырскую водку.

Вдали рокочет обвал. Это Гарик снова и снова перекраивает мир.

Этой ночью отец Автандил обвенчал князя Чавчавадзе с красавицей Наной.

— Как красиво... — громким шепотом сказала Яна на ухо Магде. — Как королевич с королевной. Мамуся, обвенчай меня тоже с кем-нибудь, обещаешь?

— Обещаю, — улыбнулась Магда.

— Поклянись, — строго приказала Ярославна, искоса посмотрев при этом на прозрачного Леванчика, который даже в храме не снял свою бессменную шапку.

От отца Автандила не укрылся этот маленький заговор, и, завершив таинство венчания, когда жених и невеста на несколько вопросов, заданных по-грузински, страстно ответили, перебивая друг друга: «Ки, ки! Беагх! Да!», он отозвал Леванчика и что-то нашептал ему под шапку и вложил что-то в тонкую руку.

На брачном пиру Леванчик встал, залившись краской, словно из бани, и сказал:

— Мама, тетя Магда, дядя Котэ! Я хочу сделать подарок русской девочке. У нас в Грузии много красавиц, но такой я не видел. Это кольцо с бирюзой святая Нина передала перед смертью своей сестре, а та своей дочке, и оно переходило из рук в руки, пока не дошло до моей мамы. А мама дала святой перстень на хранение отцу Автандилу. И теперь он вернул его в нашу семью. «Обручись с этой девочкой, — сказал мне отец Автандил, — если она тебе нравится. Так всегда делали мужчины в вашей семье». Вот, Ярославна, возьми, пожалуйста, это счастливый камень, и если тебе впору, носи его всегда.

Леванчик обогнул стол и надел Яне на самый пухлый указательный пальчик кольцо с голубым в зелень неровным камнем с темными щечками. Яна заворожено смотрела, как соскальзывает золотой обруч с фаланги на фалангу и прижимается теплым камушком к ямочке на том месте, где у взрослых трудовых

женщин торчат острые косточки. И по ее золотисто-
му от веснушек лицу вдруг сильно и легко полились
слезы. А Магда сняла с мизинца самое простое из
своих вычурных колец — серебряное в виде змейки
с глазками-изумрудами и сунула его в ладошку дочери. И Яна, робко и требовательно глядя исподлобья
в глаза мальчику, взяла его правую ладонь и, выбрав
среди худых, перемазанных в мясе и соусе пальцев,
безымянный, надела и сказала: «На вот». И Леванчик
кивнул, сдернул шапку и выбежал во двор.

Кольцо святой Нины не отпускало Ярославну. Она
писала Леванчику письма, и он отвечал. Правда, редко.
Все реже и реже. А когда ей исполнилось пятнадцать,
как Нине в год ее замужества, она сказала Магде:

— Мамуся, мне пора.

— В смысле? — не поняла Магда. Она уже покон-
чила со всякой там любовью и так называемой половой жизнью и жила редкими встречами с внучкой, которую иногда привозила ей из Америки Агата, умная
близорукая женщина по фамилии Гуревич. Агата же
помимо дочки Барбары (Вари) была поглощена своим
прославленным Васей, за которого уже дрались четыре университета, и помогала ему по части всякой черной работы (документация, архивы, переводы, то-се).
А Барбаре (Варе) она сочиняла сказки. Сказок этих
напела Агата огромное множество, и ее близкая подруга, с которой они часто в отсутствие Васи насасыва-
лись по вечерам чистым виски (вот она, генетика-то

318

ваша!), посоветовала ей написать книгу. Подруга была женой очень успешного издателя, ловкой акулы, цинично огребающего дикие деньжищи на детской литературе. И Агата, взяв псевдоним Мэг Строберри, написала сказку о горной стране, куда люди попадают после смерти в виде птиц, и эти птицы живут как люди. Издатель попросил ее убрать мотив смерти, и Агата, подумав, согласилась. Заменив смерть детскими обидами. Таким образом, в волшебную страну среди гор попадали несчастливые дети, и там обретали счастье дружбы и приключений. Птицами же они могли становиться по желанию. Но потом убрала и эти метаморфозы, и оставила детям просто способность летать. Она перестала помогать Васе в его генетических исследованиях и стала зарабатывать большие, а потом и очень большие деньги. Вася терпел-терпел, да и ушел к студентке. А Агата стала знаменитой писательницей и за экранизацию своих романов получала буквально миллионы. Она звала мать к себе, но Магда тянула. Тем более, внучка росла среди огромного штата прислуги и гувернеров, а больше всего Магда боялась оказаться лишним человеком, вроде Онегина. Или того же Печорина. Почему, кстати, эти персонажи считались прогрессивной критикой лишними людьми, она никогда не понимала. Или, скажем, Чацкий. Это ведь с какой стороны посмотреть. Бедная Яночка. Любит этого грузинского князенка. Небось, уж женился давно. Если на войне не сгинул, бедняга. Бедная Агата.

Что, счастлива она со своими деньгами? Магда скрыла от дочери, что зять писал ей, просил повлиять... На что? На выбор? На дело, что давало силу забыться, забыть все и создавать свой мир? Вася чего-то недоговаривал. Намекал, у Вари проблемы, которые без него жене не решить. Магда немедленно отбила мэйл: что за проблемы? Извини, я не так выразился, ответил осторожный зять. Что-нибудь опять с деньгами. Движимость, недвижимость... Ну их, пусть сами разбираются. Яна, Яночка. Вот кого жалко, боги. Вот у кого проблемы.

— Что пора, детка? — улыбнулась Магда, сажая дочку рядом, на подлокотник.

— К Левану. Мы не виделись пять лет. Мне пора за него замуж.

— Тебе еще два года учиться, родная.

— Нине Чавчавадзе тоже было пятнадцать.

— Ты не Нина, он не Грибоедов. Не болтай чепуху.

На следующий вечер, когда Магда вернулась с юбилея одной прекрасной ведьмы, к каким питала слабость: шестидесятилетней красавицы, мощного живописца, горнолыжницы и аквалангистки, чью мускулистую декольтированную спину и дивные плечи буквально осыпал поцелуями седеющий плейбой лет сорока, похожий на Джорджа Клуни, — Яночки дома не было. Не было кое-каких (немногих) вещей и фотографии Леши Баранова, ее любимого юридического папы, которую Яна всегда держала у изголовья.

И древнего лысого дурака-медведя, с которым она по-прежнему спала в обнимку, тоже не было. Зато была записка.

«Мамуся прости я взяла 300 $ я отдам. На билет в тбил. Прости. Я позвоню. Не злись. Я тебя лю. Больше всех после папы».

Не злись. Боги, боги...

Магда принялась звонить тифлисским птицам: Нане с Котэ, Цицине, даже Дато — никого не было. А на экране телевизора все бегали и стреляли, и падали, и залегали в кустах и короткими перебежками пересекали улицы разных городов люди в камуфляже. Магду била крупная дрожь. Она выпила полбутылки коньяку, выкурила пачку сигарет, сделала себе обезболивающий укол. К четырем утра трубку взяли в доме у Цицины, то есть у Леванчика. Старческий ломкий голос с сильным акцентом сказал: «Цицина, да. Говорите».

Все было так, как и должно было случиться. Леванчик с дядей Котэ отправились в Сухуми, где все еще вяло постреливали под сладкие речи Миши Саакашвили, одного из самых богатых людей Грузии. Не такой уж маленькой страны, вместившей каменистую Сванетию с суровыми горными монастырями, плодородную Кахетию, мандариновую с выходом в море Аджарию и главный алмаз этого венца — Абхазию. Соблазны бирюзового моря и тайные горные тропы делали войну на этом побережье нескончаемой, как на всей, опоясанной горами, карте бывшей единой страны, и война эта по-прежнему оставалась опрометчивой и опасной, потому что горцы мстительны и не боятся смерти. Как не боялись ее ни Леванчик, ни его дядя Котэ, грузины княжеского рода. И эта война была самой бессмысленной, потому что Абхазия есть та же Грузия, как Пречистенка — часть Москвы. Но грузины даже самого высокого княжеского рода не желали этого понимать и чуть что — хватались за кинжалы. А ласточка, которая несла в клювике горсть муки из зерна Шамбалы, горсть покоя своим родичам, — слишком устала, преодолевая жаркое синее небо, и присела отдохнуть на загнутой крыше одной из полуразрушенных монгольских пагод. И как раз, надо же случиться такой беде — чья-то задумчивая пуля, неспеша совершая свой короткий, как жизнь, полет без особой цели, потому что солнце, отражаясь от моря, слепило глаза стрелка, — воткнулась в меховую шапку Леванчика, но не застряла в ней, как мечтала я изо всех сил, а пробила тонкое руно и ветхую старую мездру. И тонкий княжич с усами из луговых трав и ежевичного сока упал на колени к дяде, поник головой, как поется в русской песне, а грузинские песни смолкли.

Беда, беда! Прости меня, Ярославна, честное благородное слово, я не хотела, так получилось. Ты, как и ласточка, прилетела с большим опозданием, и Цицина с Наной провели полночи в аэропорту, почему и молчали их телефоны. Леванчик ждал тебя, сказала Цицина, но теперь, доченька, больше не ждет. Котэ же спал, не дойдя до кровати, мертвецки спал, одним эпическим глотком влив в себя литр чачи, спал, скрипя зубами, грязный, оборванный и седой. Пистолет он, как приехал, выбросил в Куру с высокого моста Бараташвили, поэта, ни один из которых не спас Грузию от смерти Леванчика. Если бы Котэ был гением, ему не нужен был опыт маленькой кровавой точки в темени мальчика — словно отверстие в гнезде ласточки, столь маленькое, что непонятно, как она туда залетает, да еще нагруженная пищей. Скульптор Котэ из рода Чавчавадзе и так знал бы, что темя Леванчика пробить было — пара пустяков: у него не зарос родничок. Вот почему он так упорно не снимал свою шапку. Но Котэ не был гением, вот беда.

Яна дождалась девяти дней, а потом еще осталась на сороковины. Гостям говорили: «Это Леванчика невеста». Все плакали и целовали ее. Потом она улетела домой с одной только мыслью в рыжей голове: «Я лишний человек. Не ты, мамуся, а я».

В самолете рядом с ней сидел и читал толстую книжку маленький мальчик с мамой, а через проход — бабушка, сморщенная старуха в черном платке. Она все время что-то бурчала по-грузински, тихо, невыразительно плача. Мама была красивая, с лунным цветом лица и тонкими ноздрями. «Я вас видела на похоронах, — сказала она с печальной улыбкой, — вы Леванчика невеста». Яна кивнула. «А мы вот уезжаем. Совсем. Сестра в Москве, хорошая работа у ней, за границу ездит. Директор. Квартира — не такая, конечно, как у нас, здесь целый этаж был, лоджия, сад...» «А зачем же уезжаете?» — Яна спросила просто так, из вежливости, совсем ей не было интересно, что кто-то куда-то переезжает, почему плачет чужая бабка и что читает насупленный мальчишка в очках. «А как жить! — воскликнула красавица неожиданно страстно. — Квартиру такую продали за тридцать тысяч. Денег не платят, совсем пусто!»

Да, подумала Яна, совсем. Совсем-совсем пусто. Ей не хотелось, чтобы незнакомая красавица видела ее слезы, и она закрыла глаза. Мальчик вскоре уснул, привалившись к ней острым боком. Спали и мама с бабушкой. Яна осторожно, чтобы не разбудить малыша, взяла у него с колен книжку. «Мэг Строберри, — прочитала она. — Барбара и Семь Невидимок». С задней обложки улыбалась ее сестра Агата, печально, как эта грузинская женщина.

Мэг Строберри

Барбара и Семь Невидимок.

Перевод с английского автора.

Глава первая.
*О том, как кое-кто навещает Барбару
и открывает ей страшную тайну*

Однажды Барбара гуляла под дождем и подхватила ужасный насморк... Хотя, может, еще не все знают нашу Барбару? Барбара очень похожа на поросенка, и все друзья зовут ее просто Барб. Правда, друзей Барб завести почти и не успела, потому что совсем еще маленькая. Собственно говоря, она только родилась. А уж родившись, стала расти так быстро, что через две недели ей уже исполнилось три года. Может, вы скажете, так не бывает? О, в нашем городке бывает еще и не такое.

Наш город называется Эппл Гарден (сноска: яблоневый сад), хотя ни на одной улице, ни в одном сквере или садике при доме нет ни одной яблони. Когда-то их было так много и весной они так красиво цвели, покрывая город словно бело-розовой пеной, что сюда со всего мира слетались птицы купать своих птенцов. А поскольку среди птиц были и очень большие, такие как пеликаны или королевские журавли, то они поломали все яблони и те перестали цвести и плодоносить. Пришлось их вырубить и посадить вместо них сосны, что тоже красиво, хотя и не так нарядно.

Вот в таком городе и живет Барб со своей мамой. Есть у нее, конечно, и папа. Но он очень много работает и поэтому живет прямо на работе, в другом городе, очень большом. Все американские девочки и мальчики знают этот город, он называется Нью-Йорк.

Итак, однажды Барб гуляла со своей няней... Как, неужели и няню вы не знаете? О, няня Барбары совершенно особенная девушка. Во-первых, она умеет летать. Но это не такая уж редкость среди нянь, всем известна одна такая английская няня по имени Мэри Поппинс. Наша няня как раз приходилась ей двоюродной сестрой и прилетела к нам на экскурсию (не на зонтике, а просто на самолете, чтобы не привлекать ненужного внимания). Ей так у нас понравилось — как раз в последний раз цвели яблони и птичий свист перекрывал все уличные звуки, — что она решила здесь задержаться. В кондитерской она познакомилась с Барб и ее мамой. Когда Джейн съела восемь порций мороженого и превратилась в огромный шар крем-брюле (на одну только минутку), Барб так ее полюбила, что пришлось Джейн остаться жить у Барбары Притти и ее мамы Эгги.

Ну вот, теперь, когда вы все знаете (или вспомнили) про семью Притти, можно рассказать и про насморк, который привязался к Барб. Он был очень гадкий, маленький и горбатый — совершенно ужасный и к тому же мокрый. Джейн пыталась прогнать его зонтиком, но насморк цеплялся за платье Барбары и противным голосом ныл, что ему негде жить, и чтоб его взяли с собой. Джейн была добрая девушка, а маленькая Барб, похожая на славного поросенка, еще добрее, и они согласились взять насморк с собой при условии, что он не будет следить в доме и залезать ночью в чужие кровати. А то у насморков бывают такие отвратительные привычки. Мама Эгги сначала рассердилась, но когда Джейн предложила купить для насморка маленькую клетку, так и быть, разрешила.

Конечно, вы уже поняли, что этот так называемый насморк был злой волшебник. И не просто злой, а очень вредный и лживый. Его настоящее имя было Глиом Беспощадный. Пролезть сквозь прутья клетки было для него сущим пустяком. И за маленькой Барб он увязался потому, что знал от своего дедушки, Глиома Коварного, что однажды в городе Эппл Гарден, где вырубят все яблони, родится необыкновенно умная девочка, похожая на поросенка, вырастет, станет ученой и навсегда покончит с древним родом Глиомов.

И вот, когда все в доме уснули, и даже Джейн, которая почти никогда не спала, задремала в своей кровати рядом с кроваткой Барб, насморк Глиом Беспощадный превратился в маленькую прозрачную каплю и, извиваясь червячком, пролез в ноздрю спящей Барб. Что было очень удобно, поскольку нос у Барб похож на пятачок.

Наутро, когда обнаружили, что клетка пуста, все обрадовались: если честно, насморк никому особенно не нравился. А к вечеру у Барб поднялась температура, да такая высокая, что термометр едва не расплавился. У Барб ужасно болела голова и глазки почти не открывались. Старый знакомый семейства Притти, доктор Энтони, осмотрел девочку, выслушал ее холодной штучкой, засунув в уши резинки;

заглянул в горло и в нос и посоветовал маме Эгги и няне Джейн скорей везти Барб в больницу. Потому что у него есть только старые очки и холодная штучка на резинках, которую он называл фонендоскопом, а Барб надо хорошенько проверить на разных сложных приборах и сделать всякие анализы.

Эгги и Джейн очень испугались, потому что Барб, хоть и похожая на поросенка, была чудесной девочкой и они ее очень любили (как любили бы, конечно, если б она даже и не была такой чудесной). Мама так разволновалась, что позвонила на работу Барбиному папе Бэзилу, и он тотчас сел на собственный самолет и прилетел.

В больнице Барбаре надели на голову колпак с проводками. А когда сняли и прочитали непонятные знаки на ленте, которая выползала из большой машины, мама и папа поняли, что случилась какая-то плохая вещь, потому что все врачи стали вдруг очень серьезными, и никто не шутил.

В голове у Барбары, сказали они, завелась очень злая и опасная болезнь. Она похожа на гриб или на губку и все время растет, с каждым часом, и давит на ее мозг. И может раздавить его совсем.

— Что же делать?! — закричали мистер и миссис Притти и мисс Джейн.

— Есть только один способ вылечить маленькую Барб, — сказал самый старый доктор с длинной седой бородой и в зеленом колпаке. — Далеко на Востоке, в горах есть страна, где живут могущественные добрые волшебники. Они могут вынуть страшную губку из головы Барбары.

— Где же эта страна? Сейчас же летим туда! — в один голос крикнули мистер и миссис Притти, но негромко, в больнице ведь нельзя кричать.

— Дороги туда никто не знает... — прошептал старый доктор.

— Я знаю, — сказала вдруг мисс Джейн. — Я родилась в этой стране.

— О, неужели! — вскричали все.

А мистер Притти, который привык командовать у себя на важной работе, приказал:

— Вылетаем немедленно! Мой самолет ждет на крыше!

Но Джейн подняла бровь:

— Во-первых, мистер, никакие самолеты в наш Саннистан не летают. Ни один пилот не справится с воздушными потоками в этих горах. Во-вторых, вас туда и не пустят. Дело в том, что вы... — она замялась, — вы взрослые...

— А вы?

— Я?

Перед врачами и мистером с миссис Притти стояла маленькая девочка, одетая, правда, во взрослый твидовый костюм, шляпку и с зонтиком в руках.

— Мы полетим туда с Барб вдвоем. Если надо, нам помогут. И пожалуйста, — она строго подняла пальчик. — Ни о чем меня больше не спрашивайте. Да, и стартовать мы сможем только на рассвете. Я давно не была на родине и в темноте боюсь сбиться с пути. Вопросы есть? Вопросов нет. По домам. Я остаюсь. Надеюсь, доктор, вы позволите?

Старенький врач в зеленом колпаке развел руками.

— Думаю, мисс, что вам никто ничего не может запретить...

— Вы абсолютно правы, — серьезно ответила Джейн и крепко пожала всем руки.

Когда Барб сделали укол, и она крепко заснула, ей приснился страшный горбатый старик, обросший, словно водорослями, зелеными волосами. «Что, — сказало страшилище, — надеешься скрыться от нас? Знай, что это невозможно. Мы, глиомы, вездесущи, стоит тебе замерзнуть или промочить ноги, мы тут как тут и убиваем каждого, кто стоит у нас на пути. И подчиняемся мы только одному человеку, которого ты хорошо знаешь и любишь, и потому тебе нипочем не догадаться, кто это. Он всемогущий магистр и владыка всех самых злобных невидимок. Никто в мире не подозревает о его власти над нами. Никто и никогда не победит его. Это могла сделать только ты, поэтому мы, Совет Беспощадных Невидимок, приняли решение убить тебя!» Старик расхохотался, а Барб громко закричала, но тут же прокукарекал первый петух, и Джейн поцеловала Барбару в лоб, и кошмар сгорел и рассыпался, как зола, а боль, сверлившая бедную Барбину голову всю ночь, отпустила. Взявшись за руки, девочки вылезли из окна больницы на плоскую крышу. Джейн прихватила с собой простыню, расстелила ее, они уселись поудобнее, и с первым лучом солнца южный ветер подхватил их и унес в сторону восхода.

Самолет раскрыл шасси и легко подскочил на взлетной полосе. Все захлопали от радости, что остались живы. Только у Яны не было в сердце никакой радости, а была, наоборот, тяжелая горечь и тревога. «Как вас зовут?» — спросила она красивую грузинку. «Мэри», — улыбнулась та. «Я почему-то так и думала. А знаете, Мэри, эту книжку написала моя сестра». «Ой, Сандрик, ты слышишь!» «Ма, уши», — заплакал Сандрик, и всех пригласили на выход.

Глава шестнадцатая

Теперь Магда понимала, на какие такие проблемы Вари намекал ей в письме зять. Агата, исхудавшая и постаревшая, в темных очках, скрывающих воспаленные исплаканные глаза, сидела на кухне и непрерывно курила. Пятилетняя солнышко Варенька, неузнаваемо изменившаяся от сеансов химии и от того, что оба глаза съехались к переносице и смотрели в одну точку где-то на потолке, пила какао и рассказывала бабушке на хорошем русском языке, как она вчера разговаривала во сне с Иисусом. Бог сказал, что теперь все ее балуют и дарят ей все, что она захочет, и возят в Диснейленд. Но это, сказал Он, искушение, а с искушением надо бороться и побеждать, как побеждал Он. А она тогда предложила Ему меняться: Он не даст ей умереть, а она зато будет преодолевать все искушения и даже отдаст бедным детям все свои платья и игрушки. Магда ушла в ванную и долго там сморкалась. «Бог, — сквозь слезы бормотала там она. — Спросила бы своего Бога, за что тебе-то, ангелу, наказание это...»

— А ты обращалась...

— Мамочка, ко всем я обращалась, ну как ты думаешь. Остался один этот профессор, Васин знакомый, в Германии. Только у него была удачная операция...

— Одна?

— Мамочка, этих случаев всего насчитывается двадцать восемь во всем мире...

— Почему, почему именно мы... — снова, уже не таясь, разревелась Магда. — А этот немец... Может, совпадение? Опухоль какая-нибудь другая?

— Может. Но пока это единственная зацепка...

— А вот есть одна целительница, очень сильная...

— Ну мам...

В Мюнхен Агата с Варей вылетали рано утром.

Всю ночь сестры просидели в бывшей Яниной детской, крепко обнявшись и закутавшись в одеяло. Агата, как воду, глотала виски, Яна — домашнее кахетинское вино, которое успела полюбить, и шесть часов говорили каждая о своем горе, не пьянея. Это неправда, что спиртное помогает забыться. Если горе настоящее, можно выпить два ведра, сердце и печень не выдержат, ты умрешь, но трезвым. Беда.

Варина опухоль мозга называлась глиома и что-то по-латыни. Ее невозможно обнаружить, потому что растет она без симптомов. А когда вырастает настолько, что начинает давить на глазной нерв, оперировать уже нельзя.

— Как же ты могла писать?

— Сама не знаю. На автопилоте. Спасалась, в общем.

— А Вася?

— А что Вася? Хотел вернуться. Да кому он теперь нужен?

— А папа?

— Папа... Бедный старик, совсем нищий, жил с какой-то гадиной, высосала его без остатка. Я приехала, клоповник чудовищный, трущобы, крысы, смердит все... Страшнее войны, клянусь. Умоляла переехать ко мне — ни за что. Боится, я его отравлю. Совсем отъехал. Хотела в хороший дом престарелых — уперся: отравят, и все тут.

Оперировали Варю 11 сентября 2002 года. Агата, искусавшая ногти в коридоре операционного блока, оприходовала вторую фляжку привычного напитка, когда вскрикнула дежурная сестра перед журчащим на посту телевизором, и прозвучало слово «близнецы». Миссис Гуревич завела на дежурную глаза раненой собаки, откинула голову на спинку мягкого дивана и попыталась вздремнуть. Операция длилась седьмой час. Это был хороший знак. Очень хороший.

Бэзил Гуревич в это время поднимался в лифте одной из башен торгового центра. Марк Антонов поплелся поглазеть на взрыв, рядом с ним рухнула балка и раздробила ему плечо. В больнице скорой помощи его, наконец, вымыли, специальным шампунем вывели вшей и починили плечо, не очень удачно, рука осталась парализованной. Но было, сами понимаете не до него, кукарачи-мэна. Покормили Марка принудительно два дня, да и выписали. По дороге в свои трущобы он упал от слабости, и его подобрала какая-то сердобольная потаскуха. В первую же ночь они выжрали бутылку рома, и Марку приснился ни с того ни с сего Юлик.

— Продай душу, Маркел, — сказал Юлик душевно.

— Бери, паразит, — равнодушно согласился Марик.

— В кого желаете преобразиться после смерти? — почему-то перейдя вдруг на вы, спросил Юлик тонким голосом убийцы-пуэрториканца, хозяина трущоб.

— Да пошел ты, — ответил Марик. — Пожили, хорош. Или вот что. Домой устрой меня по новой. Инженером ДЭЗа. К Магде.

— Дурак, она ж старая. И ты старый пень. Получше ничего не придумал?

— Делай что говорят, говнюк.

— Да ты пойми, так не полагается. Перерождение — вот цель.

— Чья?

— Души, мудила.

Дальше Марку приснилось, что Юлик нацарапал на каком-то фирменном бланке какие-то цифирки типа телефона и что-то вроде: «Чем вся эта хрень отличается от сна? Да ничем». Толково, подумал Марк. Узнать бы, кто и с какого бодуна допетрил, и выпить с ним по-хорошему, только бы не отравил.

Той же ночью к сердобольной потаскухе пришел ее дружок и перерезал Марику горло.

А его дочка, обезумевшая Агата, висла на плечах немецкого профессора и истошно вопила по-русски: «Неправда, зачем вы врете, врете вы все, фашисты!»

А внучка Марика и Магды Барб весело что-то крича, летела, крепко держась за руку другой девочки. Они давно отшвырнули куда-то в лес зеленую больничную простыню, всю в коричневых пятнах крови, и кувыркались в теплых воздушных потоках, как в морских струях. Летели, летели в горную страну Саннистан, дорогу в которую не знал никто, кроме обиженных судьбой или сами знаете Кем детей.

А Яна в поисках истинного покоя и любви нашла по объявлению в метро одного сенсэя, маленького, словно семилетний мальчик, и поступила к нему в обучение. Он учил ее японским единоборствам, языку, поэзии и философии самураев. Она научилась, приняв позу лотоса или даже не принимая ее, где-нибудь опять же в метро сосредоточиться изнутри на своем горле, потом печени, потом желудке и, наконец, на сердце, и суета отступала. А она, Яна Буранова, погружалась в радужный водопад любви, в сон, из которого могла выйти в любой момент и в любое измерение. В этих снах она беседовала с Буддой и ждала встреч со всеми, кого любила. Из книг Ярославна узнала, что заклятие, которым была запечатана душа несчастного Марка Антонова (которого она почти не помнила), принадлежало великому самураю Ямамото Цунэтомо, которому сам император запретил совершить сэппуку после смерти господина, и тогда Ямамото удалился от мира в дзэнский монастырь, проведя в полном одиночестве двадцать лет. Подлинный же текст этого правила книг «Хагакурэ» звучит так: «Правильно поступает тот, кто относится к миру, словно к сновидению. Когда тебе снится кошмар, ты просыпаешься и говоришь себе, что это был всего лишь сон. Говорят, что наш мир ничем не отличается от такого сна».

В одном из таких снов Яна шла по заснеженной горной тропе. Кругом росли низкорослые кривые сосны. Обута она была в веревочные сандалии, на плечи накинут изъеденный молью плащ из старого сукна. Но она не мерзла. Голову Яны прикрывала дырявая шляпа. С каждым шагом становилось теплее, и вскоре она вышла к колодцу, выложенному в камнях, и напилась из деревянного ковша. Перед ней высились ворота из неструганого дерева. Яна толкнула створку, та со скрипом поддалась, и Ярославна ступила на солнечную поляну. На краю — хижина из толстых сучьев, крытая соломой. Поляну пересекал прозрачный ручей. Под ивой на берегу сидели двое оборванцев.

Один, в таком же плаще, как у Яны, только совсем уж ветхом, вымытом дождем и просушенном солнцем до самой основы, щурил в морщинистых веках узенькие глазки, улыбался беззубым ртом и шевелил длинными пальцами босых ног. Второй, одетый как всякий бродяга — засаленный пиджак на голое тело, драные джинсы и неведомого цвета бейсболка... о да, как же, еще кроссовки, почти новые, с недавнего гараж-сейла — пил, запрокинув голову, какое-то, судя по всему, мерзкое пойло, потому что лицо его, скажем

337

прямо, не самое миловидное в мире, свело совершенно адской судорогой. Выпяченную шею, прямо по кадыку, от уха до уха пересекал жуткий сизый шрам.

— Ух, Ямамото, — молвил бродяга, высосав керамическую бутылочку до дна, — ну и дрянь эта ваша теплая водка.

Японец засмеялся и закашлялся:

— Зачем же пить и есть то, что не приносит тебе блага?

— Вот ты умный человек, сенсэй, даже великий, а не понимаешь. Не все, что приносит благо, приносит удовольствие.

— О, как ты прав, Мари-сан! — удивился тот, кого называли Ямамото. — Покойный Накано Кадзума говорил, что смысл чайной церемонии в том, чтобы очистить все пять чувств. Когда пять чувств очищены, ум очищается сам по себе. Я не теряю духа чайной церемонии в течение всех суток, и все же такой образ жизни нельзя назвать приятным. Однако благодать его несомненна.

— Объясни мне, Ямамото-сан, вот мы с тобой — совсем разные пацаны, ты прославленный философ, я — простой техник-смотритель, кукарача-мэн. Ты питаешься росой и чаем, я же пью водку и жру убоину. Чего ж нам так душевно вдвоем, и никто нам больше не нужен?

— Мари-сан, когда боги послали тебя в мое скрытое ото всех место, я подумал, что теперь сюда может прийти и кто-нибудь третий, четвертый и так далее. Ибо известное двоим известно всем...

— Обижаешь, Ямамото, никогда Марк Антонов не был треплом! Даже после двух, нет, трех хороших банок — усну, это правда, вмертвяк, но языком мести — ни боже мой!

— Я не об этом, Мари-сан. Прошли годы. Я проверял тебя. Ты жил одиноко, как и я, и не заговорил со мной первым, как того и требуют правила хорошего тона от настоящего самурая. Зимой же я увидел, как ты написал на снегу:

В заброшенной деревне под глубоким снегом
Ночью расцвели многие ветки сливы...

— Брось, я так написал? — поразился Марк.

— Кроме нас двоих тут никого не было. А я этого не писал.

— Видать, крепко я тогда набрался... А с другой стороны — Новый год, прикинь. Не по-вашему, конечно. У вас-то все, прости меня, Ямамото, но все у вас как-то сикось-накось...

— Наутро же я увидел, — невозмутимо продолжал Ямамото Цунэтомо, которого Яна узнала по прохладному покою, исходившему из его затылка, — увидел я, что выражение «многие ветки» заменено словами «одна ветка». И понял, что ты — настоящий мудрец. Потому что слова «одна ветка» отражают настоящий покой.

И хотя Яны никто не видел, она низко поклонилась спинам двух мудрецов (Ямамото, правду сказать, не оборачиваясь, слегка приподнял свою дырявую шляпу, но возможно, он просто раздавил блоху), и скользнула в щель прикрывшихся ворот. И отправилась восвояси. Ибо Сида Китиносукэ сказал: «Долго бежать трудно, потому что выбиваешься из сил. Зато до чего приятно потом постоять и отдохнуть. Нет, посидеть и отдохнуть. Нет, полежать и отдохнуть. Нет, самое приятное — взять подушку и крепко уснуть».

Магда не всегда понимала дочь, а поняла только перед смертью, когда вдруг перестала этой смерти бояться.

— Мамуся, — говорила Яна и гладила ее лицо и руки. — Смерть — это принц, источающий покой и свежее дыхание. Я видела многих, кого он вывел на новую цветущую дорогу, по обочинам которой цветет шиповник и пасутся козы. Олени, сурки и зайцы без страха пересекают ее. Белки прыгают там по веткам сосен, и птицы купают в цветах яблонь своих птенцов. Земля на окрестных холмах покрыта пружинистым сухим мхом. Ночь сменяет там день через такие тонкие оттенки красок, каких мы не видели здесь никогда. Мамуся, это совсем новая, чудесная и спокойная жизнь.

— Никогда не поздно, мамуся, начать жизнь заново, — сказала Яна на прощание. И Магда ответила:

— Обещаю, родная, я постараюсь там жить спокойно.

От автора

Снег несется за окном горизонтально, со скоростью, делающей тщетной усилия дворников. Однако эти яростные люди машут и машут лопатами, как дирижеры. За пеленой снега я не вижу крыши дома напротив. Но я и не напрягаюсь, и не высматриваю там встречного вихря абсурдных движений моего суетного товарища Марка Антонова, техника-смотрителя. Потому что он сидит передо мной, в моей прокуренной палате (мне разрешили), ест рисовую кашу с киселем и показывает мне нестерпимо яркие фотографии Магды, Агаты, Вари и огненно-рыжей чертовки Ярославны на фоне Акрополя и египетских пирамид. Мы живем в хорошее время, когда те, кто хочет отдохнуть от напряжения сумерек под синим небом Греции, в эйфории несмешанных красок — желтой, белой, синей, в зарослях розовых фуксий и прочего — с легкостью пересекают пространства, вроде ангелов или тех же демонов. Ибо страшные бури и необратимые потрясения преображенных и взаимодействующих душ, которые на протяжении веков и династий взрывали вокруг себя время и материю, — нарушили свойства как материи и времени, так и сознания, и все прояснилось и облегчилось несказанно.

Снег висит за моим окном, как маскировочная штора, не пропуская в палату холодный свет. Я зажигаю свечу, мне многое здесь разрешено, и, под воздействием легкого препарата забыв горе

всех утрат, пишу радостные стихи, последние стихи — о Водолее, чья справедливая эра началась
в этом году. Строчки рождают в моей душе смех
и независимость.

разъехались мои друзья
и померло немало
и выпить мне уже нельзя
поскольку я под гала-
перидолом (нарушен здесь размер
но это вообще
непринципиально как например
неважно что сначала мыть
лицо или какие-нибудь руки
и мыть ли их вообще)
мне трудно встать от полусна
ко мне приходит как луна
сестричка добрая вся в белом
и воду льет над тазом мне
соленой рыбы я поела
руками без ножа и вилки ибо
ножом не следует есть рыбу
лей Наденька лей не жалей
полей-ка мне над судном детка

чтоб ароматами полей
запахло вдруг. А то ужасно едко
твоя воняет хлорка Надя
не надо доктор нет не надо
я не хочу электрошок
как больно чтоб вы сдохли гады
ради бога... я больше не буду...
— Дайте ей горшок.

Слезы застилают глаза. Свечка догорает. Меня накажут, если что. Рука начинает неудержимо дрожать: это тремор, от сильных доз. Но я чувствую, что мне опять не обойтись без инъекции. Потому что сейчас, сейчас я все вспомню, и жить станет невыносимо, ведь я не буддистка, у меня в голове поселились маленькие невидимки. Их семь штук. Весь синклит. Я автор, автор, автор я, зачем я все это придумала? Беда...

Здесь для меня тяжелый климат,
Здесь казни, сутолока, пыль,
Болезни здесь и ранний климакс...
Еще не поздно. Надо плыть.

Куда, куда, матушка? Их никого больше нет. Зачем вы приносите мне эти фальшивые глянцевые пейзажи? Зачем говорите со мной голосом Марка Антонова? Нету, нянечка, я все вспомнила, дайте мне зелье забвения. Две части опия, три части вина и пять частей крови жертвенных животных. Жалко вам, что ли?

Вон он сидит во дворе, завесив волосами носатое лицо, и не солнце это, не фонарь над подъездом, а отблеск от объятого березовым жаром второго тома.

Задерну белую штору. Протяну белой Надежде руку для укола. Успокоюсь в моем опустевшем доме.

Прощай, Магдалина. Прости, я забыла придумать тебе внешность. У тебя круглые совиные глаза, как у Индиры Ганди. Как ты могла ослепнуть с такими огромными глазами?

2005 — февраль 2006,
деревня Фирсановка

СОДЕРЖАНИЕ

Часть первая 5

Часть вторая 93

Часть третья 187

От автора 341

В издательстве «Время»
вышла книга Аллы Боссарт
«Скрэббл»

Книга известного журналиста Аллы Боссарт — результат таланта, который не уместился в профессии. Автор давно переступил грань, которая отделяет журналиста от писателя, что очевидно тем, кто следит за ее газетными публикациями. Проза Аллы Боссарт — литературная ли это игра, сказка или жесткий документ — всегда драматургически полноценная человеческая история. И в самой фантастичной из них — опыт многолетних наблюдений за людьми и их жизнью, отливших в психологически точный и отшлифованный, выпуклый текст. Аллу Боссарт отличают пристальный интерес к драматургии судеб, взгляд сострадательный и при этом неизменно иронический, терпкая горечь и блестящий юмор, что придает тексту обаяние острого ума в сочетании с художественной грацией.

О прозе Аллы Боссарт

В новом качестве прозаика Алла Боссарт, одна из самых блестящих жрналисток последних лет, — не только не утратила присущего ей остроумия, элегантности, великолепной дерзости, но и обрела новые черты: остросценарное мышление, умение выстроить художественный диалог на языке сегодняшнего дня, использование элементов фантастических в соединении с бытовым слоем. Это умный и ироничный взгляд на сегодняшнюю жизнь, полную бреда и безумия, трагизма и радости бытия.

Людмила Улицкая

Ясное зрение, точный слух, склонность к трезвому пониманию реальности и жесткая ирония — все эти писательские качества я привык считать сугубо мужскими. Но если бы в рассказах и повестях Аллы Боссарт проявлялось только перечисленное выше, не стоило бы говорить о совершенно своеобразном, ни на кого не похожем авторе. В том-то и дело, что мужественно пишет женщина! Вот уж ни в коем случае не писательница, а именно писатель.

Александр Кабаков

Литературно-художественное издание

Боссарт Алла

GOOGLE. ОТРАЖЕНИЯ
роман-глюк

редактирование и корректура
Татьяна Тимакова

художественный редактор
Валерий Калныньш

верстка
Оксана Куракина

Подписано в печать 31.10.2006.
Формат 70×108^1/$_{32}$.
Бумага писчая.
Печать офсетная.
Усл. печ. л. 15,4.
Тираж 2000 экз.
Заказ № 843.

«Время»
115326 Москва, ул. Пятницкая, 25.
Телефон (495) 231 1864
http://books.vremya.ru
e-mail: letter@vremya.ru

Отпечатано в ОАО «ИПП
«Уральский рабочий»
620219 Екатеринбург, ул. Тургенева, 13
http://www.uralprint.ru
e-mail: book@uralprint.ru

ISBN 5-9691-0177-X